上癮

ADDICTION

vol 5

柴雞蛋 著

I.

當天下午，顧海從香港「滿載而歸」，白洛因也和顧洋正式攤牌。

「你又要忽悠[1]點兒什麼？」顧洋問。

白洛因平定了一下呼吸，「今兒不忽悠了，說點兒實在的。」

顧洋的眼中淨是嘲諷之色，扎得白洛因心裡很難受。

「顧洋，這程子[2]發生的所有事，全是我一手掌控的。顧海可能是出於惡作劇的目的，但我是認真的。這八年來，我無時無刻不想報復你，我恨你恨得入骨，每當我想起顧海滿身是血地躺在我的懷裡，我就恨不得把你千刀萬剮！

「你從來都不知道我為什麼恨你，你總覺得是這八年在部隊受的苦讓我不能原諒你，其實這對我而言都是無所謂的。我之所以恨你，完全是因為顧海。你知道麼？顧海身上有兩個疤，這兩個疤全是你留下的。他每次提起你，從來都是用『哥』這個稱呼，而你每次說起他，卻從不掛『弟』這個字。

「也許你愛得深沉，深到我看不到；也許如你所說，當初你製造那一場車禍，是為了保護你弟弟。那我在這謝謝你，發自內心肺腑地感謝你，沒有你就沒有我白洛因的今天，我的心機和城府都是你顧洋一手打造的！

「但是你也必須接受一個現實，你弟弟無需你來保護了，我有足夠的實力來保護他，請你安心撤出吧！從今以後，顧海吃虧與享福均來自我一個人，我禁止任何人以任何形式對顧海進行傷害！包括你，包括顧威霆，包括任何凌駕於他之上的人，都不成！」說完這番話，白洛因心裡痛快多了，憋了八年了，終於在今天一吐為快。

顧洋沉默了許久，看著白洛因的眼神已經褪去了方才的嘲諷，更多的是一種感慨，雖說也捎帶著那麼一抹玩味，可已經看不到任何敵意了。

「說完了？」顧洋問。

白洛因傲然回了句，「完了。」

「瞧見我被你倆耍得團團轉，這回過癮了？揚眉吐氣了？」

白洛因挑了挑眉毛，「不錯。」

顧洋哼笑一聲，好像並不在意似的。

白洛因用目光冷厲地掃著他，「我和你說真的呢！別以為我鬧著玩的！」

「我知道。」顧洋的臉色突然一變，再次轉向白洛因時，目光已經變得暗沉深邃，「關於你的指控和報復，我全部接受，但是你也要明白，我現在想整垮顧海，也照樣有的是辦法。你有兩條路可選，要麼繼續用這種態度對待我，咱們反目成仇。要麼你就把我當普通人對待，之前的恩怨一筆勾銷，以後誰也不再干涉誰的生活。」

白洛因炯炯有神的目光看著顧洋，一副寬厚待人的表情。

1：呼嚨。

2：這陣子。

「本來我就沒想和你成為敵人，你是顧海的親哥，也算是我的朋友，我沒理由和你過不去。只不過人做了壞事就要付出代價，我這麼對你已經相當仁慈了。既然你都這麼說了，那我們現在達成協議，在這之前獲得的關於彼此公司的機密檔案統統銷毀，各自回去收拾自個的爛攤子，從今以後再不以私人緣由向對方公司下黑手。」

顧洋面無表情地回了句，「這個無所謂，那些資金就算是支援你們了。」

「少抬高自個的形象，那就是你欠我們的，本來就應該還。」

為了少聽幾句風涼話，顧洋就算忍了，他打小就沒缺過錢，從不把錢當好東西。

「還有麼？」

白洛因想了想，「暫時想不出來了。」

「能否讓我說幾句？」顧洋難得客氣一次。

白洛因揚揚下巴，一副首長聽下級闡述意見的表情。

「你的這個協議只把我和顧海扯進去了，關於我們兩人，你隻字未提。那我給你補充吧，從今以後，你切忌再拿八年前的車禍說事，我以正常態度對待你們，你也要以正常態度對待我。至於什麼是正常態度，我想不用我說，你也應該明白吧？」

白洛因謙虛了一句，「我還真不太明白，勞駕您再解釋明白點兒。」

顧洋微斂雙目，語氣不急不緩地說：「就是我再對你表達好感，你別再用一種懷疑的精神來回答我。請你從心底把我放在眾生平等的那個『生』裡面，正視我的付出，輕鬆地與我交往，摒除你內心的一切偏見。」

白洛因深吸了一口氣，「這個事吧，不是人為控制的，你也知道，人的心是最自由的，經常不管不顧，稍不留神就跑偏了。這就要看你的水準了，如果你水準足夠高的話，你的這些要求自然而然就滿足了……」

說實話，這時候顧洋眼中的白洛因，有那麼一丁點兒欠抽，也有那麼一丁點兒可愛，總之就是讓人愛恨參半，卻又說不出狠話來。

最後，顧洋拋給白洛因一個無所謂的表情，「隨你。」

於是，白洛因就如同卸下一個萬噸巨石般，陰霾的心情瞬間萬里無雲，陽光普照。

回去之後，白洛因朝顧海問：「你到底是怎麼說服佟轍來這邊的？」

「我覺得佟轍很像你，我就告訴他，我哥之所以器重他，是把他當成一個替身。」

白洛因目露窘色，「事實上呢？」

「事實上，我也不知道。」顧海攤手。

白洛因眉間兩道縱摺，越想越不對勁。

「我發現所有便宜都讓你占了，你才是最大的贏家啊！」

顧海強忍著笑，「我占什麼便宜了？」

「你想想，這事總共牽扯到幾個人？四個吧？這四個人裡，哪個人沒遭整？哪個人沒吃虧？數來數去，就他媽你一個！」

「傻人有傻福。」顧海笑得挺憨厚。

「傻你姥姥！屬你丫最精了！」

回到白洛因宿舍，剛一進門，顧海就聞到一股奇怪的味道。

「幾天沒通風了？」

白洛因指指窗戶，說得和真的似的，「我每天都按時通風。」

顧海去開窗戶的時候，落了一手灰。十多天沒見了，這會兒也捨不得罵了，只是挺心酸的。我說媳婦兒啊！你能不能讓我省點兒心？你老是這樣，以後我都不敢出差了。

白洛因從被子裡，櫃子裡，枕頭底下，床底下找出一大堆的髒衣服塞到顧海的懷裡，「喏，都是給你留的。」

顧海又愛又恨地看了白洛因一眼，一句話沒說，轉身進了浴室。

洗衣機是顧海前不久新買的，走之前把什麼都設定好了，洗衣液和柔軟精也一次倒好了。只要把衣服放進去，水龍頭打開，按一下開關，拿出來就是乾淨的衣服了。就是這麼省事的過程，白洛因都懶得親力親為。

不過顧海倒是挺理解他，留多少衣服都無所謂。當一個人整天對著檔案或是電腦的時候，體力活兒對他而言就是一種放鬆和享受。相反，像白洛因這種人，每天除了訓練就是訓練，哪怕有一絲機會偷懶，他都不願意錯過。

好在兩人不是一種職業，可以相互包容，相互體恤。

顧海把外衣都放在洗衣機裡面洗，內褲和襪子都用手洗。洗之前先數了數，發現不對數，就朝外面喊了一聲：「少了一隻襪子。」

「沒啊，我都放進去了。」

顧海又數了一遍，還是不對，「你再找找。」

白洛因翻箱倒櫃地找，終於在床墊和床頭中間的縫隙裡找到了那隻遺落的襪子，走過去扔到洗衣盆裡，低頭一瞧，一大盆的白襪子啊！

「都是白色的，你怎麼知道少了一隻？」

「廢話！臨走前我給你買了二十雙襪子塞在床頭櫃裡了，就是怕你不愛洗，讓你一天能換一雙。我還不了解你？只要有乾淨襪子穿，絕對不洗髒襪子。我一共走了十二天，這有二十三隻，不是少了一隻麼？」

白洛因嘿嘿笑了兩聲。

「你還有臉笑呢？」顧海抹了白洛因一臉的泡泡。

白洛因低頭瞧著顧海洗，他特別愛看顧海幹活，他每次看顧海做家務活，都有一種錯位感，總覺得顧海不是在幹活，而是在秀一種特長。因為無論誰第一眼看到顧海，都會覺得這是一個被光環籠罩的男人，他的生活一定是奢華迷幻的，是集萬千寵愛於一身的。

所以，觀賞這樣一個男人下廚、洗衣服，真的就像是欣賞一段表演，一段脫離現實的表演。因為只給白洛因一個人看，所以再怎麼脫離現實，也只是他夢裡的一部分，別人連幻想的權利都沒有。

「內褲也是一天一換吧？」顧海問。

白洛因回過神來，「嗯，每天都換。」

顧海點點頭，「這就對了，別怕麻煩，內褲就得勤換。」

洗澡的時候，兩人相互搓著背，顧海看著白洛因腰上的傷，忍不住開口問：「到底是怎麼弄的？」

「訓練的時候留下的。」

顧海納悶，「什麼訓練這麼傷腰？」

「……轉呼啦圈。」

「你們部隊還有這種訓練？」顧海揪了小因子一下。

白洛因回揪，「不僅有，還比過賽呢！」

顧海仔細瞧了瞧白洛因腰上的傷，再次唏噓道，「你們的呼啦圈上是不是還黏了一圈玻璃碴子啊？」

白洛因語塞，又開始含糊其辭，顧左右而言他。

「你和我說實話，你這腰到底怎麼弄的？」顧海的眼神嚴肅起來。

白洛因見瞞不過，只好如實相告。「訓練不達標，受罰了。」

顧海臉色一緊，「怎麼罰的？」

白洛因沉默了半晌，開口說道：「用腰拖飛機五十米。」

顧海猛吞一口氣，渾身上下的血液都在倒流。

「又是那個周淩雲吧？」

「你別去找他！」白洛因眼神很堅定，「我已經決定了，以後歸順他，再也不耍小聰明了。那天演習，我和他第一次交手，發現我倆的差距太大了，我必須要努力超過他！」

顧海都替白洛因覺得累，「你要達到那麼高的水準幹什麼？」

「只有我足夠優秀了，你爸才可能接受我。除此之外，我想不到我還能為你做些什麼。」

顧海沒再說什麼，心裡有種說不出來的滋味。

2.

難得的一個週末，顧海決定包頓餃子吃。

白洛因在旁邊幫忙擀著餃子皮兒，勉強看得過去，就是速度太慢了，供不上顧海包餃子的速度。於是顧海嫌惡地將白洛因推到一旁瞧熱鬧，自個連擀皮兒再包餃子，好一陣忙乎。

顧海包的餃子典型的薄皮大餡兒，一個個滾肚兒圓，看著特喜興。白洛因也想試吧試吧，抽過來一個餃子皮兒，用勺子舀一點兒餡放上去，學著顧海那麼捏，捏完之後修繕了一下，舉到顧海眼前兒。

「怎麼樣？也不賴吧？」

顧海幽幽地看了白洛因一眼，硬朗的薄唇微微揚起。

「行，挺好，拿著去一邊玩吧，聽話！」

白洛因：「……」

兩人吃餃子能吃一家人的量，顧海一個人包到手酸，白洛因實在閒得無聊，就在旁邊憶苦思甜。

「小時候，家裡只有逢年過節才吃餃子，那會兒我爺爺、奶奶還挺硬朗的。一般都是我奶奶擀餃子皮兒，我爺爺包，我在旁邊瞧著，我爸在飯桌旁等著吃。」

顧海停了停手裡的動作，忍不住感慨道，「我一生下我爺爺就沒了，在我印象裡，我奶奶從沒下過廚。那會兒部隊給我家分配了兩個廚子，還有保母、勤務工，我小時候吃東西都有人管著，不能想吃什麼就吃什麼。」

白洛因目露詫異之色，「你等下……我記得咱倆剛認識的時候，你和我說你爺爺一直癱瘓，大小便失禁，怎麼這會兒又說你爺爺在你出生前就沒了？你到底有幾個爺爺啊？」

「就一個啊！」顧海懵了，「我說過我爺爺癱瘓？你記錯了吧？」

白洛因目光篤定，「沒記錯，就是你說的。那會兒你來我家吃飯，我爺爺噴了一桌飯，回去的路上我給你道歉，你和我說你爺爺也那樣。」

顧海心裡咯噔一下，他想起來了，他確實那麼說過。草，怎麼這麼點兒小事都記得？

白洛因立刻瞧出顧海心裡所想，表情恨恨的。「你丫那會兒沒少矇我吧？」

「哪啊？」顧海訕笑，「我那不是為了和你套近乎麼？」

白洛因冷哼一聲，扭過頭揉攥手裡的麵團。

顧海突然就想起那時的白洛因了，背著一個破書包，穿著一件漏風的校服，頭髮整天睡得像雞窩一樣，偶爾還穿趿拉板兒[3]來上課……越想越可樂，忍不住把手伸過去，一把扣住白洛因胯下的小怪獸。

「猴子偷桃！」伴隨一陣淫邪的笑聲。

白洛因嚇了一跳，惱恨地朝顧海的屁股上給了幾拳，然後從衣兜裡摸出一個小東西，遞給顧海。

「把這個包進餃子裡。」

顧海拿起來看了看，問道，「這是什麼？」

「就是個小玉墜，一個新兵蛋子送我的，說是在老家開了光的，戴上能保一生平安。」

顧海眼睛眯成一條線，「他送你這東西幹什麼？」

「下級給上級送禮不是常事麼？」白洛因催促著，「快包進去，小時候我奶奶老是包鋼兒，說是誰吃到誰有福。咱倆也試試，看看誰更有福。」

顧海拗不過白洛因，只好把玉墜清洗之後包進了餃子裡。

吃餃子的時候，顧海朝白洛因說：「這程子公司資金又有結餘了，我在奧運村那邊購置了一套豪宅，送你的。」

白洛因手裡的筷子猛地頓住了，抬起頭看著顧海，目光裡充溢著暗火。

「你腦子有病吧?!我自個有房，我爸我媽都有房，你自個也有房，你又買房幹什麼?」

顧海似笑非笑地看著白洛因，「哪天咱倆分手了，你好歹也能落點兒東西……」

白洛因夾起一個餃子扔了過去，顧海嗖的一伸手，竟然用筷子夾住了。

噙著笑容塞進嘴裡，言歸正色，「拿來給咱倆養老用。」

「養老要那麼大房子幹嘛?咱倆又沒有兒女……」

顧海撂下筷子，硬朗的目光中透著絲絲憧憬，「我都想好了，那套房子一共有三層，每層十多間。咱倆住一間就夠了，剩下的房子都用來養狗，各種各樣的寵物狗，外面的那塊地咱可以規畫一下，弄幾個棚子，用來養驢，你覺得怎麼樣?」

說實話，顧海這個不靠譜的憧憬，白洛因打心眼裡覺得……挺好。到那時自個退休了，每天遛彎兒回來，剛一進家門，一群狗撲到身上，想想就覺得很美好。

「戶主改成你的名字。」白洛因說，「哪天組織上調查個人財產，發現我有一套豪宅，懷疑我貪汙受賄怎麼辦？」

「誰敢查你？」顧海目露兇悍之色，「正軍職他也敢查？軍委的人他也敢查？空軍總司令他也敢查？」

白洛因眼睛都放光了，當即拍桌大笑，「這話我愛聽。」

「為了我們的美好將來，乾杯！」

一杯酒下肚過後，白洛因才朝顧海說：「我過幾天可能要走了。」

顧海嘴裡的餃子差點兒噎著。

「走？走哪去？」心突然揪到一起。

白洛因臉色漸暗，「下個月空軍部隊要接受中央軍委的檢閱，為了達到最佳訓練效果，我們可能需要轉移訓練場地，全封閉訓練。這次閱兵上級很重視，我不僅要帶兵訓練，而且要進行飛行表演，任務挺重的，所以……」

顧海艱難地將嘴裡的那口餃子嚥下去了。

「行，你去吧，好好表演，沒準我還會申請入內觀看。」

「你這次怎麼這麼痛快？」白洛因挺納悶。

我痛快？我都快堵心死了！但為了讓白洛因好受點兒，顧海還是硬撐著說：「支持你的工作嘛。」

白洛因臉色變了變，沒再繼續說什麼。

兩人把餃子全都吃光了，一起到廚房洗碗，洗著洗著，白洛因突然想起來什麼，扭頭朝顧海問：

「我那餃子哪去了？」

「什麼餃子？」顧海問。

白洛因一副驚愕的表情，「包了玉墜的那個餃子！你忘了？咱倆誰吃到了啊？」

顧海面色一滯，「我沒吃到。」

「我也沒吃到。」

可……餃子一點兒沒剩啊！

「……！」

晚上，兩點多鐘，顧海突然坐起身，肚子一陣翻騰。

白洛因揉揉眼看著他，「你怎麼了？」

顧海面露糾結之色，「佛祖顯靈了。」

白洛因：「……」

第二天上午，白洛身穿筆挺的軍裝，腳踩軍靴，一步一個響兒，英氣逼人地走到訓練場上，操起一貫的嚴肅面孔在隊伍前來回走動，凌厲的目光在各個士兵身上穿梭。

「首長好！」齊刷刷的軍禮，嘹亮的口號。

白洛因面朝著各個士兵，臉上依舊沒有一絲表情。

「好幾天沒看你們訓練了，最近有沒有偷懶？」威嚴的質問聲。

底下稀稀拉拉一片，「沒有。」

白洛因立刻黑臉了，「都沒吃飯麼？重新喊！」

「沒有偷懶！」震撼人心。

白洛因滿意地點點頭，走到隊伍中間，查看每個人的精神面貌。

突然有個士兵打報告，「首長，我肚子疼。」

白洛因點頭的同時，突然想起昨晚上的顧海，心裡一個勁地狂樂。但是在士兵面前他不能樂，他得保持一貫嚴肅的形象，於是就拚命忍著。忍著忍著，他發現距離自個不遠的幾個士兵也是一副忍俊不住的表情。

難不成他們看出了我心裡所想？還是說我臉上的表情出賣了我的內心？白洛因神經一緊，但很快就排除了這種想法，他掩飾得這麼好，怎麼可能被人察覺。於是繼續昂首闊步，穩健的步伐在一排排士兵之間穿梭。結果，他發現偷著樂的人越來越多，而且目光都是朝向自個的。

終於，白洛因暴怒，狠狠揪住一個士兵的領子，厲聲質問道：「訓練是件嚴肅的事，你這麼嘻嘻哈哈的像話麼？」

這個士兵不僅沒像平時那樣駭然失色，而且還沒繃住，噗哧一聲笑出來了。

他這一笑，後面整個部隊全都笑了。

白洛因的臉驟然變色，還沒來得及發作，就有個軍官走過來，把白洛因拽走了。

「我說，嫂子夠豪放的！」

白洛因沒明白，疑惑的目光看著他。

這個軍官輕咳一聲，示意白洛因往下看。

白洛因一看不要緊，看了之後臉都紫了。

他的褲襠上一個清晰的五指印，白色的，覆蓋了整個命根子。

「猴子偷桃！」

白洛因的腦中浮現顧海偷襲自個時說出的這四個字，心臟差點兒氣爆炸了。平時這麼鬧鬧也就算了，昨天他手上可是有麵的啊！有麵的啊！

3.

「聽說了麼？咱們公司聘請來一個新的高管，據說是個男的。」

「不是吧？顧總當初不是下過禁令，絕不招男人進公司麼？」

「也許人家是真有才，把咱顧總的性別歧視都給治好了。」

「喔，不管怎麼樣，我好期待。」

閻雅靜正巧從這幾個人身邊走過，聽到她們議論的話題，輕咳一聲，正色朝她們說道：「這是不可能的，顧總一向恪守自律，如果他規定公司不招男人，就一定不會打破這條禁令。即便他真的改變主意了，也會第一個通知我的。」

幾個美女紛紛埋下頭，對著檔案翻白眼。

閻雅靜面無表情地走到顧海的辦公室，正要敲門，結果顧海突然推門走了出來。兩人差點兒撞到一起，閻雅靜距離顧海的臉不足兩公分，漂亮的大眼睛裡面閃著絲絲波光，在觸到顧海的冷眸後暗自消退。

「對了，妳通知下去，各部門管理人員，下午兩點在會議室開會，我有重要的事情要宣布。」顧海一臉正色地叮囑道。

閻雅靜點頭，「好的。」

顧海轉身要走，閻雅靜突然叫住了他。

「顧海。」

顧海轉身瞧著她，淡淡問道：「有事麼？」

「博科集團的董事長這幾天總是找我，說是有意和咱們公司合作，可是我問他到底有哪方面的合作意向，他又不明說，總是以這個為理由把我約出去，如果我不赴約，他就到咱們公司門口等著我……」

「這樣……」顧海思忖片刻，「等我從外邊回來，妳再把具體情況告訴我。」

閻雅靜微微噘起嘴，臉上露出少許沮喪。

下午一點四十五，顧海的車停在公司門口，閻雅靜就在大廳裡遛達著，看到顧海從入口進來，連忙走了過去。

「今天中午他又……」

「會議通知下達到各個部門了麼？」顧海打斷了閻雅靜的話。

閻雅靜深吸一口氣，「我早就通知到位了。」

「那就好。」顧海語速很快，「我先回辦公室，妳馬上去會議室做準備吧，一會兒還需要妳發言呢？」說完，大步朝電梯走去。

閻雅靜緊緊追在後面，「可是會議內容你沒有提前告訴我，我到時候都說些什麼啊？」

「臨場發揮！」說完這四個字，顧海的身影消失在電梯裡。

閻雅靜恨恨地出了一口氣，催命的一樣！什麼會議至於這麼著急啊？

「簡單地給大家介紹一下……」顧海沉睿的聲音在會議室響起，「這是我們公司新上任的副總經理，叫佟轍，從今以後，這個人就是我們公司的一員了，大家歡迎一下。」

底下一片譁然。

反應最強烈的自然要屬閻雅靜了，她之前已經把話放出去了，本公司不可能招男人，結果不到半天的工夫，顧海就把她這段豪言給破了，這不等於當眾抽了她一個大嘴巴麼！

「你為什麼沒有提前告訴我？」閻雅靜突然在會上質問顧海。

顧海的臉色變了變，明顯對閻雅靜當眾拆臺不滿，但他還是耐著性子回了句，「想給妳個驚喜。」

閻雅靜根本不買帳，「你當初不是說公司絕對不招男人麼？怎麼現在又違背自己的原則了？」

顧海冷銳的目光甩向閻雅靜，語氣很生硬。「我是說過公司不招男人，但我沒說過規定不能改。之前一直奉行這個原則，是因為沒有一個男人能讓我打破這項規定，現在這個男人出現了，妳難道還要讓我恪守成規麼？」

雖然顧海在公司裡對職員一直很冷漠，可對閻雅靜還算得上和氣。像今天這樣當眾給她難堪還是第一次，而且還是因為一個新來的男人，閻雅靜的心情可想而知。

「閻副總……」佟轍突然開口了，整個會議室的目光全都聚焦到他的身上，一個氣場十足的男人。「可以給我十秒鐘的時間，讓我簡單做個自我介紹麼？」

閻雅靜還沒說話，旁邊的幾個美女先開口了，嘰嘰喳喳的好像一群小鳥，有的抱怨閻雅靜態度不好，有的催促佟轍趕快做個介紹，有的在表達內心的激動……她們已經很久沒有這樣活躍了，足見其對這位新副總的歡迎程度。

為了維護自己的形象，也為了整個會議的順利開展，閻雅靜只能忍氣吞聲。

會議一結束，閻雅靜立刻跟著顧海去了他的辦公室。

而佟轍恰好也走在她的身旁。

閻雅靜本來對佟轍沒什麼敵意，結果就因為他不恰當的出場方式，和他的出現給自己帶來的種種不快，導致她對這個人的第一印象極度不好。

到了顧海辦公室的門口，閻雅靜先開口。

「顧海，我上午和你說博科董事長……」

「我有話和佟副總說……」顧海再次打斷，「妳暫時在外面等一下。」

閻雅靜闖出嘴邊的話又被堵了回去。

「還有，無論誰來，都讓他在外邊等，不能進來打擾我們。」顧海對門口的女員工說，同時也對閻雅靜說。

閻雅靜僵著臉沒說話，直到辦公室的門在她面前關上。

下午，白洛因從研究所出來，以項目合作為由，又從部隊偷偷溜到顧海的公司。

走進大廳，照例和前臺接待人員打了個招呼，接待人員給顧海打電話，直接轉接到了閻雅靜的辦公室。

「閻副總，白先生來公司了，請問顧總現在有時間麼？」

閻雅靜正在氣頭上，說話語氣很不好。「他現在有事要忙，誰也不見。」

接待小姐一臉歉意地看著白洛因，「顧總在忙。」

白洛因臉色變了變，隨後和氣地說：「沒事，我在外邊等會兒。」

這一等就是兩個鐘頭，等顧海和佟轍從辦公室出來的時候，閻雅靜已經收拾東西準備回家了。

「對了，妳說有事要和我說，到底是什麼事？」顧海這才問起來。

閻雅靜的臉繃著，一副沒好氣的模樣。「沒事了。」

顧海點點頭，「那妳就回家吧，路上注意安全。」

閻雅靜定定地看了顧海好一會兒，見他真的沒有追問的意思，心都涼了，轉身就要走。

「閻雅靜！」顧海突然開口。

閻雅靜的心急跳了一陣，但轉過身的時候，還在刻意保持著從容。

「幹嘛？」

顧海冷冷問道，「剛才有人找過我麼？」

閻雅靜的心瞬間被打擊得鮮血淋漓。

「……有，你哥。」

顧海擰眉，「我哪個哥？」

「你還有幾個哥啊？就那個白洛因啊！」閻雅靜現在連回話都懶得回了。

顧海的臉噌的一下變了色，毫無徵兆的一聲吼。

「妳怎麼不告訴我?!」

閻雅靜被吼得臉都白了，又氣憤又委屈地解釋，「你不是說任何人都不允許打擾你的麼？」

顧海臉都黑了，劈頭蓋臉一通數落，滯留在公司的那幾個人都聽見了，她們頭一次見顧海發這麼大的火，而且是對閻雅靜發。

「他是任何人麼？他是妳隨隨便便就能轟走的人麼？妳知道他來公司一趟多不容易麼？妳給我記好了，以後只要他來，無論我在哪，無論我在幹什麼，馬上第一時間通知我！其他人也是如此，見了他就等同於見了我，誰也不能對他下命令！」

說完這番話，顧海大步朝外邊走去，留下閻雅靜一個人木然地站在電梯口，什麼表情都沒了。

顧海上了電梯就開始給白洛因打電話，一直打不通，心裡特著急，三步併作兩步地朝門口走。結果，他看到白洛因的車就停在公司對面的茶餐廳門口。

顧海走過去的時候，白洛因都已經趴在方向盤上睡著了，車裡放著音樂，所以手機響的時候白洛因沒聽到。

顧海試著開了下車門，發現車門鎖上了，只好敲了敲車窗。白洛因這才醒過來，惺忪的睡眼看著顧海。

「下班了？」

顧海看著白洛因臉上硌出的兩條紅印，心裡特不是滋味，心疼加埋怨的口氣問：「你怎麼不給我打個電話？」

「我怕你有正事，就沒敢給你打。」

「那你就一直在這等啊？」

白洛因伸了個懶腰，漫不經心地說：「也沒等多久，上車吧，今兒去我那……」

4.

晚上吃過飯，兩人一起歸置[4]東西，顧海發現白洛因的床底下多了一個箱子，拉出來一看，裡面滿滿一箱子的書，全是經商管理方面的，還有一些商業雜誌，很多都是限量版的，不知道白洛因從哪兒搞到的。

「你還看這些書啊？」顧海問。

白洛因眼神瞥了過去，表情變得有些不自在。

「無聊的時候就翻翻。」

顧海的手頓了頓，突然問道：「因子，你是不是還想經商？你是不是不想在部隊待著？其實你完全可以轉業，現在起步一點兒都不晚。」

「我一猜你就該想歪了。」白洛因無奈地笑笑，「我壓根沒往那方面去想。」

「那你買這麼多書幹什麼？」

白洛因沉默了半晌，淡淡說道：「給你買的。」

「給我買的？」顧海挺詫異，「那你怎麼沒給我？」

「……我買回來自個翻了翻，感覺寫的也就那麼回事，就沒好意思給你。」

顧海特喜歡白洛因這種梗著脖子、極不樂意承認的表情，有種特殊的吸引力，讓顧海總是想得寸進尺地刁難他。

「你怎麼想起給我買書了？」

白洛因輕描淡寫地回了句，「你不是說公司準備上市麼？」

這是顧海那天在電話裡不經意說起的，他沒想到白洛因記住了，而且還偷偷為他擔心著，生怕他經驗不足，在關鍵的一步上出岔子……

白洛因一看顧海朝自個走過來了，趕緊伸出胳膊阻止，「告訴你啊，別又上我這煽情來，我那優惠券過兩天就到期了，不買就作廢了……」

白洛因最怕膩膩歪歪的這一套，可顧海偏偏喜歡。他只要一感動，那準把整個人都貼到你身上，毛毛蟲一樣地蹭來蹭去。然後再伺機煽風點火，把你烤熟了，最後連皮帶骨頭地吃乾抹淨。

「我不是來煽情的，我是來表達真情實感的。」果然，又蹭上來了。

白洛因使勁推搡沒有用，門還開著，不時地走過一兩個官兵，實在抹不開面子，只好厲聲制止，「別鬧了，明兒我就該走了，你老實待會兒！」

聽到這句話，顧海果然沒心情鬧了，什麼話都不如這句話有殺傷力，自打他倆和好到現在，顧海不知道聽到多少次這句話了，他現在最怕的就是這個，比數「一、二、三」還管用。

「你不是說要三、五天才走呢麼？怎麼又變成明天了？」

「剛下來的命令，說是明天晚上出發，具體時間還沒定呢。明天等你下班我就去找你，臨走前我得去你那吃飯，吃得飽飽的再走。」

顧海用大手扣住白洛因的後腦勺，把他的腦袋使勁往自個的肩膀上按。

「真不捨得，這才一塊待了幾天啊？」

白洛因安慰顧海，「這是為咱倆以後的好日子打基礎呢！我表現得越優秀，提拔的機會就越多，我手裡的權力就越大，總有一天我進出不用受限的。」

「我也會趁著你走的這幾天好好把公司整整，爭取等你回來的時候，那些棘手的事都處理完了。」顧海說。

「對了。」白洛因想起什麼，從櫃子裡拿出一個食品袋遞給顧海，「給你的，拿回去補補腦。」

顧海接過來，大概有十來斤的重量，打開一看，竟然都是核桃仁。

「哪來這麼多核桃仁？」

「上午有人送了我三大箱核桃，下午全給砸了。」

顧海目露震驚之色，「用什麼砸的？」

「拳頭。」白洛因晃了晃手。

顧海臉色一變，作勢要去拽白洛因的手，白洛因急忙開口，「不是我砸的，我那些士兵砸的。今兒下午我多加了一項訓練，練習拳頭的穿透力。嘿嘿……我會發揮優勢吧？」

顧海也笑了，「你這叫假公濟私，那些士兵沒問你是給誰砸的？」

「問了。」

「你怎麼說的？」顧海壞笑著貼到白洛因耳邊，「你是不是說給老公砸的？」

白洛因用膝蓋狠頂了小海子一下，「我說是給他們嫂子砸的，他們嫂子有點二。」

顧海：「……」

晚上坐在一起看電影，白洛因拿起一個蘋果擺弄兩下，朝顧海說：「我給你削個蘋果吃吧。」

自打上次給顧洋削了無數個蘋果之後，白洛因心裡就覺得顧海吃虧了，他必須得給顧海削幾個心裡才平衡。

「我給你削吧。」顧海說，「你這明天就要走了，今兒我得好好伺候伺候你。」

「不用，我能削好多形狀來。」白洛因說，「你想要什麼形狀的？」

「你削一個……」

白洛因拿起蘋果。

「削一個五環。」

白洛因手裡的刀猛地扎進蘋果裡，不愧是哥倆！一個比一個狠！幸好當初顧洋沒想到五環，只想到五角星，真要讓他削個五環，批發市場的蘋果都不夠他糟蹋的。

「拿來吧！」顧海搶過白洛因手裡的水果刀，「我給你削，我的刀法比你好多了，去酒店的廚房做雕刻師都沒問題。」

顧海這麼一說，白洛因來了興致。

「你要給我削個什麼？」

「削個你最愛吃的東西。」說罷，找了一個最大的蘋果。

白洛因琢磨著自個最愛吃的東西到底是什麼，顧海就在旁邊飛快動著手裡的刀。就在白洛因走神的這段時間，顧海這邊就完活兒了。

「喏，削完了。」顧海遞給白洛因。

白洛因剛要伸手過去，看到顧海手裡的東西，手猛地縮了回來，臉色變了變，好一陣才罵出口，「顧海，你大爺的，你個老流氓！」

顧海給白洛因削了個小海子的縮小版，削完了還下流地問：「你敢說你最愛吃的東西不是這個？可惜蘋果太小，真要合乎尺寸，得拿西瓜削。」

白洛因的臉都成西瓜瓤[5]色了。

兩人打打鬧鬧就鬧到了床上，白洛因壓住顧海，薄唇在他耳邊不得章法地磨蹭一陣，氣喘吁吁地說：「明天我就要走了，今兒就讓我在上面吧。」

「你怎麼舒服怎麼來。」今天顧海非常大度。

白洛因立刻興起，激動得去咬顧海的下巴，舌頭滑到他的鎖骨處，啃了一陣過後，手慢慢解開顧海的西裝，隔著襯衫去咬他胸口的凸起，顧海舒服得去摸白洛因的頭髮。

解開襯衫的釦子，露出性感結實的胸肌，白洛因不吝讚歎了一句，「顧海，你身材真好。」

對於顧海而言，由白洛因來主動的唯一一個好處就是能聽到白洛因的誇獎。

褲子被解開，白洛因終於如願以償吃到自個最喜歡的東西。顧海口中的呼吸跟著白洛因的動作時快時慢。

「舒服麼？」白洛因問。

顧海按住他的頭，「再往下一點兒，對……就是那……」

白洛因賣力地做著前戲，顧海突然按住他的頭。

「等我一會兒，我得去趟浴室。」

白洛因暫時停下動作，「怎麼了？」

「尿急……」說完這倆字，顧海就衝進浴室。

白洛因趁著這個時間去關門，拉窗簾，免得被人偷窺到。

砰砰砰！

白洛因剛回到床上，突然聽到三聲槍響。具備軍人良好素養的他迅速臥倒，動作乾脆利索，毫無拖泥帶水之意。然後，又有一個人在他身上臥倒，而且把他兩隻手銬住了。

白洛因身體一僵，猛地轉過身，瞧見一張匪氣的面孔。

顧海又朝天花板放了個空槍。

「白首長，您這趴倒的動作夠麻利的，在床上沒少練吧？」

白洛因氣憤填膺，無奈顧海把他壓得死死的，兩隻手還被銬住了，就剩下一張倔強的嘴在那叫喚怒罵著，「顧海，你丫的真黑，你不是說今兒晚上讓我在上面麼？」

「我不這麼說，你怎麼會答應我穿著軍裝來一炮呢？」

白洛因咬牙切齒，「要做就把我這身衣服脫了，要不就滾蛋！」

「嘖嘖……哪有你這麼浪的？哭著喊著讓人家給脫衣服……」

白洛因怒號一聲，「來人啊！這有個不法分子要害我！」

顧海勾起魅惑的唇角，「你喊吧！多喊幾個人過來瞧熱鬧。」

5：西瓜肉。瓤，音ㄖㄤˊ。

沒一會兒，白洛因的上衣被扒開，軍裝襯托下的皮膚顯得那樣有質感，腰部的線條野性而魅惑。顧海比任何時候都要興奮，他幾乎將白洛因所有裸露的皮膚全都啃咬了一遍，暗紫色種滿了整個身體。

顧海將白洛因翻個身，讓他上半身趴在床上，下半身站在地上，開始褻玩他被軍褲包裹完好的臀部，白洛因羞憤至極，幾次忍不住爆粗口。顧海非但沒停手，還將他的軍褲解開，褪至臀部以下卻不脫掉，就這樣闖入他的體內，滿眼鮮活的軍藍色。

很快，兩人全都進入狀態，白洛因死死揪扯著床單，緊緊皺著的兩道英挺的眉毛顯露出他此刻的享受。

砰砰砰！敲門聲響起。

一個熟悉的聲音闖了進來，「首長，剛才是您在求援麼？」

草……這會兒才來……白洛因心裡罵了一聲，顧海又狠頂了一下，將他的悶哼聲吞到了被子裡。

「首長？你還好吧？」

「人家問你話呢！」顧海好心提醒之後，又壞心地快速衝撞。

白洛因都想把顧海殺了，這樣讓他怎麼說話啊？

「不……」白洛因從牙縫裡擠出倆字，「不是……」

「哦，那我們回去休息了。」

「快……」

白洛因剛要說「走」，顧海又加快了速度，白洛因的呼吸被侵吞得一乾二淨。

5.

每天早上，閻雅靜都去顧海的辦公室打個卯[6]，幾乎已經成了她的習慣。她總能找出大大小小的事和顧海彙報一下，有些事甚至無足輕重，其實只是找個見面的藉口罷了，看不到顧海，閻雅靜的心就沒法真正踏實下來。

今天，閻雅靜照例去了，卻在門口碰上一個她不想看見的人。

佟轍剛從顧海的辦公室出來，看到閻雅靜站在旁邊，目光從上到下打量著她，一副輕狂的口氣朝她問：「幹嘛來了？」

「你管我幹嘛來了！」閻雅靜美目瞪了佟轍一眼，作勢要進顧海的辦公室。

佟轍伸出胳膊攔住她，「不說明情況不能進去。」

「你憑什麼管我？」閻雅靜氣得臉頰緋紅。

「副總經理要以身作則，如果妳都藉著職業之便騷擾總經理，下面的這些員工要怎麼自律？」

一席話說出來，立即有N多目光朝這邊拋過來，閻雅靜已經感覺到了佟轍那邊壓倒性的勝利。沒辦法，在一個都是女人的公司裡，沒有任何一個優秀的女人抵得過一個不入流的男人。

6：報到。

「你憑什麼說我是來騷擾總經理的？」閻雅靜定定地看著佟轍，「我手裡拿著檔案，是需要交到顧總手裡的，沒事我會來這閒逛麼？你以為誰都像你一樣無聊麼？」

佟轍伸手，目光尖刻。「拿來我瞧瞧，我看看是什麼重要的檔案，需要妳副總經理親自跑一趟。」

閻雅靜揚起文件舉到佟轍面前，從容地說：「顧總下午要用的會議發言稿。」

不料，佟轍聽後一臉的不屑。「這事不是應該由祕書來做麼？副總還去張羅這些事，有點兒大材小用了吧？」

閻雅靜深吸了一口氣，青著臉看向佟轍。「顧總沒有祕書，這些事一直都是我為他張羅的。」

「原來是這樣……」佟轍迅速抽掉閻雅靜手裡的檔案，轉身又進了顧海的辦公室，很快便出來了，出來之後即用一副漠然的眸子對著閻雅靜。「行了，東西幫妳交給顧總了，妳可以走了。」

閻雅靜驚愕外加憤怒的目光直對著佟轍。

佟轍還是那副漫不經心的表情，「我幫妳送進去，妳不僅沒說一句謝謝，還用這種眼神看著我，不合適吧？」

閻雅靜赤紅的雙眼盯著佟轍後面的門把手看了看，心中雖有不甘，可實在沒法再往裡面走，後面那麼多雙眼睛看著，別讓人家以為她厚著臉皮倒貼。

看著閻雅靜羞憤離去的背影，佟轍的嘴邊露出一抹笑意。

整整一個上午，閻雅靜都是心緒難平，總感覺缺了點兒什麼。正巧銷售主管過來遞交資料分析表，閻雅靜總算是找到了一個可以拿得出手的東西，對著鏡子整理了一下妝容，再次朝顧海的辦公室走去。

結果，半路又遇到那個煞星。閻雅靜打算無視佟轍，不料他又攔住了閻雅靜的去路。

「閻副總，妳這是幹嘛去？」

閻雅靜這一次底氣十足，「去找顧總。」

佟轍俊朗的臉上浮現幾絲清冷的笑容，「這次又去送什麼？」

閻雅靜忍著最後一絲耐心朝佟轍說：「近期的銷售資料分析。」

結果，一不留神的工夫，佟轍又把文件搶走了。

「你送進去也白搭，銷售這一塊一直都是我在監督負責，你就是送進去了，顧總也得把我找過去。」閻雅靜俏麗的下巴對著佟轍。

佟轍哼笑一聲，「就這種銷售指標，妳也敢送過去？」

閻雅靜臉上的神采立刻黯淡幾分，「你什麼意思？」

「一個季度的銷售業績才比同類企業高出這麼幾個百分點，還是在廣告投入這麼大的前提下，銷售部門是妳養出來吃閒飯的麼？妳竟然還有臉拿著這份報表進去和顧總彙報情況？如果我是妳，我早就找個牆縫鑽進去了。」

閻雅靜被擠兌7得一句話都說不出來，紅潤的嘴唇因憤怒而微微抖動著。

佟轍拍了她的頭一下，「少動一些歪心思，多做一些實事，銷售不愁上不去！」

7：排擠、欺負。

回到辦公室，閻雅靜鬆開手，才發現手心都是汗，全是被那個二貨給氣的！憑什麼一個新來的副總就要對我指手畫腳？這個公司是我陪著顧海一點一點做大的，沒有我的領導和管理，銷售能做到現在這樣？有本事你接手一個試試，你能做到之前的三成我就服你！

這股情緒一直到中午下班還沒有平息，更讓閻雅靜崩潰的是，從她早上來一直到現在，連顧海的影兒都沒瞧見。

終於，提著包走出辦公室的時候，閻雅靜瞧見了顧海。

顧海和佟輸兩個人一起朝電梯走去。

閻雅靜急走兩步跟了過去，結果都已經走到電梯前了，佟輸也看到她了，還硬是按了關門。閻雅靜就這樣眼睜睜地看著電梯在自個面前關上，佟輸的那雙眼睛就在她的視線內揮之不去。

下午，閻雅靜剛到辦公室，屁股還沒坐穩，技術部門的主管就過來了。

「閻副總，您再看看，這份修改後的樣本怎麼樣？」

閻雅靜看了下圖紙，目露詫異之色。

「這份樣本不是早就審核通過了麼？怎麼又重新修改了？」

主管目露尷尬之色，「上次您是審核通過了，可……佟副總又給打回來了，說我們的設計樣本沒有考慮到材料採購這一環節，造成很多不必要的麻煩，所以……」

閻雅靜還沒等主管說完，噌的一下站起，雙目噴火地朝佟輸的辦公室走去。

結果，他人不在。

她又大步朝顧海的辦公室走去。

受不了了！她一定要和顧海狠狠控訴這個傢伙，從今以後，有他沒她，有她沒他！

結果，按了幾下門鈴都沒反應，閻雅靜乾脆直接推門進去。

佟轍就坐在顧海的位置上。

閻雅靜美目圓瞪，她簡直不敢相信自個的眼睛，佟轍竟然坐在顧海的辦公椅上翹著二郎腿嗑瓜子，還拿一副大爺的眼神看著她。

「有事麼？」

閻雅靜走到佟轍身邊，死死盯著他看。

「你就不怕顧總看到你這副德性麼？」

佟轍漫不經心地拿起一顆瓜子塞到嘴裡，嗑完之後，瓜子皮直接吹到閻雅靜的臉上，連帶著他額前的幾縷髮絲都吹起來了，露出一張帥氣凌人的面孔。

「就是顧海讓我坐在這的。」佟轍伸出手指了指身後的房間，「他就在裡面睡覺，你要是想讓他看到我這副德性，可以敲門進去，或者直接大喊幾聲。我保證他出來之後，第一個注意到的不是我，而是妳。」說完，端起杯子喝了口咖啡。

閻雅靜看到佟轍用顧海的杯子喝水，差點兒氣得吐血而亡，要知道她和顧海認識了這麼多年，也沒碰過他的生活用品。

「行，我看你還能笑多久。」閻雅靜狠狠給了佟轍一記眼神，而後轉身走出顧海的辦公室。

下午四點鐘，白洛因接到一個電話，教導員打過來的。

「小白啊！通知你們營參與訓練的那些士兵，停下手頭的事情趕緊回去收拾東西，五點鐘緊急集合，到時候咱們就出發了。」

五點鐘……白洛因驚了一下，「不是說晚上九點麼？」

「計畫趕不上變化快，車隊已經派過來了，差那麼幾個小時也沒什麼區別吧？」

撂下手機，白洛因的心涼了一下，最後一頓飯就這麼沒了。早知道這樣，中午就過去和顧海見個面了，這會兒就算趕過去也來不及了。沒想到早上踹他的那一腳竟成了告別的禮物，白洛因心裡酸澀澀的。

剛要給顧海打個電話，手機又響了，還是教導員打過來的。

「小白啊，我說錯了，是六點鐘，六點鐘啊！」

撂下手機，白洛因二話不說，駕著車就朝部隊大門口衝去。一路疾馳，腦子裡就一個念頭，再見顧海一面，哪怕隔著窗戶瞅一眼也好。

眼瞅著距離顧海公司不到五公里的路程了，路上居然又開始堵車，目測是前方出了一場交通事故，交警正在清理現場。

白洛因看了下表，還有時間。

結果這一堵就堵了十來分鐘，本來很寬裕的時間，突然間變得緊湊了。

白洛因焦灼地看著表，恐怕來不及了，於是一拍方向盤，斷然下車，邁開大步朝顧海公司的方向狂奔而去。

6.

到了顧海的公司，白洛因還是先去找接待小姐。接待小姐的電話打過去，依舊轉到閻雅靜的辦公室。閻雅靜接到電話之後，立刻通知這邊，顧海就在辦公室，一會兒就讓他下來。

「顧總馬上就到，您先坐在那邊的沙發上稍等片刻。」

白洛因正好趁著這段時間喘口氣，臉上的汗都往下滴答，接待小姐送了一條毛巾過來，白洛因禮貌地說了聲謝謝。

吸取上次的教訓，這一次閻雅靜接到消息之後，馬上朝顧海的辦公室走去。

推開門，佟轍橫在沙發上看雜誌，模樣很懶散。

「妳怎麼又來了？」

閻雅靜這一次二話不說，直接去敲裡屋的門。

佟轍飛速從沙發上躍起，兩大步橫跨到閻雅靜的面前，一把攥住她的手腕，強行阻止她敲門，「顧總在休息，沒有急事不要打擾他。」

「我有急事，十萬火急的事！」閻雅靜用力掙脫佟轍的束縛。

佟轍還是那副冷冰冰的面孔，「我說了，顧總在休息！」

「我不管，我一定要把他叫起來，外面有人找他，顧總囑咐過了，只要這個人來，無論他在幹什麼，一定要第一時間通知他。」

佟轍冷哼一聲，「妳還能編點兒靠譜的麼？」

「誰編了？」閻雅靜見佟輸不可理喻，便不再和他囉唆，直接開口大聲喊：「顧海，白……」

嘴被佟輸捂住了，佟輸用看怪物的眼神看著閻雅靜，「妳是瘋了麼？」

閻雅靜狠狠咬了佟輸一口，佟輸吃痛，暫時鬆開手。

「真沒見過妳這麼極品的女人。」

閻雅靜恨恨地喘了幾口氣，「我也沒見過你這麼極品的男人。」說完拿起手機，直接給顧海打電話，不讓我喊可以，我直接打電話總成了吧？

結果，手機就在佟輸的衣兜裡面響了。

佟輸兩個手指夾出來，舉到閻雅靜的面前，嘴角露出一抹冷笑。

「別費那個心思了。」

閻雅靜赤紅的雙目盯著佟輸看了一會兒，眼睛裡的溫度漸漸下降，她像是突然意識到了什麼，意味不明地笑了笑。

「行，那你繼續在這守著。」

白洛因足足等了五分鐘都沒見顧海下來，只好又起身朝服務臺走過去。

「抱歉，白先生，顧總暫時有事，下不來了。」

「有事？」白洛因英挺的眉毛微微挑起，「剛才不是說沒事麼？」

接待小姐一副歉疚的表情，「剛才的確沒事，可後來閻副總又打過電話來，說那邊出了點兒情況，她沒法第一時間聯繫到顧總。」

白洛因一聽這話也不費那工夫了，乾脆直接給顧海打電話。

結果，這一通電話打過去，另一個聲音冒出來了。

「喂。」佟轍的聲音。

白洛因淡淡問了句，「顧海呢？」

「他睡覺呢。」

他——睡——覺——呢……這四個字，像是四把冰刀，將白洛因火熱的心捅得稀巴爛。

他僵挺著身體站在一樓大廳，看著電梯，愣了十多秒，轉身，大步出門。

車子開在路上，白洛因直接搖開車窗，把手機摔出去。手機外殼四分五裂，一個削尖了的薄片砸在車窗上，發出尖銳刺耳的響聲。

顧海醒過來，已經是半個鐘頭之後的事了。

手習慣性地去摸手機，想看看白洛因有沒有給自個打過電話，結果在枕邊找了好久都沒找到，只好打著哈欠坐起身，朝外邊走去。

佟轍嘴裡叼著菸，眯縫著眼睛盯著一份文件瞅，英俊的臉上浮現幾絲愁色，像是看到了很多令他不滿的東西。

「閻雅靜進來過麼？」顧海問。

佟轍頭也不抬地說：「進來過幾次，被我轟出去了。」

顧海眼中斂著光，笑容裡透著幾分神祕。

「她有說什麼麼？」

「無非就是那一套。」佟轍放下檔案，揉了揉眉心，「現在這種社會，這麼傻的女孩不多見了，你是身在福中不知福啊！」

顧海坐到佟轍的身邊，悠然地點起一根菸。

「我不喜歡那種類型的。」

「看出來了。」佟轍語氣淡淡的，「你喜歡作風豪放的，她這種名門閨秀滿足不了你那狂獸的屬性。」

顧海但笑不語。

佟轍拿出手機遞給顧海。

「你怎麼把我手機拿走了？」顧海納悶。

「義務為你擋電話，怕某個女人耐不住寂寞，趁你睡覺的時候騷擾你。」

顧海笑著用手戳了佟轍的腦門一下，「你丫倒是挺懂我。」說罷翻了翻通訊記錄，看到白洛因的號碼，臉上的笑容瞬間凝固了。

「他給我打過電話？」顧海連忙問。

佟轍點頭，「就在你剛才睡覺的時候。」

顧海的臉驟然變色，「他說了些什麼？」

「什麼都沒說，就問你在哪。」

「你怎麼說的？」顧海心裡一緊。

佟轍懶散的目光瞟向顧海，「就說你在睡覺。」

顧海的那兩道濃眉差點兒重疊到一起。

他顧不上發火，趕忙給白洛因打了一個電話，結果顯示無法接通。介面往下一拉，看到同一時間，閻雅靜也給自個打過電話，於是迅速起身朝外走去。
閻雅靜終於把顧海盼來了，眸底溢出淡淡的喜悅。
不料，顧海進來就是一聲冷厲的質問：「白洛因是不是來過？」
「是啊！」閻雅靜一派輕鬆的口吻，「你在睡覺，佟副總不讓我打擾你，我就只好讓他先走了。」閻雅靜特意把「佟副總」三個字咬得很重。
顧海臉都青了，非但沒遷怒於佟轍，還大聲朝閻雅靜訓斥道，「妳幹什麼吃的？一連兩次把人擋在外面！他不讓妳打擾我，妳就老老實實聽他的？那我還要妳這個副總幹什麼？我直接留他一個人算了！」
閻雅靜也急了，站起身和顧海叫板[8]，「你讓我怎麼做？我進屋被佟轍攔著，我打你電話手機被佟轍把著，你以為我想聽他的麼？如果不是他欺人太甚，我能坐視不理麼？」
結果，這一番解釋過後，顧海說出的話更犀利了。
「妳剛才要是有這麼大的音量，我早就醒了！還用得著手機麼？」
閻雅靜的眼淚都快被擠兌出來了，從小到大，她都是養尊處優的大小姐，人人寵著愛著，這輩子受的氣全是顧海給的。
「隨你！你愛怎麼想怎麼想，你把我辭了更好！」崩潰的一聲大喊。

8：京劇術語，衍申為挑釁之意。

顧海二話不說，沉著臉扭頭便走。

佟轍還沒意識到問題的嚴重性，等顧海回到辦公室的時候，還拿不正經的口氣和他調侃，「你不是說要減少你倆相處的機會麼？怎麼又主動跑到她的辦公室了？」

顧海本來急著去找白洛因，想等回來再和佟轍算帳，結果佟轍這麼一句話，徹底把顧海給惹惱了，當即拽著佟轍的脖領子一通吼，「你為什麼不讓她進來？你為什麼要攔著她？」

佟轍很淡定地回了句，「不是你讓我攔著的麼？」

顧海定定地看了佟轍幾秒鐘，眼皮絕望地碰撞在一起，再次分開時，目光中噴射著熊熊的火焰，「你丫是不是顧洋派過來折騰我的？」說完這句話，甩袖子走人。

顧海火速趕到部隊，結果到了白洛因的宿舍，門是鎖著的，他用鑰匙打開門，看到裡面空蕩蕩的，行李箱不見了，被子疊起來了……顧海的心瞬間揪起，去了傳達室，那裡的軍官告訴顧海，「走了半個鐘頭了，他那輛車是最後走的，你要是早點兒來，說不定還能瞅見他呢！」

顧海心裡別提多難受了。白洛因一定是臨時接到通知的，為了見自己一面，急匆匆地往公司趕，結果到了那，他竟然在睡覺，電話都是別人接聽的……顧海都能想像到白洛因斷然離去的模樣，腦子裡可以描畫出白洛因失落透頂的表情。

再次回到白洛因的宿舍，眼前還是昨晚相處的畫面，床底下的那一箱書還在整整齊齊地擺放著，每本書上都有白洛因的指痕。

就這麼走了，連最後一面都沒瞧見，連最後一頓飯都沒吃上，連最後一聲抱怨都沒聽見……就這麼去過苦日子了。這一走又是一個月的時間，他要睡一個月的冷被窩，吃一個月不合胃口的飯菜，每天訓練到深夜，累到呼吸都困難，卻找不到一個人訴說……

7.

部隊到達全封閉訓練基地已經是後半夜的事情了，很多人都已經窩在車廂裡睡著了。

白洛因坐在司機的身後，車一到站，扭頭朝數十位搖頭晃腦的官兵喝令一聲：「到站了，都精神精神，別睡了。」

這一聲洪亮的提醒，把前面的司機都嚇了一跳。都這個點兒了，又坐了這麼長時間的車，他怎麼還這麼精神？

白洛因站在車外，看著官兵一個個走下來。

劉沖是最後幾個下來的，看到白洛因站在車門口，很自覺地快走了兩步，下車之後迅速轉身去追大部隊。

白洛因一把將他揪了回來。

自打上次被顧海整過之後，這個小尉官就一直對白洛因避讓三尺。

「還記仇呢？」白洛因的聲音難得柔和了一次。

劉沖拘謹的笑笑，「我從沒記恨過你，我剛來部隊的時候，要不是你對我的額外照顧，那一年我會生活得很艱難。我這程子想了很多事，我有點兒自私了，我總自以為是地關心你，反而給你造成了不必要的麻煩。」

白洛因微微瞇起眼睛打量著劉沖，「你這程子沒露面，就想這些亂七八糟的事來的？」

「不、不是……」劉沖尷尬地撓撓頭，「我一直努力訓練，把前陣子缺的那些課程補上，如果不抓緊的話，很可能這次飛行任務裡就沒我了。」

白洛因點點頭，「這倒是，有上進心還是好的。」

劉沖發現，今天的白洛因和平時特別不一樣，目光爍爍有神，在深夜裡發著璀璨的光芒，好像絲毫沒被旅途的疲倦所侵襲，整個人都散發著勃勃生機。

「小白，你那邊的人齊了沒？」遠處傳來一聲敦促。

白洛因拍拍劉沖的肩膀，「你沒記恨我就好，有工夫咱們再聊，好好回去休息吧！」說完，朝不遠處的幾個人走去。

凌晨兩點多，這些官兵全部安排宿舍就寢了，周凌雲挺拔的身姿屹立在飛行指揮塔臺上，目光深切地凝望著整片基地，夜色蒼茫，浩瀚星空下的訓練場透著一股雄壯之美。不遠處，數十架戰機列隊昂首，蓄勢待發，周凌雲心中隱隱透著幾分激動。

身後突然傳來穩健的腳步聲，踢踏的節奏顯出來者心情的激昂。

周凌雲心中暗暗詫異，除了他這種神經病，還有誰大晚上不睡覺，跑到這來欣賞訓練基地？一直以來，周凌雲都被視作飛行瘋子而存在的，極少有人能理解他的這份狂熱。

「真美啊！」身後的人傳來驚歎聲。

周凌雲身形一凜，這個聲音怎麼聽著這麼耳熟？回頭一望，居然是白洛因！周凌雲太意外了，怎麼能是白洛因呢？平時無論有什麼任務，無論出發去哪兒，只要一落腳，白洛因肯定是第一個睡著的，今兒是怎麼了？

某小白走到周凌雲面前，咣噹一落腳，氣勢恢宏。

「你也在啊！真巧！」

周凌雲第一次在夜裡看到白洛因如此精神抖擻的模樣，像是被注射了五千ＣＣ的雞血，昂首站在這裡，就差打鳴了。

「你怎麼還不睡？」周凌雲疑惑的目光審視著白洛因。

白洛因聲音豪邁，「太興奮了，睡不著！」

和白洛因這麼一比，周凌雲反倒顯得很萎靡，甚至還露出一副不理解的表情。

「興奮？有什麼可興奮的？」

白洛因像是宣誓一樣地大聲說道：「馬上就要開始三十多天的訓練了，這三十多天，我們又要翱翔藍天、俯瞰大地，向著新的目標進發了。難道這不值得我們興奮麼？那麼多航空兵就要在你我的號角下征戰沙場了，他們是有備而來的，必將滿載而歸！」

周凌雲：「……」

白洛因等了半天沒聽到回應，扭頭看著周凌雲，目露詫異之色。

「你今天怎麼這麼沒精神啊？」

周凌雲喉結處動了動，「是你精神過頭了吧？」

白洛因用力拍了周凌雲的肩膀一下，力道猛得驚人。

「一起努力吧！哈哈哈……」

周凌雲看著白洛因漸行漸遠的背影，心裡涼颼颼的，這娃中了什麼邪了？

睡了不到一個鐘頭，周凌雲就起床了，他幾乎每天都是部隊起得最早的一個。無論春秋冬夏，無論睡得多晚，早上四點鐘都會醒過來，腦子裡的生理時鐘準得嚇人。

洗漱完畢，周凌雲走到訓練場上活動活動身體，這會兒天還是黑的，月朗星稀，視線內只有幾個孤零零的身影，不是清掃人員就是站崗的。

想到昨晚上白洛因那不正常的精神頭兒，周凌雲心中哼笑一聲，這小子今兒肯定得遲到。

「首長，夠懶的，現在才起。」

周凌雲身形一震，順著聲音的源頭看過去，一個身影正在跑道上縱情奔跑著，而且這個身影越看越熟悉，越看越熟悉，跟過去一瞧，竟然是白洛因。

「你沒睡覺？」周凌雲問。

白洛因額頭上的劉海已經被汗水打濕，跟著腳步的節奏一下下拍打著周凌雲的心。

「睡了，睡了十分鐘。」說完，突然加快速度，如同駿馬一樣在周凌雲的眼皮底下奔騰而去。

周凌雲臨時剎車，朝旁邊的站崗兵問道：「他什麼時候過來的？」

站崗兵僵硬的面部肌肉動了動，艱難地回道：「我已經盯著他轉了二十多圈了。」

周凌雲：「……」

上午，高難度飛行訓練正式拉開序幕，數十架戰機滑出機棚，跑道盡頭蓄勢待發。滑跑、加速、加力起飛……兩架銀色戰鷹騰空而起，呼嘯漸遠。最大坡度盤旋、低空倒飛通場、小角度最快速度著陸……一連串令人驚心動魄的動作在周凌雲的眼前不斷展現。

他在飛行指揮塔臺上進行指揮，偶爾也會親自上去飛行示範。這種飛行和平日的飛行是完全不同的，一個高難度動作就是一次對身體極限的挑戰，三、四個小時不間斷飛行，只有周凌雲敢下這樣的強度，也就只有他的兵受得起這樣的折磨。

終於，周淩雲拉響了結束的號角。
航空兵們一個個從戰機上走下來，有的大汗淋漓，有的走路都發飄，有幾個平時身體素質不錯的，這會兒都出現眩暈嘔吐的情況。
周淩雲目送著他們走出訓練場。
就在他準備一併離開的時候，突然有三架戰機再度升空，其中一架是白洛因的戰機，後面跟著的兩架是他的士兵駕駛的。三架戰機又開始做那些高難度的動作，十幾噸重的東西，在他們的操控下輕快得像一隻小鳥。
周淩雲的目光微微瞇起，眼中含著幾分驚喜之色。
這次來訓練，白洛因似乎真的變了。敢於在周淩雲結束命令下達後，繼續保持作戰狀態的人，可以簡單地歸納為找死。
精神可以嘉獎，但這種策略不得當。
周淩雲很快朝那片區域走去。
三架戰機下來之後，除了白洛因，剩下的兩個士兵臉都沒有血色了。
「行了，休息吧。」周淩雲難得鬆口，「勁兒要省得點兒用，還有三十多天呢。」
不料，白洛因當即否決了：「不行，今天訓練不達標，就甭指望休息了。」
以往都是周淩雲百般刁難，白洛因在一旁護短，今兒反過來了。
「這種訓練狀態，不練也罷。」
白洛因毫不讓步，「訓練狀態都是意志力逼出來的，人的潛能是無限的，登機！」
在周淩雲愕然的目光中，三架戰機再次衝上雲霄。

周凌雲想趁著晚飯的時間和白洛因好好聊聊。

白洛因直接穿著抗G衣[9]走進來了，儼然剛從戰機上下來，摘下飛行盔，一腦門子的汗，頭髮還是濕漉漉的。

「您要和我說什麼？」白洛因喘著粗氣問。

周凌雲示意他坐下，「咱坐下來慢慢聊。」

沒一會兒，送飯的人進來了，這是飯堂額外給白洛因開的小灶[10]，周凌雲是看白洛因從昨天晚上到現在一直沒休息，訓練這麼辛苦，讓他好好補補。

結果，白洛因就看了一眼，便朝送飯的炊事兵訓斥道，「誰讓你額外做這些東西給我們吃的？你這是要搞特殊化麼？是要在我們和士兵之間搞對立麼？」

「不是……」炊事兵緊張地看了周凌雲一眼，「是……」

「你這又是、又不是的胡叨叨[11]什麼呢？趕緊端走！飯堂有什麼拿什麼過來，這些飯菜給那幾個胃口不舒服的士兵送過去！」

周凌雲再一次被白洛因的反常刺激到了，他一早就聽說過，白洛因胃口特別刁，極少吃飯堂的飯菜，每天都有人送飯來，今兒這是怎麼了？

白洛因硬要艱苦樸素，周凌雲做為領導也不好說什麼，只能陪著他吃饅頭和剩菜。

白洛因大口大口地吃著饅頭，幾乎三口一個，周凌雲這邊還沒拿起筷子，他那邊五個饅頭都下肚了。周凌雲這邊剛咬一口饅頭，他那邊菜湯都喝光了。

打了一個飽嗝，白洛因朝周凌雲問：「首長，您想和我說什麼？」

周凌雲咬下的那一口饅頭就在嘴裡噎著，定定地看了白洛因一陣，機械地搖了搖頭。

白洛因迅速拿起飛行盔，與沖沖地朝周淩雲說：「那我去訓練了。」

直到確定白洛因宿舍的燈滅了，周淩雲才回房間休息。

迷迷糊糊剛要睡著，突然被一陣轟隆隆的響聲吵醒，周淩雲做飛行員這麼多年，這聲音是從哪發出來的再清楚不過了，這麼晚，誰還在外邊偷偷訓練呢？

披了件衣服走出去，戰機剛起飛，周淩雲定睛一掃，臉都綠了。

竟然又是白洛因！

一次兩次，周淩雲心裡還透著幾分驚喜，次數多了可就不是那麼回事了。穿好衣服走出去，強行發布指揮命令，讓白洛因趕緊下來。然後將他五花大綁綁回宿舍，按在床上，衣服給他脫了，被子給他蓋好了，燈給他關上，才放心地出門。

不料被窩剛熱呼，外邊又響起轟隆隆的響聲，周淩雲臉一黑又衝出去了。

這次不僅把白洛因押回宿舍，還把門從外面鎖上了。

結果，白洛因這個撬鎖高手，不到三分鐘就把門給打開了。

周淩雲剛回床，轟隆隆的聲音又響起來了，他徹底怒了，直接把白洛因拖到了自個的房間，按在枕邊，看著他睡。

9：戰鬥機飛行員專用服裝，夾層有氣囊和氣管，飛行員在高空做高G力動作時，可防止血液逆流，發生危險。
10：指另外特別安排較高級的飲食。
11：胡說。

終於，夜靜了。

周淩雲也陷入夢鄉，他夢到自個駕駛著戰機衝向戰場，正在和敵人英勇搏鬥，突然戰機開始搖晃起來，怎麼也控制不了平衡，他的身體也跟著一陣搖晃。

猛地驚醒，發現真的有人在搖晃自己，頭頂上方一張臉，陰颼颼的目光直瞪著他。

「給我布置點兒訓練任務。」白洛因幽幽地說。

周淩雲把手伸向白洛因的額頭，白洛因一把攥住他的手腕，又是一陣大力地搖晃，周淩雲差點兒被白洛因搖晃到地上。

白洛因的大嗓門直接劈向周淩雲脆弱的耳朵，「你咋不讓我訓練了？你咋不讓我訓練了？我想訓練啊！」

8.

佟輸走出辦公室前朝顧海問了句，「你又不回去了？」

顧海用一個木然的眼神回覆了佟輸的問題。

自打白洛因走，顧海就一直住在公司，算起來已經有一個禮拜了。這一個禮拜顧海都不知道自個是怎麼熬過來的，精神已經瀕臨崩潰，兩人從復合到現在，一直過著聚少離多的日子，可像這次這麼難受的情況，顧海還是第一次體會。

以往雖然分開，起碼還能用手機聯繫，這次白洛因是徹底消失了，顧海想盡一切辦法都聯繫不到他。沒有白洛因的消息，不知道他過得是好是壞，顧海每天都是百爪撓心，幾乎除了工作，剩餘的時間全用來糾結白洛因了。

到了晚上九點多，公司就成了一座空樓。

顧海一個人坐在辦公室，燈都關著，只有眼前的電腦是開著的。螢幕上不斷地閃著白洛因的相片，一張一張在顧海眼前閃，越看心裡越難受。

電話又一次打到了空軍政治部副主任那裡，顧海不只一次吃閉門羹了。

「我說小海啊，不是叔不幫你，這事我真不清楚，要不你給你魏叔打個電話？」

一幫孫子！

平時說話一個比一個客氣，真到了擔責任的事上，誰都把嘴咬得死死的。

顧海恨恨地將手機撇在辦公桌上，長出了一口氣，掏出一根菸點上，對著外邊的星空緩緩地抽著。七、八根菸下來，顧海的情緒不僅沒有得到釋放，反而更加焦灼了。

無奈之下，顧海只好又撥通了姜圓的電話。

「因子的部隊在搞封閉訓練，他走之前沒帶夠衣服，妳給他送點兒過去。」顧海說。

姜圓急忙問，「你怎麼知道的？他給你打過電話了？」

「沒，他手機忘帶了，他們團的幹部告訴我的。」

「行，我知道了，待兩天我就給他送過去。」

顧海催促道，「妳明天就給他送過去吧，最近可能要變天兒了。」

姜圓遲疑了一陣，朝顧海問：「你怎麼不給他送？」

「我怕耽誤他訓練。」

這句話聽得姜圓挺欣慰，顧海長大了，已經懂得如何去關心人了。

掛掉電話，顧海深吸了一口氣，閉上眼睛，內心陷入一片黑暗之中。

晚上，顧威霆回來，姜圓就把這事和他說了。

「妳在開玩笑麼？」顧威霆語氣很生硬，「他平時在部隊，妳去瞧瞧他也就算了，現在在外面搞封閉訓練，我都不能隨意進出，妳還想進去看他？妳快歇歇吧！」

姜圓氣結，「封閉訓練也不是坐牢啊！憑什麼不能進去看？」

「我和妳說，他們現在就等於高級犯人，只是使命不一樣罷了。」

姜圓一聽更氣憤了，「你說什麼？我兒子在部隊就是犯人的待遇？早知道我就讓他轉業了，我還以為他在部隊多威風，日子過得多瀟灑呢。」

越說越心疼，眼瞅著眼淚就要掉下來了，顧威霆趕緊說兩句好話緩和一下。

「我這些年不也是這麼過來的麼？哪有妳想得那麼苦？無非就是執行任務的時候累一點兒。話又說回來了，什麼崗位不累？清潔工每天都得風裡來雨裡去的。每天看看報紙喝喝茶就名利雙收？哪有這種美事啊？」

姜圓繃著臉說，「我不管，反正我得去給我兒子送衣服，說話就要變天兒了，我不能讓他著涼吧？」

「他現在又不在北京，變天兒礙他什麼事？再說了，他都二十七了，還能讓自個凍著？」顧威霆不以為意。

姜圓又惱了，「你兒子也二十七了，他還會做飯呢，你怎麼也去給他送吃的？」

一句話把顧威霆噎住了，好一會兒才開口說：「要不這樣吧，我給那邊的領導打個電話，讓他們給因子多加兩件衣服總成了吧？」

「不行。」姜圓嘴唇咬得死死的，「我就要親自送去，我太了解你們這些男人了，嘴上應得快，用不了幾分鐘就忘到腦袋後邊了。」

顧威霆死活不鬆口，「封閉訓練期間，任何部隊外的人都不許可進入，妳死了那份心吧。」

姜圓的臉瞬間就冷了，轉身就去了別的屋，不理顧威霆了。這場冷戰一直持續到被窩裡，姜圓背朝著顧威霆，一身的寒氣。

顧大軍長終於退了一步。

「妳把衣服給我，我明天給他送過去。」

姜圓轉過身看著顧威霆，「真的？你不會把衣服扔了吧？」

「我在妳眼裡就這麼不靠譜麼？」

姜圓繃了一天的臉總算露出幾分笑意，她趕緊下床，到櫃子裡拿出事先準備好的衣服，放在床頭櫃上，反覆叮囑顧威霆。

「明天走之前別忘了啊！」

第二天，顧海就一直潛伏在軍區別墅的四周，等著顧威霆的出現。

上午九點多鐘，顧威霆的車緩緩地開了出來。

顧海一路尾隨著顧威霆，足足跟了四個多鐘頭，才到了這個祕密軍事基地。其實也算不上祕密了，顧海小的時候就和顧威霆來過這，只是印象不深了。一晃二十多年過去了，沒想到這個基地還在，只是住在裡面的人全都不認識了。

顧海雖然開的是軍車，可到門口還是被攔截了。

「請出示您的證件。」

顧海掏出身分證遞給哨兵看，哨兵掃了一眼之後，又把目光朝向顧海。

「你是顧首長的兒子？」

顧海點頭。

「行了，進去吧。」

原以為進了這道門，就可以和他朝思暮想的媳婦兒見面了，不料沒走幾步又被兩個軍官攔了下來，「抱歉，您不能再往裡走了，前面就是訓練場和實驗區了。如果你要找什麼人，請在接待室等候，我們幫您去傳達。」

這裡相對於普通部隊的管理要嚴格得多，顧海不屬於部隊的人，自然不能像顧威霆那樣隨意進出。不過他也沒打算進去，只要能和白洛因見一面，和他說上幾句話，顧海就心滿意足了。

這一等就是兩個多鐘頭，顧海起初坐在招待室裡，後來走了出去，放眼天空，幾架戰機組成一個飛行編隊，正在反覆練習著大角度轉體動作。

雖然看不到裡面的駕駛員，可顧海依稀能感覺到哪架戰機是白洛因操控的。

「他們每天都這麼練。」身後的一個軍官突然開口。

顧海沒說什麼，目光始終在一架戰機上流連。

「我喜歡看他們拉煙的時候，特別漂亮。」

對於別人而言，這些飛行就是一種表演，一種觀賞，可對於此時此刻的顧海而言，這些高難度的動作昭示的是平日裡艱苦的訓練。表演越精采，其背後付出的辛苦就越多，顧海的心就越疼。那七百二十度連續滾轉的動作，在別人眼裡就是一種特技，在顧海眼裡就是高達十幾個G的載荷。

眼瞧著第一階段的訓練結束，傳達的士兵才得以和白洛因說上幾句話。

「白營長，有人找您。」

白洛因咕咚咕咚喝了幾大口水，問道：「誰啊？」

「顧海。」

白洛因嘴裡的水差點兒嗆到，扔掉瓶子，直接回了句，「不見！」然後便再次登上戰機。

原本第二階段的訓練白洛因可以不參加，可一聽說顧海來了，白洛因突然就坐不住了。理智上阻撓他去見顧海，情感上又控制不住，白洛因只好回了機艙，用高負荷的訓練任務來緩解難受的心情。

天漸漸黑了，夜空中只剩下白洛因那一架戰機，顧海還沒走。

傳達士兵又過去了，「白營長，顧海還沒走，您是不是考慮見一面？」

白洛因態度很堅決，「我說了不見就是不見。」

聽著遠去的腳步聲，白洛因的心疼了一下。

沒一會兒，那腳步聲又回來了。

白洛因狠攥了一下拳頭，怒道：「我不是說了不見麼？」

「不是顧海，是顧首長，顧首長要見您。」

白洛因愣了半晌，點了點頭。

9.

顧海在待客室一直等，結果等來的還是一樣的答案——他不見你。

此時此刻，顧海才知道，他一個疏忽，把白洛因傷得有多深。

「要不等他們就寢之後，我再去幫您問問？說不定那會兒就有時間了。」

顧海對身後的話恍若未聞，他已經看到白洛因的身影了，就在不遠處的食堂三樓，坐在把角的位置吃著東西。顧海看不清他吃的是什麼，但是能看清他吃東西的姿態，大口大口咀嚼著，費力地吞嚥著，那些東西一定不好吃，可他餓壞了。

將近三百米的距離，顧海能清晰地感受到白洛因心中的苦悶，他特想走到白洛因身邊看看他，看看他到底是胖了還是瘦了，有沒有哪兒受傷，最近的心情怎麼樣……腳步下意識地往前移，結果被兩桿槍擋住了去路。

「顧先生，您不能再往裡走了。」

「請不要讓我們為難。」

顧海的腳步滯留在半里開外，眼睛定定地看著白洛因。

因子，你一點兒都不想我麼？

白洛因隔著玻璃，眼睜睜地看著顧海駕車離去，那點兒眼淚全就著包子嚥進去了。

「這兒的伙食怎麼樣？」顧威霆並不清楚外邊發生了什麼。

白洛因緩過神來，淡淡地回了句，「還成。」

顧威霆發現白洛因自始至終都沒動眼前的這兩盤菜。

「怎麼不吃菜？再不吃該涼了。」

白洛因艱難地將嘴裡的那口包子嚥下去，然後在顧威霆的注視下拿起筷子，儘管他刻意板著自個，拿筷子的手還是難以抑制地哆嗦起來。由於長時間抓握油門和駕駛桿，白洛因的兩條胳膊已經沒法正常地拿穩筷子，所以他這幾天不是吃包子就是吃肉餅，幾乎不點菜的，今天這兩盤菜是特意為顧威霆點的。

「您也吃點兒吧，從這回去還得好幾個小時呢！」白洛因刻意掩飾著自個的狼狽。

顧威霆對白洛因此時的情況再了解不過，草草算起來，這個孩子已經入伍將近九年了。在這九年間，他曾給過顧威霆很多心理上的觸動。自打他娶了姜圓，白洛因從未沾過他半分榮耀，看似被光環籠罩的九年，其實是他用汗水一點兒一點兒為自己打拚的，與顧威霆沒有絲毫關係，頂多初來乍到的時候比別人醒目一點兒。

他的付出和奮鬥，是顧威霆看在眼裡的，即便沒有親情關係，看著這樣一個年輕人在這吃苦受罪，顧威霆心裡也會不落忍12，更不要說是他的乾兒子了。

白洛因夾著一塊肉，哆哆嗦嗦送到顧威霆的碗裡，然後繼續悶頭吃包子。

他的心完全不在這，一丁點的胃口都沒有，吃東西完全是機械性的，純粹是拿來充飢，根本沒有好吃與不好吃之分。

顧威霆吃著碗裡的這塊肉，再看著白洛因，突然有些難以下嚥的感覺。

白洛因還沉浸在顧海離去的難過之中，突然有雙筷子伸到了自個面前。

「吃吧。」顧威霆難得溫柔。

白洛因愣然地看著眼皮底下的筷子，看著筷子上的這塊牛肉，嘴唇動了動，無意識地打開，一塊汁濃味美的腱子肉就這樣毫無徵兆地滑入口中，帶著顧海父親的一份濃情，在白洛因的心中烙下深深一個印痕。

如果是一個普通士兵，被這樣一個將士親手餵飯，那份衝擊是來自於地位的懸殊，而白洛因心中的震撼，完完全全因為這是顧海的父親。

這是九年前將顧海關在地道裡、口口聲聲對他威脅的人；是將他們逼到走投無路、終日漂流在外的人；是看到顧海出車禍，對自己懷恨在心的人……而今，他卻用一雙溫和的手，夾起菜遞送到自己嘴邊，只因為他看到自己不能拿穩筷子。

顧海給白洛因餵過無數次的飯菜，白洛因都沒有想哭的感覺，今兒顧威霆餵他吃了這麼一口，他突然有些哽咽了。再也不是九年前的心態，得過且過，走一步算一步。吃透了種種磨難的白洛因，在明白責任為何物之後，終於發現，他是如此強烈地渴望被認可和祝福。

回去的路上，顧威霆滿腦子都是白洛因強忍住眼淚的畫面，那在眼睛裡不斷打轉的一滴淚，狠狠地揪扯著顧威霆的心。

晚上訓練完回到宿舍，白洛因發現床上的被子不見了，正納悶著，身後轉來一陣敲門聲。

劉沖探頭進來，試探性地問：「首長，我能進來麼？」

白洛因劍眉一挑，「有什麼不能的？」

劉沖進來之後，白洛因才看到他的肩上扛著一床被子。

「你怎麼把我被子拿走了？」白洛因問。

劉沖大剌剌地說：「咱這太潮了，前兩天總是下雨，被子有一股霉味，今兒我們都拿出去晒了。我從你這過，瞧見門是開著的，我就把你被子一塊扛出去了。首長，你不會膈應13我這麼做吧？」

「我膈應你幹什麼？」白洛因嘴邊浮現一絲笑意，「你這麼關心我，我高興還來不及呢，幹嘛膈應你？」

「首長，我能不能問你個事啊？」

白洛因一看劉沖的眼神，就知道他想問什麼，與其讓他艱難的啟口，倒不如大方承認。

「我和顧海是戀人關係。」

雖然早就有心理準備，可劉沖還是被震得說不出話來。

「怎麼？嚇著了？」白洛因倒是挺輕鬆。

劉沖連忙搖頭，「上次我被綁到你的宿舍，顧海和我說了那麼一套話，我就猜到你倆可能有那種關係，要不怎麼每次我來你宿舍，他都那麼膈應我呢？」

白洛因心裡暗暗回了句，真不容易啊！這孩子總算開竅了。

「其實，首長，我有一陣子對你也很有好感，心裡總是惦記你。不過自打顧海找過我，我就沒那種想法了，我不是怕他，我就是覺得我們之間的差距太大了。我可能只是崇拜你，就像我們宿舍的幾個戰友崇拜球星一樣，不是戀人之間的那種喜歡。」

白洛因第一次從劉沖的口中聽到邏輯如此清晰的話。

「行了，甭想這些有的沒的了，好好訓練才是關鍵。等你將來出人頭地了，身邊什麼樣的女孩找不著？」

劉沖一副疑惑的目光看著白洛因，「你現在條件這麼好，照理說也該有好多女孩願意跟你啊，你為什麼要和男的在一起呢？」

「我條件哪好了？有幾個女孩真的願意嫁給軍人？就算她們願意嫁，我也不敢娶啊！娶了只能放在家擺著，一年到頭能見幾次面啊？平時隔三差五的還要往家打電話，每次出任務還得向她報平安，想想就覺得麻煩……」

「這倒是。」劉沖忍不住感慨了一句，「難道就因為這些，你就和他在一塊了？」

「當然不是了。」白洛因挺無奈地笑笑，「這種事兒說不出個所以然來，反正上了賊船就下不來了。」

「哎，我真的難以想像，你和他怎麼能在一起？你倆一點兒都不配啊！」

雖然白洛因正在和顧海置氣，但聽到劉沖這句話，心裡還是不舒坦。

「怎麼就不配了？」

劉沖直言不諱地說：「就算男人和男人在一起，也得講個陰陽和調吧？你瞧瞧你們兩個，全都那麼勇猛，誰壓著誰合適啊？」

「你管呢？」白洛因狠敲了劉沖一記，「這是你該操心的事麼？」

劉沖還是第一次瞧見白洛因不好意思，心裡的小邪惡氾濫，忍不住想打聽一些困擾他已久的問題。

「首長，你們那個的時候爽麼？」

白洛因促狹一笑，「不爽你樂意啊？」

劉沖笑得臉頰都紅了，湊到白洛因跟前繼續八卦，「那你倆誰在上面，誰在下面啊？」

「看心情吧！」白洛因回答得很保守，事實證明，大部分時間都是顧海心情好一點兒。

「天啊，首長你也被……」劉沖一副無法接受的表情，「在下邊不難受麼？他往椅子上一坐，我就能看出他那……特壯觀。」

白洛因佯怒地看著劉沖，「你沒事盯著他那瞅幹什麼？」

劉沖悻悻的，「我沒故意盯著看，我就瞥了一眼，就瞥了一眼……」劉沖伸出一根手指頭，反覆印證著自個的純良。

「行了，別沒完沒了的，趕緊回去睡覺吧！」

劉沖還戳在那不走，「最後一個，我再問最後一個問題，成不？」

白洛因耐著性子點了點頭。

「你倆打算結婚麼？」

白洛因語塞，好半天才沉著臉說：「還結婚？能把這份關係保住就不錯了。」

「哦。」

10.

從白洛因那回來之後，顧海就成了徹頭徹尾的工作狂。

除了壓榨員工的精力，對自個也是毫不手軟。每天眼睛一睜，就是鋪天蓋地的文字資料，累到疲乏時才昏昏睡去，不留一點兒喘息的時間。

「今天我們開會的主要內容就是商定公司上市前的計畫，在座的各位就是我們選定的上市領導小組的成員。一會兒我們還要擬選出董事會祕書，由他來代理執行具體的工作。下面會議正式開始，首先由佟副總發言……」

話音剛落，雷鳴般的掌聲響起來，毫不誇張，確實是雷鳴般的掌聲。現在佟轍在公司的人氣相當旺，已經直逼顧海。除了閻雅靜，幾乎所有的女員工都對這個副總心存愛慕。

可憐了這群美女，好不容易盼來了一個雄性動物，卻和顧海一個作風，永遠對美女視而不見。不過她們也想開了，與其被一個美女收歸囊中，還不如讓兩個帥哥彼此傾心。於是她們每天偷偷觀察顧海和佟轍的互動，一旦出現她們所謂的有愛場面，一定會引起軒然大波。

這些美女在ＹＹ14顧海和佟轍的同時，還會把閻雅靜牽扯進來，編造出一系列的狗血三角關係。沒辦法，誰讓佟轍整天待在顧海身邊，還不讓閻雅靜靠近呢！

閻雅靜每天和這些美女生活在一起，不可能聽不到這些風言風語。一開始她還以笑話的心態看待這件事，後來越琢磨越不對勁，因為她自始至終就沒見過顧海的女朋友。而且佟轍剛一來，就受到顧海如此強烈的重視，說明他們私下的交往肯定不是一天兩天了，再結合佟轍針對自個的種種表現，閻雅靜已經開始有所懷疑了，可她怎麼也無法相信，顧海是喜歡男人的，所以她暗暗將佟輸視為情敵，僅僅當他是自作多情，從不認為顧海也喜歡他。

「好，下面我們來選舉臨時的董事會祕書一職。」顧海宣布。

幾乎所有人都把期待的目光投到佟輸的身上，因為佟輸一旦被選上，她們和佟輸的接觸機會就多了，這就意味著和顧海的接觸機會也多了。

閻雅靜自薦，「我認為我很適合做這份工作。」

佟輸不動聲色地瞄了她一眼，心裡暗忖道，這個女人是不是瘋了？這麼累的苦差事都往自個身上攬？真是為了能和顧海多幾分接觸機會，連命都可以不要了。

顧海臉色變了變，抬頭看向眾位美女。

「妳們有什麼意見？」

小陶先開口，「我覺得這份工作還是男人承擔比較好，一是考慮到任務比較繁重，閻副總的身體可能會吃不消，二是考慮到佟副總的背景，他在香港公司做高管多年，對於企業上市有著豐富的經驗，這樣就可以省去請顧問的麻煩了。」

剛一說完，馬上就有人回應。

「我支持小陶的建議，這種體力活還是交給男人去做吧！」

14：網路用語，為「意淫」的縮寫。

閻雅靜面露不快之色，「謝謝妳們的關心，我身體很好，公司剛起步的時候，任務比現在重多了，我都扛下來了，這點兒事在我眼裡根本不算什麼。而且據我了解，董事會祕書需要協調企業和政府部門以及仲介機構之間的關係，在這方面我更擅長一些，畢竟我在這邊的人脈要比佟副總廣多了。」

這些話一說出口，很多人都悶著頭不吭聲了。

顧海終於開口，「小閻，我很相信妳的實力。」

閻雅靜的眼角浮現一絲笑意，被佟輸捕捉得恰到好處。

顧海接著說，「這樣吧，董事會祕書一職還是交給佟輸來擔任，其中外部協調這一塊可以由妳來負責，妳覺得怎麼樣？」

閻雅靜的臉都紫了，她萬萬沒想到，顧海會出此狠手。

她之所以想擔任這個職務，就是看中了它的內部決策和執行，而外部協調是閻雅靜為了說服眾人捎帶上的，事實上她極不情願去外部跑。現在可好，不僅決策機會讓人了，還攬了這麼一項苦差事，閻雅靜想死的心都有了。

「應該沒問題吧？」顧海問。

佟輸也把審視的目光拋向閻雅靜，那眼神彷彿在說：小丫頭，還跟我鬥？妳的未婚夫早就被我把在手裡了，妳還是洗洗睡吧！

散會後，閻雅靜走在幾個美女身後。

「哎，剛才開會的時候，我的筆掉地上了，等我彎腰去撿的時候，妳們猜我看到什麼了？」

「什麼？」

「咱們顧總竟然拿腳在蹭佟副總的腿。」

「啊啊啊……不會吧？妳真看到了？」

「是啊！」確定無疑的口氣，「我起身的時候，佟副總正拿眼睛瞟顧總，小眼神那叫一個曖昧喲，我看著都不好意思了！」

「哇塞，太有愛了吧？」

閻雅靜真想捅聾自個的耳朵，省得聽見這些噁心人的議論。

關上門，過足了戲癮，顧海的那張臉又冷了下來。

佟轍抽著菸，還在回味顧海宣布決定的那一刹那，閻雅靜那兩道殺人的目光。

「光是看她的外貌和氣質，覺得這人挺高姿態的，怎麼往你身前一站就這麼掉價兒[15]呢？」佟轍幽幽地開口。

顧海壓根沒想那茬兒，剛才打開日程表，本來是想看明天的計畫安排的，結果不由自主地就去掐算白洛因離開的時間，他覺得自個都快魔怔[16]了。身邊所有暗示性的東西都讓他撤走了，就是想一心投入到工作之中，結果思緒還是時不時跑偏。

「欸，聽說你做飯特好吃。」佟轍把玩著手裡的打火機，「有空去你家蹭一頓。」

15：比喻身分降低。

16：「中邪」之意。

顧海兇煞的目光拋向佟轍，「你丫還有臉去我那蹭飯？我他媽都快被你害死了！」

這句話佟轍不知道聽多少遍了，任他再聰明，也想不出來自個究竟怎麼害著顧海了。

「擇日不如撞日，就今兒吧！」佟轍還在說吃飯的事。

顧海陰颼颼的聲音響起，「閻雅靜不在的時候，你最好也從我眼皮底下消失。」

佟轍起身朝顧海走了過去，每一步都帶風的，那英俊的面孔就這麼一點點朝顧海靠近，最後在距離他臉部一公分的地方停留，迷人的目光直接打到顧海的眼眸深處。

「你已經十二天沒吃過一頓正經飯了，慰勞慰勞自己吧。」

到了顧海的家，佟轍剛要換鞋，顧海突然攔住他。

「別穿這雙，我去給你找一雙新的。」然後把佟轍腳下的這雙拖鞋寶貝兒一樣地放到臥室裡。

佟轍進去後發現，除了床和浴缸是一個，其他什麼東西都是雙份的。如果說顧海喜歡什麼東西都換著用，那陽臺上晾著的兩個型號的內褲又怎麼解釋？

「你和別人同居？」佟轍很意外。

顧海斜了佟轍一眼，手裡的刀猛地一放，正好四十五度角卡在砧板上。

佟轍這下明白為什麼顧海反覆強調他害了自個了，鬧了半天這位爺傾心的也是一個男人。這個男人是誰呢？佟轍在腦海裡搜尋了一陣，很快便鎖定到了正確人選上。

「喝點兒酒吧！」

佟轍變戲法一樣從公事包裡掏出一瓶酒，度數相當高。

酒，對於此時的顧海來說，再適合不過了。

男人的身體一旦注入酒精，什麼話都能擺到飯桌上來說。

「真想不到，你和你哥竟然有一樣的癖好。」佟輸禁不住感慨，「不過白洛因的確很迷人，就連我這個不近男色的人，都對他有種濃厚的興趣。他是那種讓你看一眼，就忍不住想去接近、想去了解的人。」

「就因為這樣我才苦惱。」顧海喝得眼神都有些恍惚了，「我現在恨不得他長得歪瓜劣棗，讓人一看就想吐，屁本事沒有，還好吃懶做，特不招人待見的那種。你說真要是這樣，他是不是得整天黏著我，生怕我甩了他？」

佟輸冷哼一聲，「別說歪瓜劣棗了，就是閻雅靜那個美人胚子，整天這麼黏著你，你看得上她麼？」

「也對。」顧海歎了口氣。

佟輸壞心眼地把顧海這副愁容拍了下來。

II.

漸漸的，酒精開始在每個神經細胞裡面肆虐，兩人聊天的話題也越來越寬泛，越來越毫無顧忌，佟轍也難得流露出隨性的一面。

「就因為我幫你接個電話，他就生氣了？」

顧海醉意的雙目泛著無奈，「是啊，不理我了，自打走到現在，沒和我通過一個電話。那天我去訓練基地找他，他死活都不見我，我就在接待室白坐了一天。」

佟轍暗暗咋舌，「他不像這麼小心眼的人啊！」

「哪啊？那是你不了解他！」顧海大言不慚地將自己所有的臭毛病都轉嫁到了白洛因身上，「其實他特小皮臉17，一丁點兒小事不順心就耍渾！你沒見過他不講理的時候，要多氣人有多氣人！」

佟轍狹長的眸子泛著迷醉的光暈，被油光點綴的薄唇微微開啟，有種玩世不恭的懶散勁兒，很吸引人。

「那你還喜歡他？」

顧海嘴角噙著笑，硬朗的面部線條變得柔和，眼神裡的濃情愛意是佟轍從未見到過的，極其不符合這張臉。但邪門兒的是，放在上面沒有一絲違和感。

「他有吸引人的那一面，我不輕易告訴你，說了你該惦記上了。」

佟轍肆意笑著，「不就是床上那點兒事麼？哪個爺們兒不是下半身先被套牢的？」

顧海不承認也不否認，但眼神很得瑟，證明這一點不是充分條件也得是必要條件。

了。

「真想像不到他浪起來是什麼模樣。」佟輸忍不住感歎。

不料，這一聲感歎就把顧大醋罈子給惹毛了，佟輸不僅腦袋上挨了一拳，脖領子還讓人給提起來了。

「誰允許你想像的？你ㄚ侵權了知不知道？」

我擦！佟輸也惱了，想一下還有錯了？何況我也沒想啊！我就隨口說了這麼一句……

剛要一腳踹回去，顧海突然又把他按在腿上，一個勁地折騰，差點兒把吃進去的那些東西折騰出來。這驢喝完酒之後一身的蠻勁兒，佟輸根本不是他的對手。

「我都倆禮拜沒和他說一句話了，我想他啊！你知道不？我想他啊！想得都快不知道自個姓啥了！他怎麼就這麼狠心？他怎麼就不想我呢？」

耳旁劈里啪啦的響聲，佟輸的蛋也跟著這些盤子、碗碎了一地，為情所困的男人惹不起啊！

「你喝多了！」佟輸終於從顧海的懷裡掙脫開，整理了一下衣服，坐到一旁。

顧海點了一根菸，氣息不穩地抽著，「我沒醉，我清醒得很。」

佟輸把顧海嘴裡的菸搶了過來，叼到自個嘴裡，目光幽幽地掃了過去，「既然你對他有這麼多不滿，那你和我在一起吧！反正你哥也把我當成他的替身，你也乾脆把我當成他的替身得了。」

話音剛落，顧海突然躍至佟輸面前，霸氣的目光橫掃著他的臉，手往前一伸，一把將佟輸嘴裡的菸搶了回來，嘴角帶著戲謔的笑容。

「我看挺好。」

佟翰也揚起唇角，手攥著顧海的手腕，將他的胳膊抬起來，手指上還夾著那根菸頭。

「那你就再把它叼回嘴裡。」

顧海低頭注視著那根被佟翰含過的菸頭，目光始終淡淡的，掀不起一絲波瀾。最後，他把那半根菸撅折了，撇到菸灰缸裡。

「料你也沒那個膽兒出軌……」佟翰玩味的笑，「沒想到你也有怕的人。」

沉默了半晌過後，顧海淡淡說道：「我不是怕他，我是愛他。」

最終喝到爛醉如泥，直到一個電話響起，顧海才從沙發上坐起，已經凌晨兩點多了，顧海一看手機，竟然是白漢旗打過來的。

「大海啊，我是你鄒嬸！」

顧海聽到鄒嬸焦急的口氣，瞬間清醒過來了。

「嬸兒，怎麼了？」

鄒嬸越著急越說不清，「你叔睡……睡得……好好的……結果……」

顧海迅速衝到門口換鞋，一邊推門往外走一邊說：「嬸兒，您別著急，我馬上過去。」

不到十分鐘，顧海的車就在白漢旗家的樓底下停住了。

這是一棟老式的樓房，沒有電梯，白漢旗住在最頂層，顧海不到一分鐘就衝進家門。看到眼前的景象，頓時愣住了，白漢旗面無血色地躺在地上，鄒嬸坐在旁邊哭，孟通天手忙腳亂地在白漢旗身上折騰，似乎是想把他扶回床上。

「我叔他怎麼了？」顧海急忙蹲下身查看白漢旗的情況。

鄒嬸抽噎著說：「我也不知道……剛才他起來，可能是想上廁所，突然就摔地上了，咋叫都叫不醒。我給因子打電話，因子的電話打不通，我沒轍了才給你打電話的……」

「打急救電話了麼？」顧海問。

孟通天在一旁說：「早就打了，這會兒還沒來。」

「算了。」顧海一把攙起白漢旗，「還是我開車送醫院去吧！」

鄒嬸著急地問：「老白這麼沉，你怎麼把他抬上車啊？家裡又沒擔架……」

鄒嬸的話還沒說完，顧海就背著白漢旗衝出去了，孟通天跟在他身後扶著，不到兩分鐘就衝下樓，汽車一路狂飆，很快送到了就近的一家醫院。

經過一番急救，白漢旗總算脫離了危險。

顧海第一時間聯繫到了醫生，「他到底什麼情況？」

「突發急性心肌梗塞。」

顧海心裡咯噔一下，鄒嬸就站在旁邊，臉色煞白。

「我叔有冠心病史麼？」顧海問。

鄒嬸搖搖頭，「以前沒見他發過病啊！」

「突發性心肌梗塞不一定是有冠心病史的人才會犯，有一些人心臟從沒出現過異常，也可能出現心肌梗塞。我建議你們去專門的心臟病專科醫院好好查一下，如果真存在冠心病，還是趁早醫治比較好。」

白漢旗醒了，顧海和鄒嬸一起走進病房。

「你可嚇死我了，幸好大海及時來了，不然你都瞅不見我了。」鄒嬸攥著白漢旗的手說。

白漢旗臉色蒼白地看著顧海，嘴唇動了動，一句話沒說出來。

顧海看著這副模樣的白漢旗，心裡特別不是滋味。

「行了，嬸兒，讓叔休息一下吧，咱有話天亮了再說。」

因為身體極度虛弱，白漢旗很快昏睡過去。

顧海走出病房，朝鄒嬸說：「咱把叔轉到阜外醫院吧，明兒好好做個檢查，沒毛病最好，有毛病還得及時治療。」

鄒嬸一臉的愁色，「我聽說那個醫院特別不好進啊，這會兒過去有床位麼？」

「這您就甭操心了。」說罷，顧海走到急診樓外面打電話。

四點多鐘，白漢旗就被轉到了阜外醫院，檢查、交費、安排病房……全是顧海一個人操辦的，一直忙乎到上午九點多，連口水都沒顧得上喝。

手機響了，是佟轍打過來的。

「你半夜三更跑哪去了？」

顧海長出了一口氣，「家裡有點兒急事，我上午可能不回公司了，有事幫我盯著點兒。」

鄒嬸就站在旁邊，瞧見顧海把電話掛了，忍不住插口道：「大海啊！你回公司吧，別把正經事耽誤了。這邊全安頓好了，我一個人在這看著就成了。」

「一個人哪成啊？」顧海態度很堅定，「現在在醫院，一個人根本沒法看病，您看來這瞧病的哪個不是一家子？」

鄒嬸歎了口氣，「也不知道因子這會兒在哪呢！」

「您別去找他！」顧海突然開口，「真要有什麼情況，您就直接找我。因子訓練夠累了，別再給他增加心理負擔了。他從事的是高危職業，注意力稍不集中，很可能發生危險。」

鄒嬸抹眼淚，「老白想兒子啊！」

顧海聽得心裡酸酸的，「沒事，嬸兒，因子很快就回來了。」

經過醫生診斷，白漢旗是冠心病引起的心肌供血不足，和家人協商過後，第三天就進行了支架手術。手術進行過程中，顧海一直陪同在白漢旗身邊，手術剛一結束，顧海就匆匆趕回了公司。白漢旗住院的時候，顧海也是公司醫院兩頭跑，忙得不可開交。

一個禮拜過後，白漢旗出院了，整個生病以及治療的過程，白洛因完全不知情。

12.

白洛因每天晚上睡覺前，都會瀏覽一下顧海公司的官網，查看他們公司的新動態，以此來了解顧海的工作狀況。他發現官網最近更新得很頻繁，大概是公司正在預備上市階段，可展示的資訊總是特別多。

今日照舊打開官網頁面，一條醒目的消息映入眼簾。

「明日下午三時三十分，海因科技公司上市啟動儀式將在本公司一樓展廳外隆重舉行。」

真快，白洛因忍不住感慨了一句，後來看看日期，才發現不知不覺已經二十多天過去了，他竟然二十多天沒有和顧海聯繫。自打顧海上次被他轟走，就再也沒來過這，白洛因更不可能回去看他，兩人就這麼隔絕了二十多天。

他的公司已經上市了，前陣子應該特忙吧……白洛因忍不住想道。

又是一個不眠夜，這次白洛因沒出去搞夜訓，而是一個人在營區裡遛達，所有宿舍的燈都關了，就剩下周淩雲房間還是亮的，白洛因的腳步不由自主地朝那走去。

周淩雲耳朵異常靈敏，白洛因的宿舍離他不遠，自打白洛因走出房間，周淩雲就察覺到了。白洛因在營區裡遛達，周淩雲就在宿舍裡數著他的腳步聲，猜測他在一千步以內，肯定會遛達到自個的房間，果然不出他所料。

「又要讓我給你布置訓練任務？」周淩雲站在門口問。

白洛因搖頭，「沒，就是過來看看你怎麼沒睡。」

「你怎麼沒睡？」周凌雲先問。

白洛因就回了倆字，「閒的。」

事實上，白洛因兩條胳膊酸痛得連門把手都握不住。

進了周凌雲的房間，看到電腦前一摞厚厚的冊子，隨意打開一看，是某個飛行員近段時間的訓練情況總結，記錄得很詳盡，後面還配有這個人的身體狀況分析，心理素質分析……全部是手寫體。白洛因從未見過周凌雲帶著紙筆上訓練場，可見他對每個人的情況都了然於胸。

「你每天晚上都加班弄這些麼？」白洛因問。

周凌雲一邊洗手一邊說道：「就這兩天，部隊那邊催著要，明天我就得回部隊一趟，把這些資料送過去，再向上級彙報近期訓練情況。」

「明天……」白洛因咂摸[18]著，「回北京麼？」

周凌雲頭也不抬地嗯了一聲。

白洛因心裡突然有一股巨大的浪潮開始翻湧，他定定地看了周凌雲好一會兒，一副欲言又止的模樣。

「怎麼，有東西讓我幫你帶？」

白洛因搖頭，「沒。」

18：尋思、思索。

「早點兒休息吧，明天我走了，這邊就靠你盯著了。」周淩雲說。

白洛因點頭，沉默無言地往門口走，手已經放在門把手上了，心突然揪起，轉身看著周淩雲，「首長，我能和你一起回去麼？」

「怎麼？待不住了？」周淩雲戲謔道，「這才幾天啊？重頭戲還沒來呢！」

「不是。」白洛因憋了許久還是忍不住說出口，「我想回去參加一個儀式。」

「儀式？」周淩雲一臉好奇，「誰結婚啊？」

「沒人結婚，是海因公司要上市了，我們的專案不是一直和他們都有合作麼？我做為項目負責人，怎麼也得出席一下明天的慶典啊！」白洛因給自個找了個完美的說辭。

周淩雲好像存心和他過不去似的，「部隊那邊我會派人過去的，放心，肯定把面子給足了。實在不行，我親自去一趟也未嘗不可。」

白洛因一聽這話立即表態，「那我更要去了。」

「怎麼？還怕我去砸場子啊？」

白洛因嘿嘿笑了兩聲。

周淩雲這程子的人品出奇的好，不知哪根筋搭錯了，居然對白洛因鬆口了。

「那好吧，明兒你跟我一塊過去，但是有一點咱們得說好了，我去部隊辦事，你去參加慶典。等我把事辦完了，你必須得跟我一起回來，不能找任何藉口拖延。」

「是！」白洛因立正站直，敬了個標準的軍禮。

第二天一早天還沒亮，白洛因就和周淩雲一起出發了，道路上遇到一些情況，拖延了半個鐘頭。等白洛因到北京的時候，已經下午三點了，他從周淩雲的車上下來，打了一個車去了顧海的公司。此時，顧海的公司門口正熱鬧，會場布置得很華麗，接待規格也顯得相當隆重。白洛因就讓司機在一百米開外的地方停車了，他壓根沒想過參加這個儀式，僅僅想站在這瞅一眼，確定一切順利後就走，不讓任何人知道他來過。

此時，顧海正在一樓展廳裡給前來捧場的領導幹部介紹他們公司的產品。閻雅靜最近忙得瘦了一圈，整個人都柴了不少，這會兒還在外頭監督會場布置，所有髒活、累活都是她的。反觀佟輸，一直站在顯眼的地方和賓客聊天，好形象都讓他給占了。

三點半，慶典儀式正式開始，臺下的人也越來越多，白洛因處於最不顯眼的位置，幾乎沒人注意到他。

很快，顧海和佟輸從公司大廳裡走出來，紅毯一直延伸到舞臺，兩個男人在無數豔羨的目光中邁著輕健的步子，神采飛揚地踏上紅毯，走上舞臺。

白洛因看到這一幕，心裡酸不拉嘰的。

「感謝各位賓客光臨本公司的上市慶典活動……」

主持人宣布開場白之後，就是企業負責人上去講話，白洛因定定地注視著顧海，他好像瘦了，但是精神狀態依舊很好，看來他並沒有受到任何影響，白洛因不知道是該高興還是該難受。

大螢幕ＦＬＡＳＨ倒數五秒，領導敲響上市鑼，一道煙火從會場射向後臺，緊接著背板紅綢落下，海因科技股票名稱和代碼揭曉。

此時此刻，白洛因還是在心底暗暗為顧海驕傲的。

很快，全場聲光電交互配合，掌聲與鞭炮聲齊鳴。

顧海就在眾人的注視下走下臺，和佟轍來了一個慶賀的擁抱，在白漢旗住院的這段時間，如果沒有佟轍的大力協助，顧海根本無法在這麼短的時間內完成上市前的諸多事宜。當然，他也擁抱了閻雅靜，還有幾個百忙之中抽空過來的貴賓。

可惜，白洛因都沒看到，他只看到顧海和佟轍擁抱就把目光移開了，等他把目光移回來的時候，市裡的領導正在臺上講話，顧海和佟轍就在臺下交頭接耳，不時地給對方一個笑容，那感覺真是親密極了。一般人看了這個畫面都不會瞎想，除去ＹＹ的女員工和誤解的閻雅靜，只有白洛因會覺得難以忍受。

胸口憋著一口氣，無法順利排出。

繞場表演已經開始，正是氣氛熱烈之時，白洛因轉身離開了，從人潮中穿梭到馬路上，開始攔計程車。

「我好像看見你們家因子了。」佟轍開口。

顧海苦笑一聲，「你別在這時候開這種玩笑行不行？他能來這？他能給我一個電話，我就給你磕三個響頭……」正說著，顧海臉色突然一變，大步朝馬路狂奔而去。

「我說，一會兒還有媒體互動問答呢！」佟轍的聲音淹沒在人潮裡。

白洛因已經上車，計程車已經開了，照例顧海得在後面追，追不上了頹然倒地。可現實的情況是，司機還沒來得及提速，顧海就凌空躍至車前，司機猛踩剎車，顧海的腰身撞到車頭，後撤了幾大步，竟然還站穩了，啥事沒有。

司機一副驚悚的目光看著顧海，顧海則直接繞到車門處，不顧形象狠踹兩腳車門。

「給我下來！」顧海朝裡面的白洛因怒吼一聲。

白洛因一把推開車門，從車上下來後，對著顧海的臉上就是一拳。

顧海死死拽著白洛因的衣襟，硬是把他拖拽到公司大樓後面的偏角處，腥紅的雙目注視著他，「你丫夠狠的，來都來了，不和我打一聲招呼就走？」

「用得著麼？」白洛因漠然的目光回視著顧海。

「怎麼用不著？你有多少天沒給我一個信兒了？你知道我這麼多天怎麼過來的麼？你知道我看不見你有多難受麼？」

「不知道。」白洛因定定地看著顧海，「我覺得你過得挺好的。」

「那是你！」

白洛因僵著臉推了顧海一把沒推開，又狠狠推了一把還是沒推開，再想推的時候，汽車的鳴笛聲響起了。一輛車緩緩地在不遠處停下，車窗搖下來，露出周淩雲那張臉。

「我得回去了，祝賀你，顧總。」

顧海死死嵌著白洛因不撒手，「因子，你聽我說，佟轍和我就是普通哥們兒。我是一眼就相中他了，但不是為我自個相中的，我是覺得他能配得上閻雅靜才把他挖過來的。」

白洛因身形一凜。

「因子，閻雅靜跟了我五年了，我就是心再狠也對她有感情了。我從不提是怕你多想，其實我心裡一直惦記著她，我必須要看到她有個好的歸宿我才踏實。我把佟轍領回公司，一直想方設法給他倆創造機會，除此之外，我真的不知道還能怎麼補償她。」

相比剛才，白洛因此時的表情已經緩和多了。

「你就能確定她會喜歡上佟轍？」

「我確定。」

身後再次響起鳴笛聲，白洛因淡淡說道：「我得走了。」

顧海無視周淩雲的目光，狠狠在白洛因的薄唇上親了一口。

「我等你回來。」

13.

海淀分局花園路派出所，一群小警帽兒正坐在一塊打牌。

「嘿！我說，都別玩了……」趙隊長拍幾下巴掌，「有任務了啊！把牌收起來，麻利兒[19]的。」掃興的將牌扔進抽屜裡，幾個小警帽兒站成一排等著隊長的指示。

「今兒下午有個明星要在西邊那個金都大酒店出席手表品牌代言活動，你們幾個過去負責維持現場的秩序，保護明星安全。」

站在楊猛旁邊的小李子開口問：「男明星？女明星？」

「男的。」

「草！」小李子兩條大粗眉毛擠在一塊，「一個男藝人出席活動，還讓員警開道？真雞巴給他臉了！他自個沒有私人保鏢麼？我們都去保護他了，這一片出事怎麼整？」

「就是啊！那酒店不是有保安麼？還讓我們去幹什麼？」

「給錢，不給錢不去！」

趙隊長揮揮手，「都別吵吵了，聽我說兩句。」

19：迅速敏捷。

屋子裡暫時安靜下來。

「本來人家酒店說不用咱們派人過去，是張所長非要攬這個事。這個明星代言的手表品牌是咱局長姐夫的公司創立的，又在咱這片的酒店舉辦宣傳活動，咱不去幾個人合適麼？這樣，張翔和吳浩你兩人留下，剩下的人跟我走。」

路上，楊猛拿起宣傳海報看了一眼。

「尤——物——醉——紅——塵……」一個字一個字念完，拍著大罵道，「草，這也能叫人名？哪個不靠譜的爹媽給兒子起了這麼個名啊？」

旁邊的員警一副同情的目光看著楊猛，「那是宣傳語。」

「呃……」楊猛腦袋一懵，「我看到尤這個字，以為是個姓氏。」

楊猛和其他幾個同事到達宣傳會場的時候，已經有數千粉絲圍堵在會場四周。紅毯兩側拉起兩條長長的警戒線，警戒線內有幾十名保安手持電擊棒來回遛達，只要有人越過警戒線，立刻會被嚴重警告。楊猛他們幾個就站在門口，只要明星一到場，就要上前為其開道。儘管個個不情不願的，真到那時候還得玩命往前衝。

下午兩點多，兩輛豪車在酒店門口停下，楊猛連忙跟隨幾個同事走過去。在記者的推搡下費力打開車門，將車上的男明星請下來，再將男明星圍住，護著他朝會場裡面走去。

隨後楊猛就聽見了殺豬一樣的嚎叫聲在會館內此起彼伏，無論走到哪，都屬於失控狀態。身上那根筋老得繃著，稍微鬆懈一點兒，就有人趁機鑽空子。

「啊——啊——」

「哇——哇——」

楊猛在心裡不停叫苦，活姑奶奶們，妳們別喊了，我這耳朵都震麻了。走這十幾米的路，鞋不知道被踩掉幾次，衣服都快被拽爛了，春運高峰期擠火車都沒這麼費勁。

楊猛從來不追星，年輕的時候喜歡過幾個明星，通常都是三天半新鮮，沒幾天就忘腦袋後邊去了。現在歲數大了，更對這種人沒興趣了，從男明星下車到現在，他都沒拿正眼瞧人家。

紅毯才走了一半，楊猛的警服上的衣釦已經被拽掉了兩個，前襟都擰到脖頸子後邊去了。不知是誰踩到他的褲腳了，楊猛使勁一掙巴，只聽咯嚓一聲，褲襠處露風了。

趁著楊猛忙亂之時，一個粉絲突然鑽過警戒線，直朝著男明星衝過來。現場瞬間陷入一片混亂，楊猛在奮力阻擋之時被踢中下體，猛地嚎叫一聲。

這一聲被旁邊的某個人聽得真真切切的，他轉過頭，用不可思議的目光盯著眼前的小員警看了好久。

「楊猛！」

楊猛疼得正銷魂，壓根沒聽見有人叫他，直到跑偏的衣領再被拽回來，男明星摘下墨鏡，激動不已地搖晃著他的肩膀，他才認出此人是誰。

「尤其！」楊猛目露驚喜之色，「你咋在這呢？」

這話問得多麼欠抽，周圍一群女人嗓子都喊啞了，他愣不知道她們的偶像幹嘛來了。

「趕緊走吧！」旁邊的員警和保安催了句。

楊猛這會兒才反應過來，眼睛瞪得溜圓，「今兒出席活動的男明星不會就是你吧？」

那幾個員警和楊猛走在一起都覺得掉價兒，其中一個跟他關係還算不錯的，好心提醒了一句，「猛哥，咱回家犯二去成不成？這還有記者拍照呢！你自個丟人不怕，別把我們哥幾個捎上。」

楊猛打量了尤其好一會兒，然後猛地一攥拳，「瞧這事鬧的！我要早知道是你，就把那群粉絲放進來了。」

尤其：「……」

產品宣傳會上，尤其做為代言人接受了媒體的採訪，楊猛就在不遠處盯著他看。人家是一副花痴的表情看著尤其，他是一副瞧熱鬧的表情。這貨還尼瑪那麼能裝！還近期商業活動不斷？還暫時沒有接戲的打算？吹吧你就！

「還得多長時間結束啊？」楊猛朝一旁的工作人員問。

工作人員好半天才回過神來，隨口回了句，「起碼還得兩個鐘頭吧！」

「不行，我得先出去吃碗刀削麵，有點兒餓了。」

楊猛果斷將最佳位置拱手讓人，自個屁顛屁顛[20]地走出酒店，直奔馬路對面刀削麵館，去吃那七塊錢一碗的刀削麵去了，這才是他的屌絲[21]人生。

結果等楊猛吃完，這邊早就散會了。

尤其本想活動結束和楊猛敘敘舊，哪想那個小二貨這麼一會兒的工夫就沒影了。

「晚上還有個酒會，你參不參加了？」助理問。

「不去了。」果斷拒絕後，尤其從側門祕密離開，打聽到楊猛工作的派出所，直接開車過去找人，被告知楊猛已經下班，又讓一個民警帶著他殺進了楊猛家。

楊猛家已經從那個胡同搬到一個大樓了，房門打開的時候，尤其嚇了一跳，楊老媽抹得跟作法的老巫婆一樣，說是晚上要到廣場上表演。

「楊猛和他爸出去遛彎了，你坐這等會兒。」楊老媽說。

這一等就是一個鐘頭，楊老媽在旁邊盯著尤其瞅了好幾眼，越瞅越眼熟，越瞅越眼熟，最後一拍桌子。

「你是那誰吧？……叫什麼來的？想不起來具體的名了，我看過你演的電視劇！」

「尤其。」尤其還挺不好意思，「我就演過一部電視劇，還不是主角，沒想到您還能認出來。」

「我看你第一眼就認出來了，你演得那個漢奸太可氣了！那會兒我一打開電視機就罵，這個臭漢奸，真慫假刁的玩意兒！就知道欺負中國老百姓……」

尤其一臉黑線，「那部電視劇不是我演的。」

十分鐘過後，楊猛回來了，看到尤其一陣詫異。他還沒來得及開口，身後的楊老爹突然如一陣旋風閃到尤其面前，激動地拉著他的手說：「你是尤其吧？我是油菜籽，你的粉絲！」

路上，楊猛已經和楊老爹說過偶遇尤其的事了，沒想到楊老爹比他還激動，馬上將尤其近些年的奮鬥歷程娓娓道來，當時就把楊猛雷得夠嗆。這會兒瞧見他爸花痴的模樣，恨不得找個地縫鑽進去，他怎麼會有這麼一個不著調22的爹？

兩人坐在客廳聊天，尤其扔給楊猛一張電影首映式的入場券，盛情邀請道：「下個禮拜我參演的這部電影就要上映了，一定要來捧場。」

20：形容像孩子一樣高興。另一種意思是形容低三下四、沒有尊嚴的樣子。

21：意近臺灣網路用語「魯蛇」（loser）。

22：不正經。

「嘖嘖……」楊猛鼓著腮笑，「演的是男六號還是男七號？」

尤其笑得不善，「男二號。」

楊猛點點頭，「你是挺二的。」

尤其喝了一口茶，英眸閃動，裡面帶著無盡的感慨。

「真沒想到你會去當員警。」

「你沒想到的事還多著呢！我跟你說，因子他……」

「他是空軍飛行員。」尤其打斷了楊猛的話，「我前些日子碰到他了，他和顧海在一起。」

「啊？」楊猛詫異，「不能吧？那次他來找我的時候，和顧海見面還像仇人一樣呢。」

「那次是多久前？」尤其問。

楊猛想了想，「呃……都快半年了，現在這一天天過得可真快。」

尤其淡淡一笑。

楊猛盯著他看了一會，試探性地問：「你不會還惦記著因子吧？」

「哪啊？」尤其當即否認，「都這麼多年了，早沒那個心了。不過我惦記著你倒是真的，這麼多年一直沒把你忘了。」

楊猛一副受寵若驚的模樣，「惦記我？我有什麼可讓你惦記的？」

「我也不知道。」尤其瞇著眼睛，「你看我那會兒滿腦子都是因子，可這麼多年過去了，我對他的記憶很模糊。反倒是咱倆之間發生的事，我一件件都記得特清楚。」

楊猛嘴唇動了動，好一陣才開口，「你腦子有毛病吧？」

尤其：「……」

14.

臨行前一晚，白洛因早早地躺在床上睡覺了，想到明天就要回北京，心情無比爽朗啊！人家飛行員都在床上翻來覆去睡不著，緊張明天的飛行表演。他倒好，腦子裡壓根沒想這一茬兒，鑽進被窩就睡著了。

早上七點鐘，這些飛行員們起床，進行了最後一次聯合演練。到目前為止，真正參與到最後飛行表演的飛行員只有十個，除去周凌雲只有九個，其中就包括白洛因和劉沖。

「今天大家都不要緊張，出了一點兒差錯，回頭就找你們！」

眾人皆倒，周大師長，您這是安慰人呢麼？

上午九點鐘，十架戰機穩穩升空，開始朝北京的方向勻速前行。也許是老天爺體恤這些飛行員近些日子訓練艱苦，這一天北京晴空萬里，飛行條件極佳。

顧海就坐在外場觀禮臺上，仰望天空，心情焦灼，絕對沒有任何的奢望。人家都希望飛行表演可以精采紛呈，他只希望白洛因能安安全全的完成任務，遜一點兒不要緊，有失誤也不要緊，只要他能穩穩落地。

「哎，你是誰啊？我以前怎麼沒見過你？」一個空軍軍官朝顧海問。

顧海漫不經心地回了句，「我不是部隊的人，是飛行員的家屬。」

「怪不得。」軍官調侃道，「我看你比他們還緊張。」

廢話！顧海心裡吼了一聲，把你媳婦兒扔天上去試試！

白漢旗也坐在外場觀禮臺上，被問了一個同樣的問題，也給了對方一個同樣的回答。這裡的場地是不允許部隊之外的人觀看的，所以白漢旗也是顧海費盡周折弄進來的。不為別的，就想讓他看看，自己的兒子多麼值得他驕傲。

每個手指頭都被自個虐待過一遍之後，顧海的視線內終於出現了五架戰機。

明明是五架相同的戰機，五個平行的位置，顧海卻能一眼找出白洛因駕馭的那一架。

很快，五架戰機加快飛行速度，朝五個方向水平拉起。每個機尾都拖著一道彩煙，絢麗多彩的煙帶猶如盛開的巨大紫荊花。而這些飛行員就像是以藍天為畫板，縱情地在天空中抒情寫意。

「嘩嘩嘩……」一陣歡呼喝采聲充斥在顧海的耳旁，他的雙手卻猶如壓了萬斤巨石，根本抬不起來。

在短短二十分鐘的時間內，三機上升橫滾解散、四機水平向上開花、九機上下分組開花……十幾套高難度表演接二連三地在天空中上演，一環扣一環，精采程度令人歎為觀止。甚至連口氣都不讓人喘，就馬上迎來下一組表演。

組合表演過後，便開始了單機表演。

周淩雲率先駕駛戰機出征，隨著指揮員一聲指令，他駕駛的戰機像離弦之箭開始滑跑，機頭猝然抬起，以接近垂直的角度向上躍升。升空速度快得難以想像，觀禮臺上的首長都看得目瞪口呆，這種表演以前從未有人敢嘗試。

漸漸的，周淩雲的戰機淡出人們的視線，白洛因的戰機緊隨其後。不僅僅是顧海，就連坐在正中觀禮臺上的顧威霆都替白洛因捏了一把汗。

一段爬升過後，白洛因開始了他的空中獨舞，最大允許坡度盤旋、半筋斗翻轉特技、上升橫滾……整段表演高潮迭起，外場觀禮臺上不時響起喝采聲，真的太精采了！

顧海卻在心裡默默說，差不多得了，差不多得了，你別再翻跟頭了行不行？別再突然俯衝了，嚇著我了知不知道？……這不僅僅是對白洛因身體承受能力的挑戰，絕對也是對顧海心理承受能力的挑戰。

就在眾人大呼過癮的時候，白洛因的戰機突然開始自由落體，像是一片飄蕩的鐵葉子，在眾人的視線中陡然跌落。

這一刻，顧海的心都涼了，血管幾欲破裂。

就在戰機即將跌至地面的時候，突然再次陡然升起，短短幾秒內，飛機連續滾轉，三六〇度、七二〇度、八五〇度……這一套死裡逃生的表演，都快把顧海震懵了，聽著旁邊拍巴掌叫好的聲音，顧海恨不得把那些人的嘴撕爛。就尼瑪知道看熱鬧，你們竟然還能笑出來？這麼一套動作，白洛因的身體得遭受多大的折磨啊！

但是如果所有人都像顧海一樣緊鎖著眉頭，他看著照樣氣憤，我媳婦兒表演得那麼精采，你們怎麼一個個都是這副德性?!

心疼著，卻又不由自主地為他驕傲，恨不得向全世界的人宣布，這個站在天空之巔的人，是我的。

白漢旗也感覺到了那架戰機四周環繞的「白氏」風範，當即把顧海叮囑的話拋到腦後，拽著前後左右軍官的手，激動不已地重複著。

「快看，那是我兒子！」

九年內回家不足十次，白漢旗心中的苦悶全被這一刻的驕傲沖散了。

就連觀禮臺上的軍委委員都注意到了，手指著空中的那架戰機，轉身朝身後的空軍首長問道：「這名飛行員叫什麼？」

空軍首長當即回道：「白洛因。」

旁邊有個人插了句：「那是老顧的乾兒子。」

隨後十幾道目光朝顧威霆投了過去，顧威霆當即大笑，「不是乾兒子，是親的。」

最後，周淩雲率領身後的九架戰機，組成一個超密集的三角隊形，拖著彩色煙帶，從眾人頭頂掠過，給這段表演畫上一個完美的句點。

隨後，這批飛行員全部歸隊了，短暫的慶賀過後，白洛因和眾位戰友一起到餐廳吃飯。

他並不知道顧海看過他的表演，更不知道白漢旗也看到了，他就把這當成一次普通的任務，任務完成了，他就可以全身心地放鬆了。

「營長，我聽說空軍首長點名表揚你了。」一個小軍官開口。

白洛因心不在焉地回了句，「是麼？」

劉沖在旁邊一陣激動，「你又要立功了啊！」

白洛因嘴邊露出一個懶散的笑容，而後便繼續吃著碗裡的飯，他心思根本就沒在這。現在任務圓滿完成，他可以有一段歇息的時間，顧海的公司已經上市了，他是不是已經退出管理，安安穩穩地去做他的董事長了？那我要不要給他打個電話，告訴他我已經回來了？

旁邊的幾個人聊得正歡，突然聽到砰的一聲，轉頭一看，白洛因的碗已經倒了，整個人歪在飯桌上，不省人事了。

「怎麼回事？」

戰友們慌了，迅速起身，作勢要把白洛因抬到醫務室。

「別動他！」

突然一個陌生的聲音打斷了幾個人的動作。

顧海走過來，朝這幾個人噓了一聲，而後走到白洛因身邊，輕輕將他攬在懷裡，朝那幾個人小聲說：「他只是睡著了。」

幾張緊張的面孔在聽到這句話之後，瞬間轉為一臉呆滯狀。

顧海俯下身，將白洛因兩條手臂搭在肩上，再勾住他的兩條腿，一下就把白洛因背起來了。在眾人驚訝的視線中，將白洛因背出了餐廳。

「那個……」其中一個軍官開口，「他不會對咱營長圖謀不軌吧？」

劉沖斜了他一眼，「那是咱營長的家屬。」

「呃……就當我沒說。」繼續悶頭吃飯。

另一個軍官忍不住感慨道：「吃著飯都能睡著，水準真不簡單啊！」

隨後便是一陣歡快的笑聲。

白洛因的兩條胳膊搭在顧海的肩上，手裡牢牢攥著那雙筷子，不停地在顧海的眼前晃悠。顧海怕戳到自個眼睛，就騰出一隻手去拽那雙筷子，結果竟然沒拽下來。

你是有多餓啊？

白洛因手裡的筷子在空中擺弄幾下，又朝嘴裡送去。

顧海樂得不行，「瞧著點兒，別戳到嗓子眼兒裡。」

白洛因這才醒，嘴邊是顧海後脖頸的肌肉，結實緊致，彈性十足，看著真美味。白洛因吸溜一下嘴，狠狠咬了上去。

顧海腦門上青筋暴起。

「輕點兒。」從牙縫裡擠出兩個字。

白洛因戀戀不捨地鬆開口，臉頰枕著那個大牙印，懶懶問道：「去哪？」

「回家。」

白洛因嘴角含著淡淡的笑意。

「剛才我夢見咱們又回到念書那會兒了，就在咱們之前那個家，你給我煮雞蛋吃……就＊&%$#……」

15.

白洛因昏昏沉沉睡了十幾個小時，醒來之後已經是第二天清晨了。

眼皮睜開，望著記憶中的屋頂，白洛因愣住了。

視線下移，熟悉的牆壁花紋，牆上的那幅畫還是他親手掛上去的。視線右移，熟悉的那道門，門上還貼著課程表，經過歲月的侵蝕，那張表竟然還亮光如新。

白洛因的手抓了抓，低頭一瞧，還是當初的那床被子，聞一聞，還帶著淡淡的體香味兒。都這麼多年過去了，這被子怎麼還這麼乾淨鬆軟？

扭頭看一看，竟然看到了當初的校服，就那麼整整齊齊地疊在床頭櫃上。

怎麼回事？

我還在作夢？

白洛因使勁掐了自個一下，尖銳的刺痛襲來，這一切都是真的。

難道是顧海為了玩情調，把家裡所有的一切都還原成了當時的景象？

正想著，外面的門響了。

白洛因趕緊把視線投向門口。

一個青春洋溢的顧海就這麼推門而入，他還穿著當初的校服，還戴著那個熟悉的護腕，甚至在鏡子前整理頭髮的動作，都和當初一模一樣。

白洛因呆滯了，要不要演得這麼真？

顧海轉過身朝白洛因走過來，兩隻冰涼的大手塞進白洛因的被窩，凍得他一個激靈23。而後那雙惡劣的手一路向上，最終抵達白洛因的臉頰，用力捏了一下。

「還不起床？再不起床就遲到了。」

白洛因一把甩開顧海的那隻手，「你真無聊。」說罷轉身接著睡。

不料顧海又朝他的後背上給了一巴掌，操著當年的口吻說：「誰無聊啊？我一大清早去給你買早點，回來叫你起床，你還說我無聊，趕緊起！」

白洛因耐著性子回了句，「少給我來這套，我才不上你的當。」

「給你丫臉了是不是？再不起包子又涼了，吃完拉稀別賴我啊！我和你說，嬸兒這兩天不舒服，都是強撐著給咱倆把早點預備出來，你丫再不起都對不起嬸兒的那份心。」

白洛因斜了顧海一眼，「演，接著演！」

「我演什麼了我？」顧海一副較真24的表情，「嬸兒這幾天一直都不舒服，今兒下午放學，咱得回家瞅瞅了。」

白洛因閉著眼，一副隨你折騰，不予回應的表情。

顧海又說：「哪個小王八蛋昨晚上說，化學作業先不寫了，等明天早上去學校補，嗯？」

白洛因繼續裝死。

顧海一把拽起他，指著對面牆上的電子顯示幕，怒道：「還不起？你看看都幾點了？」

白洛因沒注意幾點鐘，倒是看到日期了，竟然是二〇〇二年的。先是一愣，而後立刻反應過來，戲謔著朝顧海說：「顧總，準備工作倒是做得挺足的嘛？」

「顧總？」顧海一副糊塗的表情。，而後用手摸了摸白洛因的額頭，「睡傻了吧？」

切……就這點兒小伎倆還想矇我，白洛因使勁推開顧海，一頭紮回被窩，結果被某個硬東西硌到了，拿起來一看，竟然是手機。

——而且是當年他用的那一款。

白洛因記的清清楚楚，他那款手機已經在當年的車禍中銷毀了，隨後這款手機就在市面上停銷了。顧海是從哪弄來的？而且看著也不像是新買的手機啊，越看越像他當年用的那一部，就連手機殼後面的刮痕都如此熟悉……想著，白洛因熟練地解鎖，打開通訊錄——

突然間有種頭皮發麻的感覺。

怎麼通訊錄裡的人都和當初一模一樣？再翻看他們的號碼，竟然還是當年的號碼。

白洛因試著給白漢旗撥了過去。

「喂……」晒倦的聲音。

竟然通了，而且真的是他老爹接的。

白洛因的聲音都顫抖了，「爸……真的是您啊？」

「不是我是誰啊？」白漢旗打了個哈欠，「到學校了麼？」

白洛因訥訥地將手機撂下，手心都涼了。

23：打冷顫。

24：認真。

顧海在旁邊輕咳一聲，「我不等你了，我先去吃早飯了。」

白洛因的思緒還在混亂中，不停地自我暗示，不可能，他一定是和我爸串通好的……這麼想著，白洛因又試著撥了一下楊猛的號碼。

「要遲到了！」氣喘吁吁的聲音，「有事到班上再說！」

嘟嘟嘟……電話又掛斷了。

白洛因不信這個邪，他又撥了劉沖的號碼，結果接電話的是個女人，操著外地口音。

「你找隨（誰）啊？」

「劉沖……」

「劉蔥（沖）？」女人頓了頓，「雷（你）打錯了吧？」

白洛因放下手機，心驚膽戰地環顧四周，什麼都和以前一模一樣：床單，被罩，衣架，書包，拖鞋……難道我還在作夢？

白洛因用力攥了下拳頭，身體的感覺如此清晰，他很確定自個是醒著的。

那為什麼……

顧海慢悠悠地吃著包子，靜靜地等著白洛因的爆發。就在手裡的包子還剩下一口的時候，白洛因終於蓬頭垢面地衝出來了，在顧海佯裝驚訝的目光中一把攥住他的手。

「你故意嚇唬我的是吧？」

顧海強忍著笑容，「我嚇唬你什麼了？」

「你敢說這一切不是你提前布置好的？」白洛因逼視著顧海。

顧海捧住白洛因的臉頰，一副緊張的表情看著他。

「你到底怎麼了？」

「對，牙印，牙印……」白洛因說著拽開顧海的衣領，瞪著眼往肩膀上瞅，可是什麼也沒瞅見，顧海這塊皮膚可光滑了。

「什麼牙印？」顧海還在裝傻。

白洛因真急了，手死死扼住顧海的脖子，歇斯底里地咆哮著，「怎麼可能啊？我昨天晚上明明咬了你一口啊！那牙印哪去啊？牙印哪去了？？」

顧海死死摟住白洛因，耐心地安撫著他的情緒，「寶貝兒啊，你是不是還沒睡醒呢？是不是夜驚症[25]呢？你別嚇唬我啊！」說完還摸摸白洛因的後腦勺。

白洛因死不相信，他就作了一個夢，竟然真的穿越了！

顧海要把白洛因拽到一個地方坐下，白洛因死活都不坐，一個勁地在屋裡亂轉，他一定要找出破綻，一定要找出破綻！可是，但凡他能想到的，記憶裡刻骨銘心的，顧海統統搬到了他的面前。

「啊啊啊……」白洛因在臥室大吼一聲，「我的軍裝，我的軍裝哪去了?!」

顧海倚在門口，饒有興致地看著他。

「你是不是想翹課啊？才在我面前裝神弄鬼的……」

「裝神弄鬼的是你！」白洛因走過來，一把薅[26]住顧海的衣領，「你的公司剛上市對不對？我剛

25：從睡眠狀態中突然驚醒，情緒害怕恐慌，常發生於兒童。

26：音ㄏㄠ，拔起、揪出。

完成飛行表演是不是？」

顧海將白洛因的手拽下來，「差不多得了，趕緊把衣服穿上，這會兒去學校，還能趕上第一節課。」

白洛因崩潰地在用拳頭砸顧海的胸口，被捉弄後抓狂的模樣煞是可愛。

「你會做好多菜是不是？西葫蘆雞蛋餡兒的餃子？醬爆雞丁？鍋溻豆腐？你還說等我回來給我做一頓好吃的讓我補補……」

顧海從身後的桌子上摸出一個煮雞蛋，舉到白洛因面前。

「我就會做這個。」

為什麼啊?!白洛因薅著顧海的頭髮玩命地折騰。怎麼能這樣呢？好不容易把這九年熬過來了！好不容易混到今天的位置！好不容易才調教出這麼一個大廚師啊！怎麼一下又退回到只會煮雞蛋的水準了？怎麼一下就活回去了呢？

白洛因無論如何都接受不了這個事實，心都要擰成麻花了，就在他痛不欲生的時候，突然意識到一件事。

家裡的一切都能布置，外面的世界總不能任他擺布吧？他就是再有本事，也不可能憑空捏造出一條街道，建設出一幢大廈吧？

我怎麼現在才反應過來？……這麼一想，白洛因飛速朝窗口跑去，拉開窗簾，打開窗戶，突然一陣轟隆隆巨響，緊接著一陣爆炸聲響起，白洛因猛地後撤兩步。

但還是被爆灑了一身的玫瑰花瓣。

「哈哈哈哈……」

白洛因還沒站穩，就被眼前的景象驚呆了，劉沖駕駛著直升機，旁邊坐著楊猛，那倆幫兇還朝白洛因招手。

「你們丫的……」白洛因不知該氣還是該笑。

直升機緩緩升起，一幅巨大的鮮花簾幕在白洛因眼前展開，周邊是紅色玫瑰，裡面用滿天星點綴著四個大字，一個一個上升到白洛因的視線中。

「生——日——快——樂！」

簾幕足足有十層樓那麼長，兩道門那麼寬，全用鮮花編織的。樓底下飄滿了花瓣，這副壯觀的景象引來了無數市民圍觀，白洛因站在視窗都傻了。

沒一會兒，劉沖又把直升機徐徐降落到白洛因這一層樓。

機艙門打開，楊猛朝外面喊了一句。

「上直升機吧！哥帶你體驗一次穿越的旅程。」

16.

好長一段時間，白洛因才回過神來，轉過身，大騙子正對著他笑。

白洛因猛地撲到顧海的身上，抄起拳頭這頓砸啊！

「你他媽嚇死我了你知不知道？我剛才真當真了！讓你丫騙我！讓你丫騙我……」罵著罵著，不知怎麼又笑了，手臂死死卡著顧海的脖子，像是要把他嵌進自己的身體裡。

顧海就藉著白洛因這個姿勢拖著他在屋子走，每走幾米就挨幾拳，每走幾米就挨幾拳，最後把白洛因卡在一個牆角，狠狠地吻了下去。

三十多天來的思念，就著一身的玫瑰花香，傳遞到彼此的口中。

轟隆隆的聲音還在窗邊盤旋著，楊猛看呆了，好一陣才回過神來，拍了劉沖的肩膀一下，「還不趕緊撤啊?!」

劉沖眨眨眼，「首長不是還沒上直升機麼？」

「你看他那樣還上得來麼？」楊猛忍不住擠兌劉沖，「你咋比我還傻？」

劉沖回：「有你這麼誇自個的麼？」

楊猛嘿嘿笑。

倆傻子駕駛著直升機離開了，甩下了一路的花瓣。

溫存夠了之後，白洛因又開始控訴：「你剛才真的把我嚇著了。」

顧海一邊摸著白洛因的後腦勺一邊壞笑著，「你不是總和我說想回到過去麼？我以為你看到這些會特高興呢！

「過去再美好也不能重新活一回啊！你樂意再被關進地道待幾天啊？你樂意再出一次車禍啊？你樂意再和我分開八年啊？」

顧海笑著去頂白洛因的腦門，「如果能延長和你在一起的時間，這麼循環地活我也樂意。」

白洛因朝著顧海的肚子上給了一拳，心裡澀澀的，不是難受，是真的被感動了。

算起來已經八年沒過生日了，在部隊的這些年，白洛因的生活一直是三點一線。他從未和任何人提過自己的生日，甚至他自己對這個日子都沒什麼概念。通常是當他拿起手機，看到未接電話和祝福簡訊，已經是很多天之後了。

「你竟然還記得我的生日……」白洛因忍不住感慨道。

「瞧你這話說的。」顧海恨恨地捏住白洛因的下巴，「這麼多年我一直都記得，剛分開的前兩年，我到你生日的那天還去給你燒點兒紙錢呢！」

白洛因先是一窘，而後厚著臉皮大笑。

顧海看著白洛因穿著以前的睡衣，頂著一頭蓬亂的黑髮肆無忌憚地大笑，感覺時間真的倒流了。他們真的回到了年少輕狂的時代，沒有憂愁，不懼艱險，用兩顆透明的心擁抱彼此，這八年來所有的苦都在這一刻撇清了。

「回家去看看吧！」顧海說，「你爸一直在家等著你呢！」

「你不說我也正打算去呢！」說著，白洛因就去臥室裡換衣服，到衣櫃裡找了好半天，都沒找到現在能穿的衣服，最後探出頭朝顧海問：「我的衣服都被你藏到哪去了？」

顧海笑呵呵的，「我怕你打開衣櫃發現破綻，就把衣服都放到車裡了。」

白洛因只好先穿著一件當年的衣服，跟著顧海坐電梯一直下到車庫，結果發現車庫裡空空如也。

「車呢？」白洛因問。

顧海挺不好意思的，「我怕你到車庫來發現破綻，就讓人把車開走了！」

白洛因又氣又笑，「你丫計畫真周密。」

「要是這點兒小事都策畫不好，就白當這麼多年總經理了。」

白洛因發愁，「那現在怎麼辦？我總不能穿這身衣服回去吧？」

「有什麼不能的？」顧海拽拽身上的校服，「我不是也穿著這件呢麼？」

「我總覺得有點兒裝嫩的嫌疑。」白洛因摸著下巴。

顧海一臉自信的笑容，「怎麼能說是裝嫩呢？我本來就嫩。你看我穿這身校服是不是和當年一樣？我感覺這些年過去，我除了個高了一點兒，黃瓜粗了一點兒，好像沒什麼變化。」

白洛因嗤笑一聲，「有。」

「還有什麼變化？」

「臉皮比以前更厚了。」

「……」

顧海早就準備好一輛自行車在樓下了，剛蹬上的時候有點兒生疏，好多年沒騎了。白洛因依舊站在後車架上，手一拍顧海的肩膀，「走你！」

街道變了，景色變了，行人也變了。

唯一不變的是，當年那顆赤誠相待的心。

白洛因深深記得，九年前他們一起畢業，顧海曾經允諾過，等他上了大學，還騎著單車帶著他上下學，結果一個變故，抽走了他們朝夕相處的八年。

人生中最爛漫的時光，就這麼錯過了。

不過想想也沒什麼可惜的，也許真讓他們在那種境遇下攜手走過八年，他們未必能堅持下來。現在拾掇27起來了，一切都不晚，他們還很年輕，還有足夠的激情走完這一生。

顧海猛地加快了車速。

到了家正好是午飯時間，鄒嬸早就把飯菜預備好了，白漢旗出去訂了一個生日蛋糕，剛放下沒一會兒，就聽到敲門聲。

一開門，瞧見倆學生站在外面。

白漢旗忍不住一樂，「放學了，兒子們？」

「還給我演！」白洛因氣憤地用手臂勾住白漢旗的脖子，用力在他肚子上捶了兩下，「您竟然串通他嚇唬我！誰是您親兒子啊？」

白漢旗「哎呦、哎呦」喊了兩聲，而後就摟著白洛因哈哈大笑。

「都這麼大歲數了，還這麼沒溜兒28……」鄒嬸在旁邊嘮叨了一句。

顧海怕白洛因碰到白漢旗手術的傷口，連忙把他拽起來，佯怒著說：「有你這麼鬧的麼？那是你

27：整理、收拾。
28：不正經。

爸！」

「我們這麼多年一直這麼鬧過來的！」說罷，又湊過去了。

白漢旗給顧海使了個眼色，「就讓他鬧吧，他都好多年沒和我這麼膩呼了。」

顧海在旁邊默默感慨，老公始終比不上親爹啊！我給他那麼一個大驚喜，他都沒和我膩呼一下，多讓人羨慕嫉妒恨啊！

鄒嬸在廚房包餃子，顧海走了進去。

「嬸兒，我給您包，您歇一會兒吧。」

鄒嬸溫和地笑笑，「我一點兒都不累。」

白漢旗去了浴室，客廳裡就剩下白洛因一個人。白洛因閒得無聊，看著指甲長了，想要剪剪，結果打開茶几下面的抽屜，沒看到指甲刀，反倒看見一抽屜的藥。

白洛因心裡咯噔一下，拿起一瓶藥看了看說明，整個人僵在那裡。

鄒嬸恰好從廚房裡走出來，看到白洛因手裡拿著一瓶藥，再看看他的臉色，心裡突然一緊，趕忙朝白洛因走了過來。

「嬸兒，這藥……」

鄒嬸迅速把藥從白洛因手裡搶過來，重新塞回抽屜裡。

「因子，你聽嬸兒說，你爸心臟出了點兒毛病，前陣子去醫院做了支架手術，現在已經沒事了。」

白洛因聽到「手術」兩個字，心裡狠狠揪疼一陣，他爸做手術，他竟然都不知道！

鄒嬸看到白洛因的臉色，趕忙安慰他，「你甭擔心，醫生說了，這種手術很常見，就是往心臟裡安個小東西而已，沒幾天就出院了。你爸不告訴你，是怕耽誤你正事。你一會兒可別去問他，他聽了會難受的。」

白洛因沉聲問道：「這事顧海知道麼？」

鄒嬸猶豫了一下，還是點點頭。

白洛因心裡更不是滋味了。

「你可千萬別埋怨大海，要是沒有他，你可能都見不到你爸了。你爸住院那幾天，找大夫，安排病房，全是大海一個人忙乎的。我不知道他給醫生塞了多少紅包，人家想見大夫一面都難，你爸身邊老有兩、三個大夫陪著。他沒和你說，估摸也是怕你難受吧……」

白洛因低垂著目光，什麼都沒說。

鄒嬸挺慚愧，「今兒是你生日，多高興的日子啊，竟然還讓你瞅見這些藥了，你說我怎麼就不知道提前收起來呢……」

「嬸兒。」白洛因深吸了一口氣，「放心吧，我沒事。」

白漢旗正好從浴室走出來，看著鄒嬸和白洛因，納悶地問：「你們娘倆怎麼坐這呢？」

鄒嬸一陣語塞。

白洛因笑笑，「我和嬸兒聊一會兒。」

白漢旗朝廚房瞅了一眼，看到顧海一個人在那包餃子，當即黑臉了。

「你們怎麼讓大海一個人幹活啊？」

鄒嬸還沒說話，白洛因搶先開口：「就讓他一個人幹！」

白漢旗不知哪根弦搭錯了，突然就回了句，「還沒過門呢，就這麼使喚啊？」

這絕對是白洛因這麼多年來收到的最好的生日祝福。

17.

當日下午，白洛因又接到尤其的電話。

「因子，今兒是我電影的首映式，別忘了來捧場，我還給你準備了一份生日禮物呢。」

撂下電話，白洛因急忙朝顧海問：「上次尤其送咱倆的那兩張入場券呢？」

顧海想都不想便回道，「扔了。」

白洛因擰眉，「快點兒交出來，一會兒我還有用呢！」

顧海繃著臉走進屋，抽出那兩張他屢次想扔都沒扔的入場券，遞到白洛因面前。

「《遲到的情書》……」白洛因勾起唇角，「還挺文藝的片名。」

顧海冷哼一聲，「一看票房就高不了。」

「有你這麼說話的麼？」白洛因斜了顧海一眼，「要不要去看看？老同學的電影，怎麼也得去捧個場吧？」

「我沒空。」顧海口氣挺硬，「我公司的事多著呢。」

「那你回公司忙吧，我自個去。」作勢要朝門口走。

顧海一把拉住他，不情不願地說，「我陪你去還不成麼？」

「別介，耽誤你時間多不好，我還是自個去吧。多一個人多一張嘴，人家明星的時間很有限，我還想多和他聊幾句呢！」推開顧海的手。

顧海胳膊一伸，捆麻袋一樣地把白洛因捆在懷裡，「那我更得跟你一塊去了。」

兩個人換了一身衣服，二十分鐘之後抵達電影院。很快地，電影的導演，編劇，演員等一系列人員紛紛到場，媒體問答和影迷互動時間開始，各位演員一一接受了採訪。

前面幾個人發言的時候，白洛因哈欠連篇，等到了尤其發言，他立刻就精神起來了。

顧海斜了白洛因一眼，突然把手伸到了白洛因兩腿之間。

白洛因腿根處的肌肉一緊，扭頭給了顧海一記警告的目光。

「你幹什麼？」

顧海不痛不癢地回了一句，「暖和。」

炎炎六月，說這倆字多欠抽！

白洛因默不作聲地把手伸到顧海的手腕上，使勁掰哧，愣是沒掰開，這會兒尤其已經開口說話了。白洛因見觀眾席的燈光這麼暗，也沒人看得清顧海在幹什麼，便由著他去了。

記者問：「在你的人生經歷中，有沒有這麼一封遲到的情書？」

尤其回答：「遲到的沒有，沒送出去的倒是有一封。」

話音剛落，立刻有影迷開始起鬨，自打尤其進了娛樂圈，花邊新聞就不斷，但他親口承認的戀情卻沒有一段。這麼一番爆料，儼然又給了八卦記者一個好的素材。

「能不能請你說說那封情書的內容啊？」

顧海放在白洛因腿間的手不由的緊了緊，白洛因壓低聲音警告道，「又不是給我寫的，你丫急什麼急？」

尤其開口，嘴角綻放一個迷人的笑容。

「我只記得大概的內容，簡單和大家分享一下，就用現在的身分和語氣吧。咳咳……那年我們讀高中，還記得剛開學不久，你就送了我一卷衛生紙……」

底下一片鬨笑聲，白洛因卻一臉痛苦的表情。

顧海狠狠在他腿間最嫩的那個部位掐了一把，白洛因齜牙咧嘴地看向顧海，怒道：「你怎麼知道他說的就是我？」

尤其繼續說：「平安夜那天，我送你了一個蘋果形狀的飾品。」尤其沒敢說出「打火機」三個字，怕暴露了對方的性別。

顧海又掐了白洛因一下，「他送你東西，我怎麼都不知道？」

白洛因還在嘴硬，「你怎麼知道他說的一定是我？」

其實，到了這個時候，白洛因心裡明鏡似的，他就不屑於承認，覺得八年前的事了，就當個笑話聽了，哪想旁邊這貨連陳年老醋都吃得這麼帶勁。

「我們曾經在一個被窩睡過……」

周圍又是一片起鬨聲，白洛因又挨掐了。

「畢業那天，你送我的那副治鼻炎的藥，我吃了之後鼻炎就好了，那個藥盒我到現在還留著……」

又遭到重重一擊，白洛因疼得直吸溜嘴。

「你還送過他治鼻炎的藥？這事我怎麼又不知道？」

白洛因強忍著疼痛回斥了顧海一句，「他說的又不一定是我！」

「今天，在這個特殊的日子裡，想和你說一句：生日快樂！」

顧海的臉在漆黑的觀眾席上都看不見了。

「這回我看你還有什麼好說的？」

白洛因的確說不出話來了，心裡的感動和肉體的疼痛夾雜到一起，混合成一張扭曲而分裂的面孔。尤其捕捉到白洛因的面孔之後，禁不住嚇了一跳，這是什麼反應？

楊猛就坐在離白洛因不遠的位置，在尤其念情書的這段時間，他在底下對其進行赤裸裸的鄙視和批鬥。孫子！還尼瑪和我說記憶很模糊了，你還要記的多清楚？

採訪過程結束，電影開始放映。

顧海的手從白洛因腿間拿開，過會兒用餘光朝旁邊掃了一眼，白洛因正在用手搓著那塊被虐待的區域，看那樣兒還挺可憐。

顧海有點兒心疼了，把手伸過去，想給白洛因揉揉，結果白洛因聽到尤其的聲音，瞬間把頭抬起來望向螢幕，顧海的手就這麼僵在半空中。

「活該！」口氣立換。

白洛因陰著臉不搭理顧海。

過了一會兒，顧海又把白洛因的手拽了過來，緊緊地攥住，手掌傳遞的熱度漸漸消磨了兩人心中的戾氣。

電影漸入佳境，最近被炒得很熱的女二號出場了。

「長得也就那麼回事。」顧海隨口評論一句。

白洛因淡淡回了句，「聲音挺好聽的。」

顧海湊到白洛因的耳邊說：「沒有你的呻吟好聽。」

白洛因扭頭剛要發飆，就被顧海趁機親了一口，臉一燒，朝顧海的肚子上給了一拳，接著便憤憤然地轉過頭。

顧海斜了白洛因一眼，嘴角揚起一個邪惡的弧度。

電影進入高潮部分，尤其遭到女主角的拒絕，忍不住慟哭出聲。很多影迷眼淚都掉下來了，氣氛一時凝重，白洛因卻在這時聽到嗤笑聲，與周遭的環境如此不和諧。起初他以為聽錯了，結果隨著尤其哭聲的增大，那笑聲又縈繞在耳邊，不是明目張膽的笑，而是一種強忍的笑，一種因繃不住而鑽出來的笑。

楊猛使勁捂住嘴，但猥瑣的笑聲還是順著指縫溜了出來。

旁邊一個眼眶噙淚的女影迷扭頭看向楊猛，一臉無法理解的表情。

「你笑什麼？」

楊猛指著螢幕，「你看他那副倒楣樣兒，哭得鼻涕都流下來了，哈哈哈……」

女影迷一臉黑線。

白洛因找了半天聲音的源頭都沒找到，於是扭過頭接著看。

電影逐漸接近尾聲，那封遲到的情書被寄到女主角的房間，女主角拿起信紙，電影裡響起尤其充滿磁性的聲音，他開始朗讀那段青澀而淳樸的文字。

很多人都在靜靜聆聽著，突然出現「嘔」的一聲，某個人好像吐了。

隨後，楊猛被無數道目光包圍。

「沒事，沒事，你們看你們的，甭管我……」楊猛尷尬地朝眾人揮手。

白洛因終於找到了那個煞風景的人物，定睛一看竟然是楊猛，他就坐在旁邊一個位置，與自個僅隔了顧海和一條過道。

白洛因趕緊把頭轉了回去，他可不想讓人家知道他認識這麼二的人。

結果，楊猛也瞧見白洛因了。

「欸，因子，你也在這呢？」挺大的聲音，前後兩排估摸都能聽見。

白洛因尷尬地朝楊猛揚了揚手。

楊猛樂呵呵的，「剛才尤其念的情書聽見沒？那就是給你念的啊！」

這句話一說出來，整個放映廳都靜了。

所有人的目光都從螢幕轉移到白洛因的臉上。

18.

七月份，北京軍區將官軍銜晉升儀式在軍區小禮堂舉行，軍區司令員宣讀了軍委主席的簽署的晉升中將、少將軍銜命令，軍區政委主持了晉銜儀式，向七名晉升軍銜的軍官頒發了命令狀。其中，顧威霆從少將軍銜晉升為中將軍銜，而周凌雲也從大校軍銜晉升為少將軍銜。

將官軍銜晉升儀式過後兩天，軍區內部又舉行了校官軍銜晉升儀式。白洛因從少校軍銜破格晉升為上校軍銜，並從副營長破格提拔為正團長職務，劉沖也因為出色表現從中尉軍銜晉升為上尉軍銜。

周凌雲宣讀完晉升軍銜命令後，由北京軍區空軍總司令頒發命令狀。白洛因和其他幾位軍官精神抖擻地位列主席臺前，接過命令狀，並向首長和參加儀式的全體同志敬禮，全場響起熱烈的掌聲。

白洛因下臺的時候，正巧從周凌雲身邊經過。周凌雲位置的提升，意味著他日後帶兵訓練的機會少了，大部分精力要轉移到部隊管理這一方面。白洛因職務的晉升，意味著他參與訓練的機會也少了。

這就預示著周凌雲拉警報、白洛因半夜出征的時代已經一去不復返了，所以當白洛因從周凌雲身邊走過的時候，感覺周圍的風都變得舒暢和諧了。

就在白洛因得瑟之時，周凌雲陰冷的聲音在他耳邊幽幽響起。

「放心，我會時不時來找你的。」

白洛因還給周凌雲一個風采迷人的笑容，儘管放馬過來吧！小爺我已經不怕你了！

周凌雲看似陰沉的面孔背後隱藏著濃濃的笑意，白洛因是第一個經他手磨礪過後，不僅沒被磨平，反而越來越有稜角的軍人。

不過，他喜歡。

白洛因行走在營區的路上，不時地受到各種祝賀和豔羨的目光，但他依舊保持著低調的作風。對於所有的誇獎均是一笑而過，對於刻意的追捧也是淡然處之。

劉沖就站在距離白洛因不遠的地方，正和一個軍官聊得熱鬧，瞧見白洛因走過來，立刻收起臉上的笑容，立正站直，敬了一個標準的軍禮。

「首長好！白團長好！」

白洛因臉上的情緒隱藏得很深，「在這幹什麼呢？」

「我和小董正聊著晚上慶祝的事呢，嘿嘿……」

「這點兒小事有什麼好慶祝的？」白洛因霸氣的目光冷冷一掃，「該幹嘛幹嘛去！別遇上點兒美事就得瑟，路還長著呢，得沉得住氣！」

劉沖又敬了一個禮，「是，首長！」

看著他們說說笑笑地走開，白洛因穩步走回宿舍。

職位的晉升，級別和待遇全都和之前不一樣了，白洛因也很快要從這間宿舍搬走了。至於具體搬到哪，現在還沒有一個明確的答覆，能不能申請住到外面，現在也是個未知數。不過起碼是有希望的，不像之前那樣想都不敢想。

關上門，整理了一下軍裝，正了正衣領，緊了緊腰帶，一個精神抖擻的帥氣軍官出現在鏡子裡，白洛因的嘴角禁不住溢出笑容。

他要去顧海那得瑟一把。

上一刻還訓導下級要為人低調，下一刻鐘就開著軍車，帶著手下的精銳之將，聲勢浩大地朝顧海的公司進發。

路上，白洛因的副手給顧海打了一個電話。

「我們首長要來你們公司視察，馬上出門迎接！」乾脆利索地掛掉電話，連副手都覺得倍兒有面子，這可是對軍長家的大少爺、海因科技公司的董事長兼總經理發布命令啊！

顧威霆和白洛因軍銜和職位的晉升，給顧海的公司帶來了明顯的政策優勢，投資者信心倍增，這幾天海因科技公司的股價一路飆升，顧海這個董事長的身價也大幅度飆升。

汽車在公司門口穩穩停下，白洛因在幾名士兵的簇擁下走出車門，氣場十足。

兩路美女站成縱隊，分立紅毯兩側進行迎接。顧海鄭重其事地走下臺階，身後跟著閻雅靜和佟轍，這接待的陣勢真夠隆重的。

「歡迎、歡迎。」顧海主動和白洛因握手，「熱烈歡迎白首長蒞臨我公司進行參觀和指導，白首長，您怎麼不提前言一聲？我也好派車過去接您。」

白洛因異常霸氣地拍著顧海的肩膀，「不好意思麻煩你們。」

「您這是哪的話？」顧海將那副卑躬屈膝的勁頭裝得有模有樣，「您能來我們公司指導工作，實在是我們的榮幸啊！別說派一輛車了，就是派十輛、派一百輛，對於您這樣的身分都不為過。」

「哈哈哈……」白洛因一陣當之無愧的大笑，隨後昂首闊步地邁上臺階。

一共十級臺階，每一級都有人扶。

背著手走進公司大廳，接待處的美女全都站在四周圍迎客。

白洛因朝顧海問了句，「這些都是你安排的迎賓隊？」

顧海點頭，「是，您有什麼意見麼？」

「不夠漂亮啊！」白洛因輕咳兩聲。

顧海佯裝一副恭順的表情，「白首長批評得是，下次我們注意。」

下次注意換一批更寒磣的，讓你丫的偷偷看別人——這是顧海內心的真實寫照，其實他把漂亮的都匿起來了。

白洛因看似閒庭信步，其實心裡特著急，咋還不到顧海辦公室？我都快憋不住了，這麼走道太尼瑪累了！

顧海一直走在白洛因身後，偷偷觀察著他扭動的臀部，心裡一個勁地說：你再扭，你再扭，再扭我就把你吃掉。

終於，白洛因走到了董事長辦公室。

「請！」顧海揚起胳膊。

白洛因大步走了進去。關上門之後，剛才某位霸氣側漏的首長，立刻把顧海按在沙發上，捶著顧海的胸口一個勁地狂樂，毫無形象可言。

「太過癮了，太過癮了。」下巴都要笑脫臼了。

顧海被白洛因這副模樣逗得直樂，「你瞧你這個傻樣兒！」

白洛因好不容易才把情緒穩定下來。

顧海挑了挑眉，「提拔了？」

白洛因用力點頭。

顧海勾起一個嘴角，「高興？」

白洛因還是用力點頭。

顧海笑著去捏白洛因的臉頰，「瞧你那點兒出息，升個官就至於樂成這樣？」

白洛因立刻沉下臉，「那我不和你樂了，我找別人樂去！」

「別介，我就愛看你笑，你把後槽牙笑出來我都樂意瞅。」顧海立刻黏了上去，大手伸到白洛因的軍褲上，開始蹂躪那個讓他垂涎很久的部位。

剛才還一本正經的兩個大老爺們兒，這會兒就膩歪上了。

「叮咚！」門鈴聲響起。

顧海朝外吼了一聲，「誰啊？」

佟轍的聲音，「先把字簽了，那邊等著要呢！」

顧海只好坐起身，白洛因整理了一下衣服，正氣凜然地端坐於沙發上，他以為佟轍不知道他和顧海的關係，其實人家站在門口聽半天了。

「我先去個廁所。」白洛因站起身。

從佟轍身邊走過，兩人同時揚起嘴角，照鏡子一樣的英氣笑容。

「我的辦公室就有廁所。」顧海朝白洛因喊了一聲。

白洛因一副不屑於共用的姿態走了出去。

其實他是怕有自己在，顧海不能集中精力幹正事。

結果，從廁所返回的途中，白洛因無意間聽到了這樣的議論。

「看見沒？咱副總真的進去了，他真的進去了，他一定是吃醋了。」

「是啊，剛才在公司門口，顧總和那位帥軍官握手，我看副總就挺不高興的！」

「哈哈哈……咱副總有危機感了。」

白洛因的腳步停滯片刻，繼續朝顧海的辦公室走去。

走到顧海的辦公室門口，裡面的兩人還在埋頭商量事宜，腦袋離得特別近。

白洛因輕輕叩了叩門，「先打斷一下。」

兩人的視線同時投了過來。

又換成了首長的口氣，「我覺得，你們公司的精神文明建設有必要抓一抓。」

19.

下班，佟翰把辦公室的門鎖上，一轉身，看到一抹靚麗的身影。

很難得，今兒閻雅靜穿了一件深V高腰洋裝，勾勒出玲瓏有致的身材，整個人的氣質都提升了一個檔次。佟翰記得清清楚楚，閻雅靜下午來的時候穿的還不是這條裙子，怎麼這麼一會兒的工夫，把自個倒飭29得這麼迷人了？

「人家兩個人一起開車走了吧？」閻雅靜眼角浮現一抹嘲色，「你有本事攔著我，怎麼沒本事攔著他呢？」

佟翰滿不在乎地笑笑，「我幹嘛要攔他哥？何況咱公司還得指望他這層裙帶關係繼續發展壯大呢！」

「少拿這些藉口安慰自個了。」閻雅靜得意的表情很鮮活，「他倆根本就沒有血緣關係，如果顧海真喜歡男人，我看白洛因比你有戲多了。人家起碼比你長得帥，年紀輕輕就事業有成，最重要的一點，人家比你人品好。」

男人和女人果然存在代溝，閻雅靜自以為是地說了一大堆，佟翰的目光卻始終定在她那飽滿又迷人的雙峰上。

「妳怎麼穿得這麼風騷？」

閻雅靜面露慍色，「你說誰風騷呢？」

「說妳身後那面牆呢！」

閻雅靜先是一陣羞惱，在觸到佟輸那兩道玩味的目光後，又找回了迷人的風韻。

「姐我今兒高興。」

佟輸露出一個促狹的笑容，「妳不會就為了來看我笑話，才故意穿得這麼靚的吧？」

「沒錯。」

佟輸不知道說什麼好了，他以為閻雅靜看到白洛因和顧海的親密接觸，會像平時那樣痛不欲生。沒想到這廝在看到他失寵之後，把自個的痛楚奇蹟般的治癒了，女人的嫉妒心果然是萬能的。

「看你這麼失魂落魄的樣兒，姐今兒請你吃頓飯吧！」閻雅靜難得開口邀請別人。

佟輸對著中間那道半遮半掩的乳溝笑道：「那我就不客氣了。」

顧海的車開到半路，發現東西落在公司了，又回來拿，結果正好碰見佟輸和閻雅靜從公司門口走出來。

白洛因的目光下意識地定在閻雅靜那迷人的身段上，食肉動物果然都是一個品性。

顧海則冷哼了一聲，臉上明顯透著幾分不悅。

白洛因的思緒被顧海的這種反應拽回來了，他可不認為顧海是因為他多看了閻雅靜幾眼才吃味的，因為他把自個的猥瑣掩飾得很好。顧海之所以流露出這樣的表情，多半是因為那兩人裡的其中一個吧。

「怎麼，人家現在名花有主了，你反倒不舒坦了？」

顧海幽幽地回了句，「我就是覺得虧得慌，當初她死心塌地守著我的時候，怎麼就沒穿過這麼露啊？」

下一秒鐘，眼睛被拳頭狠狠封上了。

回去之前，白洛因照例先去了父母家，自打知道白漢旗有了心臟病，白洛因隔三差五往家跑。只要出來找顧海，就先回父母家報個到，已經成為習慣了。

「晚上吃點兒什麼？」顧海問。

白洛因思忖了片刻，興沖沖地說道：「吃點兒好的。」

顧海笑了，「我哪天沒給你好的吃啊？」

「我的意思是吃豐盛一點兒，我好不容易才升職，怎麼也得慶祝慶祝吧？」

領導的話果然不能當真，可憐了劉沖，聽了白洛因的訓導之後，果斷沉住氣沒出去慶祝，買了兩包點心麵正在宿舍裡啃呢！

兩人提著大包小包的菜回了之前的小家，自打上次演完穿越大戲，白洛因就捨不得走了。顧海本來就對後來買的房沒太多的感情，就順白洛因的意搬回了這裡。

滿滿的一桌菜，兩瓶白酒。

兩個一通電話打一宿的人，這會兒吃起飯來，竟然還有話題可聊，而且一聊就聊了三個多鐘頭。就這樣你一杯、我一杯的，竟然還喝多了。

白洛因已經很久沒有喝得這麼暢快了，胳膊搭在顧海的肩膀上，紅撲撲的臉頰冒著熱氣，一板一眼地說：「我這半年總算熬過來了，要是沒有當初那次墜機事故，我不可能立下一等功，更不可能破格晉升，你說是不？是不？」揪著顧海的耳根子。

白酒上頭，顧海鼻子酸澀澀的。

「我寧願你按部就班地往前走，也不想讓你冒險接這種任務。」

「你不懂我！」白洛因大手一揮，掃下了兩道燈影，「我是軍人，你是軍工企業，我這邊的地位越高，你那邊的發展就越穩妥。咱倆只有建立這樣一層利益關係，我們才能牢牢拴在一起。這樣你才不會和別人跑嘍，對不對啊？」

「跑？」顧海倒豎雙眉，「我敢跑麼？我要真負了你，你就朝我這……」顧海指指自個的臉，「狠狠一個大嘴巴！越狠越好！」

啪！

顧海傻了，目光緩緩地移向白洛因的手。

「你怎麼現在就打了？」

白洛因嘿嘿笑著，「以防萬一，先打個預防針。」

顧海：「……」

在沙發上膩歪了一陣，白洛因突然推開顧海，說道：「想解小手兒。」

「去吧。」

白洛因晃悠晃悠地在屋子裡轉圈，轉了半天都沒找著洗手間，最後看到顧海鞋架上的那隻鞋，發現上面有個洞，樂呵呵地嘟囔道：「找著了。」

嘩啦啦……

顧海發現白洛因正對著自個的鞋撒尿，著急忙慌地跑過來。

「滿了，滿了。」顧海指指左腳的那隻鞋，「裝不下了，你再換個眼兒尿。」

白洛因陡然一停，扭頭朝顧海誇讚道：「還是你想得周到。」於是，又挪到顧海右腳的那隻鞋。

嘩啦啦……

尿完，正要抖鳥，手一滑，鳥耷拉下去了。

「欸，我怎麼找不著我的鳥了？」白洛因面露急色。

顧海嘴角揚起一抹壞笑，「沒事，你再找找，應該丟不了。」說罷，偷偷伸手過去，把小因子塞回內褲裡，打算繼續看白洛因著急。

「欸，我找著了。」白洛因驚呼一聲。

顧海神色一滯。

白洛因拉開顧海的褲鍊，一把將小海子掏了出來。

「竟然讓你丫的藏褲子裡了，拿出來！拿出來！還我！還我！……」

顧海疼得趕緊縮回手，拚死保護自個的命根子。

「你認錯了，這不是你的，你的在自個身上呢！」

白洛因低頭一看，啥也沒有，繼續狂拽。

「你以為我喝多了就能隨便矇啊？趕緊交出來，不然我動刀了！」

「別啊！」

過了一會兒，顧海終於幫白洛因找到了小因子，並耐心給他講解了兩個小哥倆的不同點，白洛因總算放過小海子了。

「因子，我們很久沒玩角色扮演了。」

鑒於上次喝醉酒吃了不少虧，白洛因一直銘記在心，這一次他說什麼都要多長幾個心眼，喝醉了也得選好角色。

顧海又開始整么蛾子30，「這樣吧，你演街頭拉客的，我演路過此地的民工。」

白洛因這次反應極快，「反過來，我演民工，你演拉客的。」

「你傻不傻啊？民工這個角色又髒又累，春節還買不著票，拉客的多好啊，隨便往床上一躺，那錢就賺了。」

「甭忽悠我！」白洛因厲喝一聲，「無論你怎麼定角色，咱倆反著演就對了！不反著演我就不玩了！」說罷轉身要走。

顧海連忙把他拉了回來，妥協的口氣，「好好好，你說怎麼演就怎麼演，行了不？」

白洛因這才點點頭。

早知道他長了這麼個賊心眼，一開始就反著說了……顧海正後悔著，白洛因突然轉身進了廚房，出來的時候拿了一瓶油。

「來，把衣服脫了。」

30：花招、鬼點子。

顧海納悶，「你要幹嘛？」

「給你抹點兒油，我看幹這行的都把身上塗得鋥亮。這樣可以使肌肉層次感增強，並賦予更加性感的古銅色，突出你的線條美。」

顧海尚且保留幾絲智商，「人家塗的是橄欖油。」

「這不是橄欖油麼？」白洛因晃了晃手裡的油桶。

顧海嘴角扯了扯，「那是豆油。」

「哦，那我進去換一瓶。」白洛因轉身要走。

顧海一把拽住他，並搶走了他手裡的那桶油，「還是我去吧，我怕你一會兒給我拿一瓶汽油出來。」

20.

橄欖油拿來，均勻地塗抹在顧海的身上，一身的肌肉立刻變得油光閃閃，魅力迷人。

白洛因吸溜一下嘴。

顧海被這聲動靜刺激得一愣，目光訥訥地轉到白洛因的臉上，開口問道：「你不會還想往上面撒點兒椒鹽吧？」

白洛因咧嘴笑，「那倒不用，這麼生吃也挺好。」

顧海後撤一大步。

白洛因捶地狂樂，「逗你玩的，瞧把你嚇的！」

「我才是逗你玩的！」顧海哼笑一聲，「瞧把你美的！」

「不鬧了、不鬧了，現在正式開始。」白洛因站起身，晃晃悠悠地朝顧海走去。

顧海邪肆的目光勾了白洛因一眼，白洛因採取避而遠之的態度。顧海又跨到白洛因的身前，刻意秀了秀八塊腹肌，然後露出魅惑迷人的笑容。

「小哥，來我們這玩玩吧，服務專案可多了。」

白洛因打量了顧海一眼，「多少錢一位啊？」

「五十。」

白洛因哼笑一聲，「剛才有個出價三十的，人家長得比你帥。」說著抬腳要走。

顧海又走上前去攔住白洛因，「長得帥不見得有我技術好。」說著，將白洛因的手按在小海子上，挑了挑眉，「怎麼樣？個頭還滿意吧？」

白洛因一副沉思狀，「個頭是不小……可再大也沒用啊，我要的是你的後邊。」

「後邊也挺好啊！」顧海把白洛因的手放到自個的臀部，「摸摸，是不是挺結實的？」

白洛因轉到顧海身後，先是拿眼睛相了相，然後又伸手在左右兩側各自拍了一巴掌，啪！啪！最後把臉貼過去。

「行，聽響兒還挺熟的。」

敢情您這挑西瓜呢！

顧海瞧見白洛因一副猶豫不決的樣子，又開口說道：「這樣吧，看你這個民工兄弟也挺不容易的，四十怎麼樣？」

白洛因當即還口，「三十五。」

「您有心要我不？有心要我咱就一口價，三十九。」

「三十六。」

顧海很糾結，「今兒我豁出去了，三十八，真的不能再低了啊，再低我就不賺錢了。」

「三十七。」

顧海一跺腳，「三十七毛五，那五毛錢我給您辦一張會員卡，就這麼定了。」

「成！」白洛因痛快地答應了。

兩人在屋裡轉了一個圈，隨後進了臥室。

白洛因一頭摔到床上，四肢愜意地舒展，醉意的雙眸微微瞇起，嘴角帶著一抹若有若無的笑。

「開始吧！」

顧海濕滑的大手順著白洛因衣服的下襬伸了進去，指尖在其腰側撓癢癢般刮蹭著。舌頭探入白洛因的耳中，若輕若重地按壓著，隨後又滑到白洛因的脖頸處……白洛因剛剛進入狀態，顧海就停了。

白洛因的眼睛睜開，不解地看著他，「繼續啊！」

「做完了，掏錢吧！」

白洛因目露怒色，「什麼？三十七塊五就這麼把我打發了？」

顧海幽幽一笑，「我說過三十七塊五一次麼？我說的是三十七塊五一分鐘。」

「啥？」白洛因暴怒，「你這不是坑人麼？」

「做不做？」顧海的眼中突然閃過一抹狠厲之色，「不做我就給你媳婦打電話，讓她知道你在外邊幹的好事！」

白洛因咬著牙，將那份被坑的表情演得入木三分，「你丫從新疆來的吧？」

「哈哈哈……」顧海笑得狂妄，「說對了，我老本行就是賣切糕的。」

白洛因自認倒楣，把床頭櫃上的錢包拿過來，掏出一大疊現金扔到顧海身上，「今兒爺我豁出去了，就照著這些錢給我做！」

顧海瞇著眼睛笑了笑，又趴回床上，含著白洛因的耳垂說：「爺，您可真闊氣。」

白洛因先是揚唇一笑，而後笑容漸漸被抽走，取而代之的是暈上眉梢的情欲之色，在顧海的頭移到白洛因的腿間時，這抹潮紅的色彩擴散到身體四處。

顧海用手將白洛因的內褲拉緊，包裹在分身上，勾勒出那誘人的形狀。

白洛因迫不及待地將顧海的頭按下去，兩條有力的長腿狠狠夾住顧海的雙肩，腰部挺了挺，意思很明顯。

「爺，您要我幹什麼？」顧海壞心眼地問。

白洛因沒好氣地回了句，「你不就是幹這個的麼？還用得著我告訴你麼？」

「爺，我不是說了麼？我老本行是賣切糕的，幹這個才不到倆月，還得靠您配合呢。」

白洛因深吸了一口氣，含糊不清地說：「@#$%&……」

「什麼？我沒聽見啊！」

白洛因猛地將枕頭扣在臉上，怒斥一聲，「就說一遍，沒聽見拉倒！」

顧海被白洛因難得流露出的可愛模樣萌得鼻血橫流。

很快，生龍活虎的小因子被放出，顧海的舌尖在頂端舔了一下，白洛因的身體跟著抖了一下。顧海又舔了一下，白洛因又抖了一下，顧海將整個小因子放進嘴裡，白洛因禁不住悶哼出聲。

手朝顧海的身下撫去，卻被顧海一把攥住，「你花錢就不用顧及我了，我來伺候你就成了。」

白洛因思維很清晰，「我得給你擴張。」

顧海身體僵了一下，很快轉歸輕鬆之色，「不急，先讓您爽一把，不能白收那麼多錢啊！」

於是，用手將小因子攥住，頭往下移，嘴唇包裹住飽滿的囊袋，使勁嘬一口，故意發出下流的響聲。把兩個小球蓺玩夠了，舌尖一路向下，最後在密口處停住，輕輕勾了勾。

白洛因的身體猛地彈了起來，一把薅住顧海的頭髮，怒道：「我花錢，應該是我上你。」

「我也沒說要上你啊！」顧海幽幽的，「我只不過想讓你舒服一下，你反應那麼激烈幹什麼？就算不上你，給你舔幾下也挺划算吧？別的客人加錢我都不給舔。」

「不行……」白洛因堅守陣地，「只要我不讓你上，你就不能給我舔。」

「為什麼？」顧海咄咄逼人，「你是怕我給你舔得太舒服了，你一忍不住，就想讓我幹你是吧？」

「滾！」白洛因惱羞成怒。

顧海饒有興致地盯著他看了一會兒，繼續把頭埋下去，惡劣地對著白洛因的脆弱之地發起猛攻。

白洛因的呼吸越來越急，表情越來越痛苦，心情越來越糾結，一面想著早點兒釋放，一面又不甘心這麼交待了，他得留著點兒精力去對付這個老淫賊呢。

顧海趴回白洛因的身上，臉頰幾乎和他的臉頰貼合在一起，呼出來的酒氣全部噴射到白洛因的臉上，他的手還放在白洛因的腿間。

「你信不信，我用兩根手指就能把你弄射了？」

白洛因以為顧海要給他擼射，結果顧海的手指卻強行滑入白洛因的密口中，指關節擠壓著甬道的內壁。

「你給我拿出來！」白洛因怒喝一聲。

顧海不緊不慢地朝白洛因說：「你低頭看看，你的小兒子都饞成什麼樣了？你老這麼餓著它合適麼？」

白洛因順著顧海的視線看過去，小因子的頂端早已「口水」氾濫。正愣著，突然一陣狂烈的浪潮從尾錐骨朝前面湧來，白洛因忍不住哼叫出聲，顧海的視線就在一寸之外欣賞著他的表情，他卻無論如何也收不住破口的呻吟，並隨著顧海手指穿插力度的增大而失控。

顧海手勁兇狠，目光霸道，一邊肆虐著白洛因脆弱的甬道一邊羞辱著他，「不夠浪，再叫大點聲……」

「啊啊啊——」白洛因近乎失態地吼叫著，緊緊擰著的雙眉像兩把鉤子抓撓著顧海的心。

顧海果斷加力，終於，一副爽到扭曲的表情被他盡收眼底。

輕喘了幾口氣之後，白洛因壓到顧海的身上，汗淋淋的胸口貼合著他的後背。

「行，剛才挺爽的，現在開始辦正事吧！」

「你的錢用完了。」顧海耍賴。

「怎麼可能？這才多大一會兒，我給你將近兩千塊錢呢！」白洛因一副較真的模樣。

顧海指指電子顯示幕，「自己看。」

白洛因一看時間，猛地呆愣住，不知不覺一個鐘頭都過去了，草草一算，三十七塊五一分鐘，再乘以六十，兩千多了。把錢拿過來數數，才一千八。照這麼算，全做下來起碼得五千啊！

顧海正在竊笑，突然看到白洛因把銀行卡拿出來了。

「嘿，我們這只付現金，不刷卡。」

白洛因不由分說地將顧海的手臂夾緊，而後把卡從夾縫裡畫了一下。

顧海愕然地看著白洛因的手指在他的八塊腹肌上穿梭跳躍著，嘴裡念念叨叨，「三八二五〇四……」然後，等著「機器」回應。

顧海反應超快地用腹語回了一句，「您輸入的密碼錯誤，請重新輸入。」

白洛因又戳了一遍，「三八二五〇四。」

「您輸入的密碼錯誤，請重新輸入，您還有一次機會。」

這次，白洛因很小心地戳了一遍：「三八二五〇四。」

「您輸入的密碼錯誤，您今天的機會已經用完，請明天再次嘗試，或到人工營業廳辦理密碼更改服務。」

21.

「沒錢了……」白洛因無奈地撇撇嘴。

顧海翹起二郎腿，一副唯我獨尊的表情，「是啊，沒錢了，你說這事咋辦吧？」

「還能咋辦？不做了唄。」白洛因從床上坐起，直勾勾地朝顧海油光鋥亮的臀部看了幾眼，嚥了口唾沫，一副知難而退的表情。

顧海嘴角揚起一抹壞笑，翻身要把白洛因壓到身下，結果被白洛因輕巧地躲開了。

白洛因準備穿鞋下床。

顧海愣住了，「你幹嘛去？」

「不做了啊！」白洛因攤開手，「我沒錢了，不走人等啥呢？」拍拍屁股走人，反正我也沒虧，起碼還爽了一把。

顧海急了，「你丫給我站住，誰讓你走的？」

「沒錢了我還留這幹嘛？」

白洛因反將一軍。

顧海死擰著眉毛，「你丫敢情爽夠了，我呢？」

「嘿！」白洛因一齜牙，「我花錢來這找樂子，還管你爽沒爽？我是消費者懂不懂？我給你錢了，你讓我爽那是應該的。我把錢給你，我再讓你爽？我吃飽了撐的？」

顧海扶額，這不科學啊！我把他的錢都榨乾了，就是不讓他壓我，他沒錢不能壓我了，可他怎麼也不讓我壓了呢？……亂了亂了，咋越繞越糊塗了呢？

白洛因扭頭看了顧海一眼，一臉幸災樂禍的笑容。

「其實你剛才本可以爽一把，是你非要攔著我，不讓我碰你的。」

顧海赤紅著雙目看著白洛因哼著小調往門口走。

「回來！」顧海怒吼一聲。

白洛因斜了顧海一眼，「幹嘛？」

「錢沒給齊就想走？」顧海又換了一招，「你丫在這消費了一個鐘頭，應該是兩千兩百五十，你才給了一千八，還差我四百五十，把這四百五十給我補上！」

「我不回家怎麼給你拿錢？我不拿錢怎麼給你補？」白洛因反問。

顧海語氣強硬，「我就讓你現在補！」

「沒錢！」

「沒錢你就讓我上！」

白洛因急了，「憑啥？」

「我憑我是賣切糕的！」顧海使出殺手鐧。

白洛因走過去對著顧海一頓暴揍，顧海一直消極抵抗，最後還擺出一副不敵對手的姿態，趴在床上哀怨地叫喚，「我為啥要幹這一行啊？誰都看不起我，連民工都欺負我……」

白洛因冷眼旁觀。

最後，顧海徹底妥協了。

「算了，我不讓你還錢了，我給你錢，求你伺候伺候我成不？」

白洛因哼笑一聲，斜著眼打量著顧海。

「認輸了？」

顧海喪眉搭眼地點點頭，「我把你給我的錢全都還你，外再倒貼你兩千。」

白洛因哈哈大笑，「那你豈不是賠了？」

「只要能得到小爺的垂愛。」

白洛因立馬竄床上，氣喘吁吁地摟住顧海，對著他的唇吻了上去，有種飢不擇食的瘋狂感，瞬間把顧海爽翻了。

白洛因薄唇下移，舌尖輕巧地在顧海胸前的凸起處勾繞著，魅惑的目光直擊顧海的心窩。

「喔……」顧海狠吸了一口氣，一把攥住白洛因的頭髮。

白洛因將顧海的腿分居身體兩側，腰身不停地向上挺動著，將男人的象徵物揉和在一起，緩緩地摩擦起火。

「因子……」顧海悶哼一聲。

白洛因解開顧海的內褲，將顧海的碩大之物吞入口中，手指戳向密口處。

顧海爽得連連低吼。

差不多了……白洛因坐起身，朝顧海問：「用什麼姿勢？」

顧海揚揚下巴，「你在上面吧。」說罷，將白洛因的腰身托起，再順勢往下一按，白洛因的眼珠子瞬間瞪圓了。

「不對吧……」

白洛因低頭看了一眼，小因子還露在外面呢。

顧海幽幽一笑，「有什麼不對的？」

「應該是我上你啊！」

「這次是我出的錢。」顧海好心地提醒了一句。

白洛因還沒回過味來，下面就開始運動起來了。

「嘿……你先等會……先等會……呃……」

兩人從床頭做到床腳，從床上滾到床下，從上位式到推車式再到側臥式，最後乾脆站到地上，採取了一個高難度姿勢。兩人面對面站立，顧海將白洛因的一條腿抬高，直接壓向頭頂，然後從下面一挺而入。

「啊……」

顧海猛衝一陣，一股濃稠的汁液噴灑在他的小腹上。

他也滿身是汗地從白洛因身體裡退出。

然後，把白洛因的一千八百塊錢還給他，又從自個的錢包裡掏出兩千塊錢遞給他。

「喏，都是你的。」

白洛因美滋滋的數著錢，今兒這民工當得可真值，不僅爽了，還白賺了兩千塊錢。

顧海愛憐地看著白洛因含笑入夢的傻樣兒，心忖道：你要是沒喝酒的時候也這麼傻該多好？

摟住白洛因，剛要關燈睡覺，結果白洛因身體突然一抖，眼睛睜開了。

我的媽啊！不是明白過來了吧？

不料，白洛因眼圈突然紅了。

「大海，我剛才作夢夢見你又出車禍了，一地的血。」

顧海知道白洛因還沒醒酒，可聽見他說這番話，還是禁不住心疼。

「別怕。」摸摸白洛因的頭髮，柔聲哄道，「就是個夢而已，我這不是好好的麼？」

白洛因把顧海摟得緊緊的。

「大海，我的命就是你給的，當初要沒有你，我早就死了。」

顧海輕撫著白洛因的後背，心疼地安慰道，「沒事，都過去了。」

「我要對你這一輩子負責任。」白洛因又說。

顧海雙手捧著白洛因的臉，定定地看著他。

「你要怎麼對我負責任？」

白洛因拽住顧海的手，很認真地說：「我要娶你。」

顧海猛噓了一口氣。

「嫁給我吧，好麼？」白洛因目光很誠懇。

顧海摸摸白洛因的頭，「咱先睡覺，婚姻不能兒戲，等咱醒酒了再說。」

白洛因突然哽咽，「你不樂意？你嫌我們家窮？」

「沒，我哪敢嫌棄你啊！我稀罕還稀罕不夠呢！」

「那你咋不答應我？」

顧海看不得白洛因一點兒傷心的模樣，當即點頭，「我答應你。」

白洛因握拳捶了捶顧海的胸口，笑得特乾淨、特率真。

半夜，白洛因作了一個夢，夢見他和顧海結婚了，顧海站在他的對面，第一次露出羞赧的笑容。

白洛因不停地逗他，「叫老公，叫老公……」結果，白洛因過於動情，就把這句話喊出來了。

顧海睡得迷迷瞪瞪31的，突然聽見「老公」倆字，瞬間清醒了，胸口似有一股熱浪在翻滾，渾身上下的細胞都沸騰了，從裡到外全都是燙的。

「你叫什麼？」

「叫……老公……」

多麼美妙的誤會，顧海猛地撲到白洛因的身上，毫不猶豫地挺入他的身體裡。

白洛因感覺到一股疼痛，瞬間睜開了眼睛，惺忪的目光看著顧海。

顧海抱著白洛因的臉狠狠親吻著，一邊親吻一邊呢喃道：「老公在呢，老公就在這……」

白洛因半醉半醒的，不明白顧海大半夜發什麼情。

顧海還沉浸在那個口誤裡不能自拔，身下狠狠地占有著，嘴上一個勁地猛親白洛因，沒完沒了地親，直到把白洛因徹底親懵了。

「寶貝兒，老公會好好疼你的。」

白洛因直接在顧海的溫柔鄉裡面睡死過去了。

第二天一早，顧海是在毫無徵兆的疼痛中醒過來的，一醒來便對上白洛因那張兇惡狠辣的面孔。

然後，一疊錢砸在他的臉上。

「咋回事？」白洛因咆哮。

顧海悻悻地接過那疊錢，故意裝傻，「給我錢幹什麼？」

「我的錢包裡怎麼會多兩千塊錢？」白洛因一把將顧海揪了起來，「你丫明明知道我喝多了就犯二，你還趁機耍我！」
「我沒……」顧海徹底慫了。
白洛因仰天長嘯，「我他媽操不死你！」
這一天，顧海是弓著腰做的早飯……

31：迷迷糊糊。

22.

楊猛坐在一個主題餐廳的包廂裡等著尤其，中午十二點過五分，尤大帥全副武裝，邁著輕快的步伐進了包廂。

楊猛抬起眼皮朝對面的人看了一眼，很漠然地說：「不好意思，這有人了。」

「我就是尤其。」

楊猛愕然地抬起頭，看到尤其正在對面摘帽子、假髮、鬍子、圍巾……

「大夏天戴這麼多沒把你捂出痱子來？」

「差一點兒。」尤其用濕巾擦擦臉，「沒辦法，前幾天在首映式上那場鬧劇，把我逼到風頭浪尖上了。也不知道哪個孫子多了那麼一句嘴！第二天我的新聞就上娛樂頭條了，這程子天天被人跟蹤……」

楊猛自覺把頭低下。

尤其又問：「你這幾天忙什麼呢？」

「我？」楊猛沉思半晌，淡淡說道，「就是上班、加班唄。」

「加班費多麼？」尤其問。

楊猛立馬瞪眼。

「加班費？有個毛加班費？就是白給人家幹的！」

尤其一副愕然的表情。

「我聽說你們公務員待遇很好啊，灰色收入[32]挺多的啊！」

楊猛抖抖身上這件從動物園買來的處理貨[33]，一臉的苦相。

「我告訴你，就這件破衣裳，平時我都不捨得穿。你看我像是有灰色收入的麼？這麼和你說吧，如果全中國的公務員都有灰色收入，只有一個人落下了，那個人肯定是我。每個月就靠著那三千多塊錢艱難度日，還累得和孫子一樣。」

「三千多塊錢？」尤其禁不住咋舌，「夠吃早點麼？」

「廢話，你一個月光吃早點就花三千多？」

尤其沒吭聲。

楊猛朝他看了兩眼，突然意識到自個說的話很可笑。

「對了，我忘了你是幹嘛的了，你應該不止吧？像你這種人，是不是三千塊錢都不夠吃一頓早點的？」

尤其木然地看了楊猛一眼，「哪有你說得這麼誇張？」

楊猛拽過尤其的胳膊，看了看他的腕表。

「你這塊手表多少錢？」

32：正職薪水、津貼以外的收入，有時也指不完全合法的收入。

33：指從位於北京動物園站的服裝批發市場買來的特價商品。

「沒花錢，就是我代言的那個品牌送的。」

「那它平時放到市場上賣多少錢一塊？」

「不定，有高價的也有低價的，從千元到上百萬不等。」

「我就問你胳膊上的這一款。」

「這一款，也就十幾、二十幾萬。」

楊猛愕然地鬆開尤其的手腕，當即怒道：「也就二十來萬？這尼瑪還不夠誇張？你還要多誇張？這可是我兩年的工資啊！他們就這麼白送你了？」

「他們連那麼高的代言費都出了，還在乎這麼一塊手表麼？」

「也是啊。」楊猛又忍不住打聽，「那他們送了你多少塊？」

「我沒數，大概有三、四塊吧！」

「那你給我吧！」楊猛一拍桌子，「我幫你賣了，賺的錢咱倆五五分。」

尤其忍不住一笑，「那我乾脆送你得了。」

「別介！」楊猛抬手，「你要真送我，我敢辭職你信不信？」

「哈哈哈……」尤其笑了一陣之後，抬起眼皮看著楊猛，表情挺認真的。「要不你辭職吧？給我當助理，我一個月給你一萬底薪，小費另算。」

楊猛特有骨氣地回絕了，「我就是當員警餓死，也不去伺候你！」

尤其但笑不語，他早就猜到會是這樣。

服務生走了進來，「先生，請問現在需要點菜麼？」

「好。」尤其答應。

服務生剛走過來，菜單還沒放下，突然就愣在飯桌旁，盯著尤其一個勁地猛看。

「你……你是不是尤其啊？」

尤其頭也不抬地說：「你認錯人了。」說罷去拽菜單，結果拽了半天也沒拽下來，服務生手攥得緊緊的，非要尤其承認他是本尊，不然就不讓點菜。

楊猛忍不住在一旁說道：「你就承認了吧，沒準飯菜還能打折呢！」

尤其拗不過，只好點頭承認，服務生又和尤其拍了張合影，這才肯甘休。

服務生走後，楊猛唏噓道，「其實幹你們這行也挺不易的，上街還得先化妝，吃頓飯都不消停。」

「就是，忙的時候真忙，閒的時候真閒。我剛畢業那會兒，整整待了半年都沒有演藝公司聯繫我。現在可好，吃個飯都要提前安排，恐怕中途有事耽擱了。」正說著，手機就響了。

楊猛一邊吃東西一邊聽著尤其在那嗯嗯啊啊，心裡都替他累得慌。

撂下電話，尤其冷哼一聲，「真尼瑪煩人！」

「怎麼了？」楊猛問。

「有個採訪非要我接，我已經說過不接了，經紀人還硬給我安排了。」

楊猛撂下筷子，「那你趕緊去吧！」

「不去。」尤其直接把手機關機了。

楊猛一臉擔憂地問：「不去有什麼代價麼？」

「無非就是扣點錢。」尤其滿不在乎地說。

「那你趕緊去吧！」楊猛比尤其還著急，「你和我這聊什麼勁啊？咱倆又沒共同語言，趕緊把帳結了走人吧，別因為我耽誤你的正事。」

「錢掙多少才叫夠啊？」尤其扒拉著碗裡的菜，「我也就和你在一塊的時候才能放鬆下來，和他們在一塊，心裡老是緊巴巴的，累。」

楊猛聽了這話還挺感動，「沒想到啊，我這麼有人格魅力。」

「你才發現啊？我和別人在一塊，總會擔心著裝啊！表情啊！說話分寸啊……和你就不用。你身上有一種無形的魔力，讓人一看到你就能找到自尊，感覺再怎麼不著調，都有你給墊底，心裡一下就踏實了。」

「你大爺的！」楊猛用筷子把尤其面前那盤甜點戳了無數個眼兒。

尤其越看楊猛越想樂，自打步入社會，他越來越稀罕這種大大咧咧的人。

楊猛吃著飯，突然想起來一件事，抬起頭朝尤其說：「對了，你人脈比我廣，能不能幫我找份兼職，即賺錢又沒那麼累的？」

「你這麼需要錢啊？」尤其問。

楊猛點頭，「這程子不是同學結婚就是同事生孩子，我連份子錢34都快給不起了。」

尤其想了想，「要不你做替身吧，我有一部電視劇馬上就要開機了，我和導演說說，有需要替身的鏡頭，可以先考慮你。」

「哇！」楊猛一臉驚喜的表情，「都做什麼替身啊？有大牌明星的麼？」

「這個……」尤其想了想，「可以做危險鏡頭的替身，也就是替明星承擔一些危險動作；也可以做親密鏡頭的替身，比如你可以替我跟片裡的女主角演吻戲或者床戲之類的。」

楊猛扯了扯嘴角，「那我還是做危險鏡頭的替身吧！」

尤其：「……」

下午，楊猛屁顛屁顛地出去巡邏。

經過交警大隊的時候，正巧看到一個熟人，他是楊猛之前的同事，楊猛剛進派出所的時候，沒少挨他欺負。後來這人調到交警大隊，兩人的關係反倒好起來了，可能每個離開楊猛的人，最後都會發現他的好。

「猛子！」馬馳打了聲招呼。

楊猛停車搖下車窗，「你幹嘛呢？」

「剛才有個人找我，今兒輪到你巡邏啊？」

楊猛搖頭，「幫同事值班，他一哥們住院了。」

「狗屁，人家就坑你呢！」馬馳揉了揉楊猛的小腦瓜。

楊猛哼了一聲，「你以前不也找各種理由讓我代班麼？」

馬馳笑笑，「你下車，我這有點兒事求你幫忙。」

「你們交警大隊裡沒人麼？」

「有人，沒你好使。」馬馳拽開車門，「來來來，下車，沒多大一會兒工夫就能弄完。」

34：泛指禮金。

楊猛真信了，進去之後，整整一下午都沒出來。

馬馳要楊猛幫忙把近十年來的典型車禍案例整理出來，匯整到一個檔案裡，然後再做成宣傳片。楊猛不僅要把一個個怵目驚心的車禍影片瀏覽一遍，而且還要從裡面抓出典型，每個典型還要是不同原因引起的。

「你們領導真噁心。」楊猛忍不住發牢騷。

馬馳歎氣，「閒得沒事幹唄！」說著朝楊猛那瞥了一眼，手朝螢幕上指了指，「這個得留下，這個是典型的剎車失靈。」

楊猛剛要關閉頁面，複製檔案，突然就被螢幕上那張熟悉的面孔震驚了。

23.

這是楊猛第一次來顧海的公司。他早就聽說過顧海的公司裡都是美女，果然是名不虛傳啊！門口站著的四名警衛都像女模特一樣，相貌端莊，眉宇裡面隱隱透著幾分英氣，越看越養眼。

楊猛整了整警服，神采飛揚地走了過去。

「先生，請出示您的證件。」一條細長的胳膊伸了過來。

楊猛扭頭瞥了美女一眼，只見美女表情嚴肅，微微翹起的紅唇透著幾分謹慎，這一副不苟言笑的表情煞是迷人。楊猛已經把手插向衣兜，卻突然不想那麼痛快地交出來了，他有種小邪惡的心理，想逗逗這位美女，想看她被刁難之後的那副嗔怪的模樣。

於是，單腿支地，另一條腿得瑟地撇開，腦袋微揚四十五度，笑容裡透著幾分無賴。

「我要是沒有證件呢？」

美女直言不諱地說：「抱歉，您不能進。」

「如果我偏要進呢？」楊猛挑釁的目光瞥向美女。

下一秒鐘，楊猛直接被一個過肩摔扔到了兩米開外的空地上，一分鐘之後才爬起來。然後喪眉搭眼地走了回去，乖乖地出示了證件。

進了大廳之後，發現接待處的美女更是個頂個的漂亮，楊猛那顆破碎的心又重新拾了回來。這次吸取剛才的教訓，整了整衣領，彬彬有禮地走了過去。

「請問您找誰？」

接待員的甜美嗓音膩得楊猛忍不住打了個冷顫，好一會兒才回道：「顧海。」

「您找我們的董事長啊！那得需要董事長的批條，沒有批條是不許可進入公司內部的。」

「我和他是高中同學，和他的愛人是髮小，你直接給他打個電話，告訴他楊猛來了，他一定會接待我的，不信你打試試。」

接待員一副為難的表情，「先生，抱歉，工作時間不能隨意撥打董事長的電話。你如果有急事，請聯繫董事長的私人號碼，再由董事長親自給我們回話，我們才能放您進去。」

我要是有顧海的號碼還找你們幹什麼……楊猛抓了抓耳朵，真夠麻煩的。

正發愁著，突然靈機一動，把手機拿出來，翻開相冊，找到他和白洛因的合影，抱著試試看的態度遞到接待員面前。

「喏，這是我和白洛因的合影，從小到大都有，我和他是髮小。」

沒想到，接待員真的把楊猛的手機接了過去，遞給旁邊的接待員看了看，確認無ＰＳ痕跡之後，態度發生了驚天的逆轉。

「先生，實在抱歉，剛才我們不了解情況，要是有招待不周的地方，還請您見諒。」說完，五個接待員全站了起來，一起朝楊猛鞠了一躬。

楊猛目露驚色，這也太誇張了吧？

拿到手機之後，趕緊把裡面的照片小心翼翼地備份。平時拿著他在同事面前晃悠晃悠，可以避免挨欺負；到這把照片一亮出來，立馬受到貴賓級的待遇；晚上睡覺前看一看，還能增補身上的陽剛之氣……真是個寶照啊！

「先生，請您隨我來。」

一路上，楊猛和無數個美女擦肩而過，這輩子沒這麼爽過。

接待員甜甜的嗓音在楊猛耳邊響起，「先生，下次您來的時候，如果沒有提前預約，可以出示任何與白先生有關的證明，比如合影、微博互動、親筆簽名……當然，如果您能讓他直接給我們打電話就更方便了。」

楊猛憨憨一笑，「他平時事忙，我也不好意思給他打電話。」

事實上楊猛這一次來，是故意要瞞著白洛因的。

「先生，請您在這個房間稍作等候。」

楊猛耐心地坐在裡面等，又有一個漂亮的招待小姐走了進來。

「先生，您想喝點兒什麼？」

楊猛直勾勾地盯著人家看，「謝謝，不用了。」光看妳就解渴了。

「喝一點兒金銀花茶吧！可以清熱解毒，很適合夏天飲用。」說著，纖纖玉手遞過來一杯茶，笑容甜潤。

楊猛坐在這心情無比複雜，顧海享受的這是皇上的待遇啊！話說白洛因也能放心？要是我在這當董事長，用不了三年工夫，肯定兒女遍地跑。

正想著，顧海進來了。

「你怎麼來了？」

楊猛站起身，場合緣故，造成他說話有點兒拘謹。

「找你有點兒事。」

顧海隨意朝美女一招手，「行了，妳出去吧！」

隨後把臉轉向楊猛，「什麼事？」

對……我到這幹嘛來了？楊猛都被這些大美人給晃暈了，半天才想起來，拿出ＵＳＢ，遞給顧海，「這是我從交警大隊調過來的一些資料，我覺得你有必要看一看。」

顧海也沒問是什麼，就痛快地收下了。

從待客室出去之後，楊猛不捨得就這麼走，他把每個樓層都遛達一遍，觀賞了各路美女之後，才戀戀不捨地朝電梯走去。

電梯門打開，閻雅靜正巧往外走，撞見楊猛，不由得愣了一下。看著有點兒眼熟，但想不起來在哪見過了。

還是楊猛先認出閻雅靜的。

「妳不是那個……就是……哦，顧海的未婚妻麼？」楊猛大剌剌地問。

閻雅靜面色有些難看，「我倆早就……不在一塊了。」

楊猛大聲回問，「那妳咋還在這待著？妳咋不走啊？」

「你……」閻雅靜讓楊猛給氣得說不出話來，扭頭還瞧見一張幸災樂禍的笑臉。

「你笑什麼笑？」閻雅靜怒道。

佟轍勾了勾嘴角，「妳哪雙眼睛看見我笑了？」

楊猛回過頭，看到這張英氣俊朗的面孔，頓時倒吸一口涼氣，試探性地朝佟轍問道：「你也是這個公司的？」

佟轍點頭。

「我說大妹子，你是怎麼做到的？」楊猛仰望著佟轍。

佟轍臉上青一陣、白一陣，只見閻雅靜在一旁毫無形象地笑翻了。

顧海回到辦公室就把那段影片看了，看了之後呆坐了許久，腦子裡翻來覆去都是車禍後的那些畫面。白洛因用手撬開鋼板，抱著他在地上哭，背著他一路狂奔……影片是楊猛精心剪輯後的，幾乎把所有監控拍到的畫面都剪輯到了裡面，最後一個鏡頭，是白洛因跌倒在救護車旁，雙手鮮血淋漓。

這一刻，顧海才知道白洛因的手指為何那麼畸形。

他似乎感受到了鋼板插進肉裡，十指連心的那股劇痛。

原來，不僅僅白洛因的命是他給的，而他的命，也是白洛因給的。

第二天，在白洛因完全不知情的狀況下，顧海把白漢旗和姜圓約了出來。

草草一算，白漢旗和姜圓已經有好多年沒這樣坐在一起了。

「爸、媽。」顧海先開口。

白漢旗和姜圓煞有默契地呆愣住，這禮……行得有點兒大了吧？

「今天我找你們來，是想和你們說一件事。」

白漢旗眼神變了變，其實他已經猜到了，只有姜圓還神色焦灼地等著顧海其後的話。

「我打算和因子結婚。」

這句話一說出來，白漢旗都震驚了，他以為顧海頂多承認他和白洛因的真正關係，哪想到一上來都爆出這等猛料，讓他這種剛做完心臟手術的人情何以堪。

姜圓的手都哆嗦了。

「小海，你說的不會是真的吧？」

顧海表情很認真，「千真萬確。」

姜圓端起茶碗喝了一口水，費力地嚥了下去。

「……這在中國是不允許的啊！」

顧海頓了頓，表情平靜地說：「我們不需要證，我們只需要一個儀式，一個可以得到你們所有人認可的儀式，這對我們而言就足夠了。」

姜圓扭頭看了看白漢旗，「你現在怎麼不說話了？那可是你兒子。」

「你現在知道是我兒子了？」白漢旗冷哼一聲，「平時你不總說那是你兒子麼？你說吧，今兒把決定權給你了。」

姜圓狠狠瞪了白漢旗一眼，而後把目光轉到顧海臉上，表情還算平和。

「小海啊！這事我說了不算啊！你也知道你爸那個脾氣，他肯定不會同意啊！」

顧海淡淡回道，「您現在無需考慮我爸，今天您是以因子親媽的身分來做決定的，與我的家庭無關，您不用考慮那麼多。」

「這……」

若是放在幾年前，姜圓肯定想都不想就拒絕了，這兩年她和顧海的關係悄然間轉變了，她面對著顧海，已經說不出任何狠話了。

顧海突然從衣兜裡拿出一個小盒子，推到姜圓面前。

「這是我的一點兒心意。」

不會這麼快就要下聘禮吧？……姜圓陡然一驚。

顧海將盒子打開，裡面有一枚戒指，經過歲月的侵襲，這枚戒指已經不如當初那般光鮮了。

「這是我媽和我爸結婚的時候，我奶奶送給我媽的戒指，她說這是顧家人的憑證。我媽一戴就戴了十多年，直到她離世，這枚戒指就被我保存到現在。現在我把它送給您，算是把我父親的愛和顧家人的敬意全部交到您的手上，也算是對您這麼多年所受的委屈的一種補償。從今天開始，我正式認您這個媽了。」

姜圓呆愣愣的說不出話來。

24.

白漢旗在一旁聽了這話也是十分動容，雖然那是別人的家事，這個女人曾是他的前妻，可看到顧海如此包容他的父母，同樣做為父母的白漢旗，心裡很是欣慰。

顧海把目光投向白漢旗。

「爸，我叫了您這麼多年的叔，其實很多時候我都把您當成爸。您是和我最親的長輩，也是我這一輩子最敬重的人。我到現在還記得十年前我跟著因子來到您家，第一次見到您的情景。那個時候正趕我離家出走，我注意到因子，很大程度上是因為你們那段讓我可望而不可及的父子情。

「我很愧疚我這一輩子給了您兩次重大的打擊，但是請您相信，絕對不會再有第三次了。

「您可以用任何惡毒的語言來詛咒我，但是請您千萬別因為我們的感情而遷怒因子。就像您在婚禮上所說的，您最愛兒子，我想替您的兒子回您一句，他也最愛他爸爸。今天，我替因子和我自己回敬您二十多年來的養育之恩，請您重新接納我們。」說完，顧海起身走到一米開外，鄭重其事地跪下來，重重地磕了兩個響頭。

顧海說前面一番話的時候，白漢旗僅僅是痛心和感動，當顧海雙膝跪地的時候，白漢旗的眼淚唰的一下就掉下來了。他突然想起自己結婚的那個晚上，顧海將白洛因背走的那個場景，也許從那一刻起，他的兒子就註定不屬於他了。

「快起來。」白漢旗趕忙去扶顧海。

姜圓在一旁早已泣不成聲。

「男兒膝下有黃金，哪能說跪就跪？就算真要跪，也得等結婚那天啊！」白漢旗擦擦眼淚，「你不用覺得愧對我，當初沒有你，我這個兒子早就沒了。」

再次回到座位上，所有人的情緒都已恢復正常。

姜圓帶著濃濃的鼻音開口，「其實這麼多年，我見的人多了，心縫兒沒那麼窄了。單身，或是沒有選擇正常的婚姻，不是一種缺陷，僅僅是一種生活方式。這種生活方式沒有對與錯的畫分，只有適合與不適合。在兒女方面也是這樣，子嗣僅僅是一種寄託，沒有這份寄託，我們照樣可以用別的來填補。」

「對。」白漢旗在一旁接口道，「在後代方面，我就是隨緣，有就有了，沒有也不強求。而且我覺得吧，我兒子這二十多年真的挺苦的，比起讓他含辛茹苦地去帶一個孩子，我更希望他自己能得到更多的愛。」

「是啊。」姜圓難得和白漢旗的意見達成一致，「孩子不是使命，父母讓你要孩子，也不一定真的把子嗣看得那麼重要，就是想讓你體會做父母的幸福。就像父母拚命阻攔你們在一起，不是難以接受這種關係，只是心疼你們，怕你們以後的路不好走。」

「行了，甭想那麼多。」白漢旗拽住顧海的手，「你只要好好伺候我兒子就成了。」

姜圓也笑了，「是啊，我兒子就是富貴命，就得讓人捧著。真娶個女人進門，整天吆五喝六的，我看著還憋屈呢！」

「哈哈哈！」白漢旗爽朗地大笑。

這一刻，顧海突然覺得，整個世界都變得如此美好。

白洛因還在外地執行任務，跟著顧威霆還有軍區的其他幾個領導。他把那晚和顧海求婚的事忘得一乾二淨，只記得那個夢，覺得挺好笑的，也沒往深了想，所以他根本不知道顧海去找了白漢旗和姜圓，更不知道顧海已經做了結婚的決定。

他被安排入住到酒店，顧威霆就住在他的對面。

自從職位晉升之後，白洛因參與訓練的機會就少了，閒事雜事紛至遝來，他和顧威霆接觸的機會也就多了。

這一天白洛因陪同顧威霆出去開會，回來的路上，顧威霆突然對他說：「晚上你到我房間裡來一下，我有話問你。」

白洛因隱隱間覺察到了什麼。

晚飯都沒吃踏實，白洛因在房間裡等了許久，終於聽到對面的門響。

「坐吧！」顧威霆說。

白洛因看似從容的面孔下藏著一顆惴惴不安的心。

顧威霆掏出一根菸放到嘴邊，白洛因起身為他點上。

「你要不要來一根？」顧威霆問。

白洛因搖頭，「不了，我剛抽完。」

顧威霆嘴裡吐出一口煙霧，神色有些複雜。

「我問你，顧海房間裡多出來的那些東西是不是你的？」

果然，該來的還是來了，白洛因本想等到一個恰當的時機親口和顧威霆坦白的，沒想到這個時機還沒醞釀成熟，顧威霆就先把這件事挑明了。

「是。」白洛因從容地回道。

顧威霆面色凝重，眉宇間隱隱含著一股壓迫感。

「你們現在……是什麼關係？」

白洛因輕啟牙關，「戀人。」

顧威霆拿著菸的手晃了晃，眼角浮現一絲惱意，但被他很好地遏制了。

「戀人……」顧威霆咂摸著這兩個字，「我勉強認為這個詞彙可以用在你倆之間，當初我默許你們在一塊，也明確表示過，我不阻攔並不代表我同意，僅僅是覺得你們不夠成熟。我以為隨著生活的改變，你們會自然而然地放棄這段不現實的感情，沒想到我嚴重低估了你們的心理承受能力。」

白洛因淡淡回道，「也許當初沒有我的入伍，沒有這八年的隔離，我們按部就班地走下去，早就分開了。」

「你是想告訴我，失去的才是最好的，所以他才對你重燃愛火？還是想告訴我，是我當初種下的孽種，才開出你們這朵罪惡的花？」

「沒。」白洛因坦然回道，「我就是想說，世事變化無常，如果我有得選擇，是不會重新走這一條路的。」

「你怎麼沒得選擇？」顧威霆撣了撣菸灰，「你現在擁有良好的家庭條件，前途一片光明，只要你肯嚥下這根黃連，你的病態人生就能馬上得到治癒。」

白洛因目光深沉地望著顧威霆。

「當年我高考考了全市第六名，本可以進入名校，過我想要的人生。可是，我有得選擇麼？當您的兒子躺在病床上，您又亟需一個人穩固您在部隊的地位，除了犧牲我，您還有得選擇麼？」

顧威霆久久才開口，「我承認，當初我的決定有個人因素參雜在裡面，但這並不排除你有這份能力。事實也證明如此，如果你走常規的道路，不一定能有現在的成就。」

白洛因苦笑，「也許吧。」

顧威霆的目光盯著白洛因放在腿上的那兩隻慘受蹂躪的雙手，心突然間抖了抖。

「其實，你完全可以不那麼拚，這些輝煌也照樣屬於你。」

白洛因靜靜回道，「您知道我拚命不是為了那些榮譽。」

「這些年你付出很多，也成熟不少，你的努力我都看在眼裡。但是有些東西，不是你努力就能做到的，就像你再怎麼努力，也不可能給顧海生個孩子。」

白洛因心頭猛地一震，赤紅的雙目直直地看著顧威霆。

顧威霆毫不手軟地炮轟白洛因，「別和我搬出西方的那一套空泛的思想，我骨子裡就是地地道道的中國傳統老百姓。我要維護我兒子受尊重的權利，也要維護他延續後代的資格。你說我封建也好，說我不近人情也罷，我必須要把顧家的香火延續下去。」

「可以。」白洛因艱難地開口，「我不介意他有後代，但是他的愛人只能有我一個。」

顧威霆絲毫沒有因為白洛因的退讓而改變自己的態度。

「我不可能讓我的孫子生活在這樣一個家庭氛圍中。」

「如果您有這個本事，預知您兒子可能遭受的一切，當初又為什麼要生下顧海？」

顧威霆將菸頭撚進菸灰缸裡，冷酷的雙眸對著白洛因。

「生不生不是個問題，無需思考，他必定是存在的。只要他存在了，我就要盡我所能地對他負責，我做不到你們那麼高的境界，可以完全為自己活著。」

我在為自己活著麼？白洛因突然心頭一痛，為什麼你可以不痛不癢地否認我這麼多年為你們所做的一切呢？

「在您看來，我的努力，不足以換來您的一個點頭麼？」

顧威霆依舊死咬住不鬆口，「我說過了，有些東西，不是努力就可以換來的。縱然你為了顧海犧牲，我依舊不願看到他的感情生活斷送在你的墓碑前。」

「這話您應該早點兒和我說。」白洛因怔怔的，這麼多年，誰來賠我？

看到白洛因這副模樣，顧威霆的心也揪成一團，他也曾動搖過。只不過，有些東西在他心中扎根太深，拔出來就是要了他的命。

白洛因突然笑了笑，什麼也沒說，走了。

從來沒想過放棄，直到這一刻，白洛因也絕不會說放棄。

只是，突然覺得心好冷。

25.

和白漢旗、姜圓見過面，顧海先回了公司。

「你總算回來了。」

佟輣將手裡的檔案飛給顧海，空中畫出一道漂亮的拋物線，清脆的紙張翻動的聲響聽起來如此悅耳。

「熬戰了六個月零八天的項目總算完工了。」佟輣懶散地目光掃視了顧海一眼，「對方已經驗收完畢，你簽個字吧！」

顧海詫異，「他們那邊已經有人過來驗收了？什麼時候的事？」

「就在剛才你出去的那段時間，那邊的負責人親自過來驗收的，說品質方面沒有任何問題。至於簽字，就由你來代簽兩個人的，反正你倆的字體一模一樣。」

顧海緊鎖著眉，「你的意思是，白洛因來過這？」

佟輣漫不經心地點點頭，「是啊，剛走沒一會兒。」

走了那麼多天，回來都不和我言一聲……顧海暗暗嘟囔著，拿起手機給白洛因打了一個電話，結果連續撥打兩次都無人接聽。算了！顧海心想，先去驗下貨吧，一會兒親自到部隊走一趟，看看那個小白眼狼晒成什麼樣了。

佟輣陪著顧海進了倉庫，顧海把每個密封的產品又重新打開檢查了一遍。

「他們已經驗過貨了，你有必要盯得這麼緊麼？」佟輣儼然覺得顧海多此一舉。

顧海一邊蹲下身仔細檢查配件，一邊淡淡回道：「別的合作商我不管，白洛因那邊的工程項目只要拉到這邊，必須要保證萬無一失。」

事實上，從研發到生產環節，顧海就一直嚴盯死守，再發現問題的概率是微乎其微。

終於，確保所有產品均達到要求，顧海才拍拍手上的塵土，吩咐一旁的女工，「把這些都密封好，一會兒我打電話過去，讓他們派車來運。」

之後，又和佟轍逛了逛其他的倉庫和車間。

「這批智慧燈具是什麼時候生產的？」顧海蹲下身看了看。

佟轍解釋道，「這是前陣子接的一個私活兒，對方急著要，是在加班的時間趕工出來的，就當是幫朋友一個忙了。」

顧海拿起一個造型怪異的小彩燈，放在手裡把玩了一陣，扭頭看向佟轍，嘴角含著隱隱的笑意。

「多生產一點兒。」

「嗯？」佟轍不解。

顧海站起身，喜上眉梢，「等我結婚的時候要用。」

「結婚？」佟轍被這個詞彙雷得不輕，「和誰結啊？」

「和你結。」顧海頭也不回地走掉了。

開車去部隊的路上，顧海的心情隱隱透著幾分激動，想著白洛因聽到消息那一剎那的小驚喜，想著兩人商討著婚禮細節的小浪漫，顧海巴不得現在就飛到白洛因身邊。

汽車進了營區之後還是減了速，顧海先整理了一下心情，免得到時候激動得語無倫次。

終於抵達白洛因的辦公室，顧海邁著輕快的步伐走了過去。門是開著的，白洛因的手機就放在桌上，他人卻不在。

顧海坐在屋裡等了一會兒，差不多半個鐘頭過去，白洛因還沒個影兒。

房門沒鎖，照理說應該沒走遠啊！

顧海走了出去，這會兒天都快黑了。

劉沖正巧和戰友勾肩搭背地朝這邊走來，看到顧海，先是愣了一下，最後還是和他招手示意。

「你過來。」顧海晃了晃手。

劉沖一路小跑過來。「什麼事啊？」

顧海朝他問，「看到白洛因了麼？」

「欸，他沒回來麼？」劉沖詫異，「剛才他去訓練場遛達了一圈，我明明看到他往這邊走了啊！是不是回宿舍了？」

「他沒鎖門，手機和鑰匙都在辦公室。」顧海說。

劉沖旁邊的戰友插了一句，「我好像聽到白團長說要租一架直升機。」

顧海二話沒說，急匆匆地離開了。

九年後，四位家長再聚首。

這一次氣氛和上次明顯不同了，上一次顧威霆叫他們仨來的時候，這仨人全都一副緊張不安的面孔，誰都不敢輕易開口說話。這一次見面先寒暄幾句，個個表情輕鬆，好像絲毫不關心顧威霆叫他們來的目的。

顧威霆好幾次開口想說話，都沒逮到機會。

終於，那邊的聊天暫告一個段落，顧威霆趁機清了清嗓子。

「欸？」姜圓又發出一聲怪叫，拽住鄒嬸的手腕問：「妳這手鐲哪買的？」

鄒嬸笑了笑，「跳蚤市場淘來的。」

「妳還去那種地方呢？」姜圓一副驚訝的表情。

鄒嬸不好意思地笑笑，「我兒子領我去的。」

顧威霆的臉陰沉得嚇人。

最後，還是白漢旗輕敲了幾下桌面，小聲提醒道：「一會兒再聊。」

倆女人這才收住嘴。

白漢旗把臉轉向顧威霆，臉上露出憨厚的笑容。

「顧老哥，你有話就直說吧。」

仨人一副洗耳恭聽的派頭。

顧威霆的目光在每位臉上掃了一圈之後，才開口說道：「今天我把你們找過來，就是把九年前沒有談妥的話題繼續進行下去。」說完這番話，整個包廂都安靜了。

突然，一陣清晰的巴掌響打破了這種壓抑的氣氛。

白漢旗脖子上遭受重重一擊，忍不住吸了一口氣，扭頭看向鄒嬸。

「我剛才看到一隻大蚊子，沒拍著。」鄒嬸大剌剌地說。

白漢旗不停的揉著脖子，連聲埋怨，「妳也真是的，這種高級會所能有蚊子麼？」

「我真看見了，你看，你看，它還在那邊飛呢，瞅見沒？」

白漢旗著急地拍了鄒嬸一下，「趕緊把它逮住！一會兒去服務臺投訴，說不定咱這些茶水全免了。」

鄒嬸起身去抓蚊子，白漢旗給她指揮，姜圓在旁邊拿手機拍照，一邊拍一邊嘟囔著，「一會兒發到微博上，就叫『九年後再聚首，姐童顏不再』，嗯，不錯不錯。」

「啪！」一聲拍桌子的巨響，將三個人的動作同時打住。

顧威霆的臉上透著濃濃的危險。

「你們沒聽到我在說什麼麼？」

「聽見了。」白漢旗依舊很和氣，「你不是說繼續九年前沒聊完的那個話題麼？」

「知道你們還嘻嘻哈哈的？」顧威霆面露不快。

鄒嬸的目光一直繞著蚊子飛，漫不經心地說：「我可沒嘻嘻哈哈，我一直等你說呢，我這人就是閒不住，坐下來就走神。你說你的，放心，我能聽得見。」

「是啊，顧老哥，你接著說吧！」

姜圓還在擺弄她的手機。

顧威霆本來想說得委婉客氣一點兒，結果瞧見這三個人散漫的態度，突然就改變了主意。既然你們心理素質都這麼好，那我就不繞彎子了，等我把話挑明了，我看你們還笑得出來不！

「咱們兩個不爭氣的兒子又混到一起了！」一句話說完，四周又靜了下來。

結果，沒持續一會兒，還是該幹什麼幹什麼。

顧威霆又是一通怒吼，「你們是耳朵不好使了麼？」

白漢旗實在憋不住，就在旁邊勸了一句，「顧老哥啊，孩子自個的事就讓他們自個去操心吧！咱們歲數也不小了，能有幾天活頭了？把自個管好，別給兒子添麻煩就成了。」

「就是啊！」鄒嬸在一旁附和道，「上次我陪老白檢查，人家醫生說了，心眼太多容易得心臟病。你說連老白這麼沒心眼的人都得心臟病了，咱們再不防範點兒，說不定哪天就嗝屁嘍。」

顧威霆冷銳的目光轉向姜圓，「妳也這麼想的？」

姜圓緩緩地將手機從視線中移開，訥訥地問：「想什麼？」

「妳就眼睜睜地看著我老顧斷子絕孫？」

顧威霆猛地搶過姜圓的手機，作勢要摔。

「你給我放下！」姜圓突然朝顧威霆大喊一聲。

顧威霆驚了，曾幾何時，連姜圓都敢對他瞪眼了？

面對顧威霆盛怒的面孔，姜圓毫不畏懼地回斥道，「顧威霆，你什麼意思？你斷子絕孫，我姜圓就兒孫滿堂了麼？你們家顧海是兒子，我們家因子就不是兒子了麼？」

鄒嬸也在一旁吵吵，「就是啊，你們老顧家的種就金貴，我們老白家的種就貧賤麼？」

「顧老哥，你這話說得可真是……」白漢旗都聽不下去了。

顧威霆聽著那仨人你一言我一語的，臉都氣走形了，到頭來還成了我的不是了？

一通電話打斷了激烈的爭吵。

接電話的是姜圓，她才聽了一分鐘不到，就將手機砸到顧威霆身上，失聲痛哭，「顧威霆，你這個混蛋！你竟然把我兒子氣跑了！我告訴你，我兒子要是有個三長兩短，我拿你兒子陪葬！」

白漢旗在旁邊聽完，先是一愣，而後鄒嬸狠掐了他一把，他立刻哽噎著倒地。

「哎呦，老白啊！」鄒嬸也跟著哭喊，「你可別嚇唬我啊！」

顧威霆僵硬的面孔朝向倒地的白漢旗。

鄒嬸恨恨地看了顧威霆一眼，「我告訴你，我家老白有心臟病，別以為你當官的就可以欺負我們小老百姓。老白出事了，我們一家老小和你玩命！」

顧威霆這邊還沒應付完，姜圓那邊又撲過來了。

「顧威霆，你把兒子還我！還我！」

26.

一夜搜尋未果，凌晨時分，顧海回到了部隊。

白洛因果然沒有回來，到了周凌雲那一打聽才知道，白洛因和他請了三天的假。

三天……他能去哪呢？

自打上次被白洛因和顧海黑了一筆，顧洋這邊就元氣大傷，艱苦奮戰幾個月，總算回到受創前水準，這幾天顧洋正想著去哪度個假，好好調養一下身體。

咖啡剛煮開，手機就響了。

「喂？」顧洋把手機夾在耳邊，將咖啡渣過濾出來。

那邊久久才開口，「因子有沒有在你那？」

顧洋聽到是顧海的聲音，動作立刻頓了頓，拿起手機走到陽臺。

「你剛才是問白洛因有沒有在我這？」顧洋確認了一下。

顧海嗯了一聲。

「怎麼？他不打算和你過了？離家出走了？」

「嘟嘟嘟……」

顧洋放下手機的那一刻還挺不適應，第一次有人在他前面掛斷。

回去把過濾好的咖啡倒進杯子裡，細細咂摸了一口，味道果然比平時更濃郁。

下午，顧洋就乘機抵達了北京。

推開顧海辦公室的門，只有佟轍在，不偏不倚地坐在他的對面。對於顧洋的到訪，佟轍先是詫異了一下，很快就恢復了正常的表情。

「好久不見。」佟轍帥氣地揮了揮手。

顧洋冷冰冰的目光掃了他一眼，眼角捎帶著嘲諷之色。

「顧海待你不薄啊！才這麼幾天，就擺出一副反客為主的姿態了？」

佟轍目光肆意，「一般般吧，比你那強一點兒。」

顧洋坐了過去，手搭在佟轍肩膀上，目光專注地打量著他，許久之後，露出一絲意味不明的笑。

「你在這越好，我越高興。」這是顧洋的真心話。

佟轍不在乎地笑笑，而後朝顧洋問，「白洛因失蹤了，你知道麼？」

「知道，我就是為了這件事而來。」

「那你還不趕快趁機去找？也許找到了，就是你的了。」

顧洋的手指在佟轍的俊臉上滑了一下，「你別告訴我，這是你給我創造的機會？我很容易感動的……」

「你想多了。」佟轍冷笑著攥住顧洋的手腕，「機會是你叔給的，你還是提著兩盒腦白金35去看看你叔吧！我想你叔最近的壓力也很大。有時候我挺佩服白洛因的，專挑你們顧家人下手，真有魄力。」

顧洋微斂雙目，眼神跟著佟轍的表情變換遊走著。

「我叔發現真相了？」

佟轍歎了口氣，「老爺子一聽他倆要結婚，立刻炸毛了。」

別說顧威霆了，就是顧洋聽到這倆字，都被炸得不輕。

「結婚？誰和誰結婚？」

佟轍哼笑道，「我說我和他結婚，你信麼？」

顧洋剛剛沸騰起來的心一下子就涼了，他本以為白洛因離開是因為佟轍的緣故，哪想這小子真是到這打醬油[36]來了。而且還以一副局外人的口氣道出「結婚」倆字，這對顧洋來說是多大的刺激啊！

尼瑪的，才三個月啊！三個月沒露面，就發展到談婚論嫁的地步了？

正想著，閻大美人推門而入。

顧洋看了她一眼，後者剛要開口，仔細一看發現不是顧海，於是又把嘴邊的話嚥了進去。

「你給我出來！」閻雅靜用力拉扯著佟轍。

佟轍不冷不熱地回了一句，「悍婦！」

35：中國知名保健品牌。

36：幫忙做事。

「我就是悍婦怎麼著？你給我出來，出來……」

佟轍真的被閻雅靜拽出去了。

顧洋竟然從他倆的交鋒中嗅到了一絲打情罵俏的味道，這尼瑪叫什麼事啊？我忍痛割愛把你放到這，是想讓你當情敵來了，不是讓你幫他們消滅情敵來了！

白洛因就這麼漫無目的地開，無意識地開，他把直升機與地面一切聯絡訊號全都切斷了，自從決定出來，就沒打算讓別人找到他。

突然間挺想放縱一把的，體會一下自私的滋味到底有多銷魂。

九年了，他需要找個驛站歇一歇，找一個地方，不用去想那些所謂的責任，不用擔心觸犯紀律被扣分，可以肆無忌憚地耍渾，不再擔心有一雙眼睛總在暗處盯著自己……

他是如何從一個不畏懼任何人目光的輕狂少年變成一個忍辱負重的老兵的？他是如何從一個淡薄錢勢的浪蕩才子變成一個追名逐利的庸夫俗子的？他是如何從一個親情至上的孝子變成一個眾叛親離的畜生的？……這一切的轉變，僅僅是為了捍衛一段感情。

家裡早就炸開鍋了，所有人都在找白洛因，部隊的領導在找，士兵在找，白洛因的家人在找，顧海的家人也在找……

顧威霆自從白洛因離開，就沒睡過一個安穩覺，每天晚上一閉上眼睛，就是白洛因那張絕望的面孔。起初他會暗示自個，白洛因這麼做就是為了逼他就範，就是為了讓他落得一個千夫所指的下場。但是後來，這種想法越來越站不住腳，他開始強烈地擔心白洛因。

他想起五年前，白洛因去部隊看他，站在他面前低聲懇求。

「叔，你能讓我進地道裡待一會兒麼？就一會兒。」

那一天的夜裡，顧威霆的耳旁總是響著白天隱隱聽到的嗚嗚哭聲。

又是一個無眠夜，清晨，顧威霆剛要洗漱，一陣鏗鏘有力的腳步聲傳了過來，不用轉過頭，也知道來的人是誰，只不過沒料到顧海這麼沉得住氣，竟然現在才來。

「您到底和因子說了什麼？」

顧威霆最討厭顧海這種當面質問他的語氣，縱使他老到癱瘓在床，他的兒子也不該用這種語氣和他說話。

「就是告訴他，我不同意你們兩人在一起。」顧威霆語氣很生硬。

顧海眸中含著徹骨的寒意，「理由呢？」

「理由？」顧威霆將臉打濕，輕描淡寫地說：「你讓他給我生個孫子，我立馬接受他。」

顧海緊握的拳頭不可控制地發抖，繃了許久過後，終於爆發而出。

「從明天開始，我就去徵集代理孕母，爭取一年之內給您造出百八十個！然後我就徹徹底底從您眼皮底下消失，省得礙了您的眼！」

九年了，顧威霆以為顧海已經過了朝他大吼大叫的年齡，但是他發現，人的成熟不是針對於年齡的，而是針對於事件。這些年他之所以沉穩豁達，並不是因為他心智成熟了，只是因為沒找到讓他繼續走極端的動力。一旦這個動力有了，他立馬會撕下偽善的面具，繼續和他唇槍舌戰，甚至不惜惡口傷人，絲毫不顧及他父親的身分，不顧及他這些年來的良苦用心。

意識到這一點之後，顧威霆說出的話更加不留情面。

「你放心，別說百八十個，就是造出來一個，我顧威霆都不會再看你一眼。」

顧海眼中透著深深的絕望，倒不是因為顧威霆的不理解，僅僅是因為他這個兒子的幸福在他父親眼中的卑賤。

「他為我捨棄了八年的青春，付出了痛失親人的代價，而您又為我捨棄了什麼？捨棄了被您負了十幾年的女人？付出了一段讓我深惡痛絕的婚姻？如果您認為您給了我一條命，供養我十多年就是無私的愛，那我可以變本加厲地還給您。我也讓您嘗嘗被人忽視十多年，扔一個保母，扔一疊錢的滋味！

「在您眼裡，我根本不是一個有血有肉、具有完整人格的人，僅僅是您的私屬物品。您可以在年輕力壯的時候，為了您的夢想而放棄家庭，而我卻不能選擇我想要的職業；您可以在事業有成的時候，為了娶一個漂亮的女人而讓自己的孩子流離在外，而我卻不能和我喜歡的人在一起……在您眼裡，您做什麼都有理的，而我做什麼都是荒唐的。

「說白了，您就是打著父親的幌子對我進行道德綁架！您是在藉著父親的權力對我為所欲為！我挨打受罵我認了，誰讓我是您兒子呢？誰讓您恩賜了我一條命呢？可白洛因他欠了您什麼？他憑什麼為了穩固您的地位而跑到戰場上衝鋒陷陣？他憑什麼為了維護您的名聲而死守著那幾分榮譽？他是別人的種！他沒吃過你顧威霆家裡的一口飯！他沒沾過你顧威霆的一點兒光！他要是想讓我顧海背叛親人，只需要一句話，我立馬會跟著他走！為什麼您的心就這麼難以被撬開呢？」說完這番話，顧海頭也不回地走了，像是一種告別儀式，悲壯而淒涼。

顧威霆的心豁然裂開一個大口子。

他開車來到墓地，將一束鮮花恭敬地獻到前妻的墓碑前。鮮花襯托著那張年輕溫柔的臉頰，久久凝視過後，心終於靜了下來。外界的喧囂都已遠去，剩下的只有二十多年前那些美好的回憶。

顧海的降生是一件始料未及的事，顧威霆還記得他看到孩子的第一眼，並沒有清晰的父子概念，僅僅覺得肩上的擔子重了。沒想到，一晃二十多年過去，他已經到了視兒子為命的地步。

「我真的做錯了麼？」顧威霆靜靜問道。

27.

尋找白洛因的活動幾乎見者有份，只有一個人沒參加，那就是顧海。用顧洋的話來說，這貨是被刺激過頭了。

除了白洛因離開的第一天，顧海出去找了他，其餘的時間裡，顧海一直在公司忙著他的工作。他幾乎每天都在車間裡轉，自打白洛因負責的那個項目完工之後，公司就一直致力於生產智慧燈和航空燈。倉庫已經堆滿了燈具，一件未售，顧海還逼著工人加班加點繼續生產。

「顧總，新一批航空燈已經入庫了。」生產部門負責人朝顧海彙報。

顧海點頭，又扔過去一個單子。

「照著這個數目，繼續生產。」

負責人一臉驚訝，「顧總，哪家機場訂了這麼多貨啊？」

「我訂的。」

「啊？……」

負責人還想追問下去，顧海已經調頭走人了。

倉庫管理員找到佟轍，一臉發愁的表情。

「副總，倉庫真的裝不下了，再往裡面塞，運輸車都進不去了。」

佟轍面色深沉地看了管理員一眼，一句話沒說，轉身去了顧海的辦公室。

打開門，顧海正對著一張圖紙演算著什麼，表情甚是認真，佟轍不聲不響地坐在沙發上等著他。

直到資料測算完畢，顧海用筆尖戳了一下辦公桌，這才發現佟轍的存在。

「你什麼時候進來的？」

佟轍看著顧海布滿血絲的眼睛，淡淡說道：「剛進來沒一會兒。」

顧海點點頭，把圖紙遞給佟轍。

「按照這張圖紙上要求的數量和規格，務必在明天天黑之前將這批燈趕出來。」

沉默了許久，佟轍終於開口，「倉庫裝不下了。」

顧海頭也不抬地說：「公司不是有這麼多空餘地方麼？倉庫放不下就放到會議室、領導和員工的辦公室或者樓道，只要能保證這批燈具的安全，任你放置。」

佟轍很想問問顧海，你結婚的時候難道是一個人發個電燈泡麼？就算是這樣，那也得半個京城的人過來隨份子[37]才能把燈領完。

過了許久，佟轍還沒走，顧海直接說了一句：「我不回答任何形式的提問。」

佟轍剛一出門，就看到閻雅靜從遠處風風火火地走過來。

「妳幹嘛？」佟轍拽住閻雅靜。

閻雅靜氣急敗壞地說：「你放開我，這次找顧海真有事！」

佟轍還是不鬆手，相比之前的刻意阻攔，這一次佟轍的表情很認真。

37：送婚禮禮金。

「我勸妳別進去，真的。」

閻雅靜死瞪著佟轍，「我再不進去，公司都要被拖垮了，這麼多燈，何年何月才能賣出去啊？它已經超過我們正常銷量的十倍多了！現在公司的資金已經周轉不開了，外面負債累累，股票還在下跌，顧海再這麼蠻幹，我們都得陪著他喝西北風去！」

佟轍還是那副雷打不動的態度。

「這些話妳不說他心裡也明白，既然他心裡明白，還執意要這麼做，就肯定有他的道理。」

閻雅靜崩潰地用後腦勺撞著牆，「我怎麼越來越不懂顧海了呢？」

佟轍冷哼一聲，「妳壓根就沒懂過。」

「誰說我沒懂過他？」閻雅靜急了，「我和他在一起創業的時候，你還在香港送外賣呢！別老是拿出一副後來者居上的派頭，瘦死的駱駝比馬大，我就是再怎麼不受重用，也比你位高權重。」

佟轍只說了一句話，就把閻雅靜後面所有的話悶回去了。

「妳要是真懂他，妳早就離開他了。」

28.

叮咚！門鈴聲響起。

顧海沉聲說道：「請進。」

佟轍推開門，看到顧海倚靠在辦公椅上，面色差到了極點。

「昨天你讓他們趕工的那批燈具已經生產完了，還有需要生產的麼？一次告訴我吧，免得我一次一次來這打擾你！」

難得，這次顧海搖了搖頭，「沒了。」

佟轍大鬆了一口氣，哼笑著說：「不容易啊，總算告一段落了，怎麼著？下一步咱們生產什麼？只要你結婚能用得上的，我看都在咱公司生產算了，反正咱們公司裡全能人才這麼多，給她們個展示才華的機會吧。」

「不急。」顧海從椅子上站起，踱步到飲水機前接了一杯水，平定了一下情緒。「我親手策畫了一場室外燈具展覽，具體的位置已經選定了，你把咱們近期生產的這批燈全部運送過去，今兒晚上正式開始。」

佟轍被顧海跳躍性的思維徹底整暈了，這批燈不是留著結婚用麼？怎麼又要拿去展覽了？何況這麼多大瓦數的燈一亮，不得把整個京城照個通透啊？

顧海幽幽地問，「有什麼問題麼？」

佟轍看著顧海鬍子拉碴的那張臉，真不忍心回絕他。

從顧海的辦公室出來，佟輸就去積極備戰這件事了，找來N多輛運輸車，把這些瓦力強勁的大燈和光彩奪目的彩燈一齊運到顧海租好的場地。起初佟輸還擔心場地可能擺放不下這些燈，結果到那之後，發現場地一眼望不到邊——這得花多少土地租賃費啊！

正想著，旁邊突然傳來一聲歎息，「這得花多少電費啊！」

扭頭一瞧，閻雅靜就站在他的旁邊，雙目呆滯，神色木訥，她也被顧海整懵了。

「妳怎麼來了？」佟輸問。

閻雅靜長舒一口氣，「豈止是我？後面還有幾百號人呢，都被顧海派來看護場地了。他說了，這幾天任何業務都不接了，任何商業洽談活動都暫時擱置，一門心思搞這個展覽。真不知道這麼個展覽能給咱們公司帶來什麼收益！雖說咱家生產的智慧燈具一直口碑良好，可同等級別的燈具人家也生產，他這麼大張旗鼓地宣傳，最後能賣出去多少呢？我感覺宣傳成本都收不回來。」

「賣？」佟輸笑了，「妳覺得他生產這些東西是拿來賣的麼？」

閻雅靜眼睛瞪得更圓了，「不賣？不賣還辦展覽？燒錢麼？」

「我不是說了麼？人家要結婚了，這些東西到時候就用來布置婚禮場地。」佟輸不痛不癢地說。

閻雅靜面色灰白，嘴唇哆嗦了一會兒，再次問道：「……真的麼？」

佟輸的手指在閻雅靜光潔的腦門彈了一下，好心勸慰道，「放棄吧！」

閻雅靜一把拽住佟輸的袖口，不死心地問：「他到底要和誰結婚？你別告訴我是你，你說了我也不會信的。顧海再怎麼神經錯亂，也不可能和一個男人結婚，而且還弄得這麼高調。」

佟輸捏著閻雅靜的下巴，嘴角噙著魅惑的笑容。

「到時候妳就知道了。」

白洛因駕駛直升機一路向西，最終在西藏降落。

早晨天還沒亮，白洛因就抵達大昭寺門前，已經有很多朝拜者到達此地，有的甚至昨晚上就來了，面向大昭寺的圍牆誦經磕頭。大昭寺門前的石頭地已不知被多少朝聖者頂禮過，磨得光亮光亮的，在晨曦下泛著青光。

「我也應該朝拜朝拜。」

「人家朝拜是為修來世，你為什麼？」

「我不修來世，只求今生與你相伴。」

「我代表佛祖超度你！」

「哈哈哈……」

當年參觀此地的情景浮現在腦海裡，那會兒看著這些信徒磕頭朝拜，就像是看熱鬧一樣。甚至無法理解他們為什麼會信仰這些不著邊際的東西，總覺得這是一種愚昧，只有空虛的人才會來這找心理寄託。

但是今天，白洛因也成了其中一員。

真的不修來世，只求今生與你相伴。

源源不斷的朝拜者從四面八方湧來，白洛因就在這個隊伍中，不停地起身、舉手、俯地……長長的一路，不知多少次地將頭撞向地面，不知多少次在念叨著心中的祈願，一遍又一遍，直到眼前的路已經模糊，只剩下一道長長的佛影。

夜幕降臨，燈具展覽正式拉開帷幕，一直持續到夜裡兩點鐘，幾乎已經沒有任何人入場了，這裡依舊燈火璀璨。

「可以關掉部分的燈了吧？」閻雅靜問。

顧海想也不想便回道，「繼續亮著。」

閻雅靜幾乎是從嘴裡擠出來的幾個字，「幾百萬的電費……」

顧海無動於衷。

這一刻，閻雅靜突然有些心灰意冷了，難不成這些燈真的不是用來售賣的，而是像佟輸所說，拿來做「那個」用麼？如果是那樣，為什麼現在就開始亮著？

正想著，顧海突然闊步走開，走到一盞燈前，怒道：「這是誰放到這的？」

一聲怒吼，把周圍的人嚇得一愣。

佟輸聞聲趕過來，「怎麼了？」

「這個地方不是應該擺航空燈麼？誰把投光燈放到這了？」顧海鐵青著面頰。

負責場地布置的管理員走過來，小心翼翼地解釋道，「那盞航空燈出了點兒故障，被撤掉了，車上又沒有備貨，我就臨時換了一盞別的。」

「我說了可以換別的麼？」顧海又是一聲怒吼，「馬上去倉庫裡取一盞新的過來！」

管理員躊躇著沒走，旁邊一個部門經理插口道：「顧總，都這個點兒了，反正也沒人看了，就別回去拿了吧？怪麻煩的。」

「我說去就去，二十分鐘內馬上給我換好！」顧海鏗鏘有力的一聲命令，無人敢違背。

雖然這裡亮如白晝，可周圍的氣氛卻幽暗低沉。

沉默了許久之後，佟輸開口問道：「你是想給他照亮回家的路麼？」

除此之外，佟輸想不到這些燈其他的用途，因為從他拿到的圖紙來看，這些燈的擺放也沒有固定的形狀，亮起來也僅僅是璀璨奪目，沒有所謂的藝術性。所以佟輸理所當然地認為，顧海之所以逼著管理員去取那一盞燈，僅僅是因為兩盞燈的亮度差異。可能在顧海的心裡，一盞燈的黯淡就會讓白洛因錯過這裡的燦爛。

即便這樣，佟輸還是不得不提醒，「這麼做有點兒太傷財了吧？萬一他很多天之後才回來，或者他白天回來呢？這樣幾千萬的電費就白砸了。」

感動對方也要有個尺度吧！

可在顧海的心中，愛白洛因是沒有任何尺度的。

九年前，他就可以為白洛因做盡任何荒唐事，九年後，他依舊可以。

「這些電費不從公司帳目上抽取，全是我個人掏腰包，就這麼一直亮著，哪怕他十天後才回來，也給我亮十天！」

「那……等他回來了，這些燈怎麼處理？」佟輸又問。

顧海精銳的目光微微斂起，「如果我真能在這等到他，這些燈全部捐出去，一盞不留。」

佟輸雖不崇尚這種為愛犧牲的態度，但是看到顧海這種做法，心裡還是由衷的佩服。

白洛因的直升機中途遇到一點兒故障，不得不在當地迫降，剛維修好又趕上大霧，直升機沒法正常起飛，就這麼耽誤了一天。直到第二天下午，大霧才逐漸散去，白洛因又駕上直升機，朝家的方向駛去。

等白洛因到達北京上空的時候，已經是晚上十點多了，這是海因科技公司辦展覽的第四天了，一連三個通宵，這裡徹夜通明。

白洛因的直升機在空中尋找著降落點，在夜空中航行，主要靠機場的指示燈來辨別方向。尤其是低空飛行，更要注意樓頂閃爍的航空障礙燈，避免和高建築物發生碰撞。

就在白洛因的直升機在夜空中盤旋的時候，突然注意到有個地方相當的亮。別的地方都是光點，那個地方是整片的光斑，直升機距離地面越近，那片區域的光亮就越是顯赫奪目。

白洛因不由自主地朝那片光域飛過去，隨著高度的下降，各式各樣的燈光開始出現清晰的層次，顏色也越來越分明。周邊閃爍著幾百萬盞彩燈，幾乎閃瞎了白洛因的眼睛，再往裡一層是各種智慧燈，隨著系統的設置忽明忽暗。最裡面一層是航空燈，亮度最高，也是白洛因在直升機上最先注意到的光線。

白洛因的直升機盤旋在巨大光幕的上空，這麼大的一片光域，對於下面的人而言完全是雜亂無章的，他們只能看到冰山一角。可對於天空中的白洛因就不同了，他能清晰地看到圖案變換。

聽到夜空中傳來的直升機轟鳴聲，顧海握了三個通宵的遙控器總算派上了用場。

白洛因正要啟動直升機上的監控設備進行拍照，突然，無數道強烈的光線從機窗射進來，他的視線朝下一望，握著駕駛桿的手猛地僵住。

最裡層的航空燈突然被調到最強亮度，並開始高頻率地閃爍，總共是一三一四盞，組成八個大字——

「白洛因，我們結婚吧！」

白洛因傻了，思維已經不會運轉了，他甚至不知道自己是怎麼把直升機降落的。只記得直升機落地的那一剎那，飄蕩了數日的心狠狠砸回了身體裡。

機艙門打開，眼睛好一陣才適應這耀眼的強光，視線聚焦的地方，有個男人站在那，白洛因大步朝他走了過去。

眼看著兩人的距離不足兩米了，顧海突然一大步跨上前，一把揪住白洛因的衣領，狠狠朝他的臉頰上給了一拳。

「你他媽這幾天去哪野了？」

白洛因嘴唇動了動，沒說出話來。

結果，打人的反倒先哭了，一股狠勁兒將白洛因揉進懷裡，大手死死按著白洛因的後背，哽咽著怒斥道：「命都急沒了半條，下次再不打招呼就走人，回來我就操死你！」

白洛因眼眶裡含著的那一滴眼淚好半天才滾下來。

顧海收了收情緒，推開白洛因問道，「看到剛才閃著的那幾個大字了麼？」

白洛因嗯了一聲。

「答應我麼？」顧海緊張地問。

白洛因沉默了好久才開口說道：「我不能給你生孩子，你也不能給我生孩子。」

顧海伸出兩隻手捧住白洛因的臉頰，一字一頓地說：「你就是我的孩子，我這輩子疼你一個人就夠了。」

白洛因怔怔的說不出話來。

顧海把白洛因布滿創傷的手指放進嘴裡輕咬了一口，「你不是說了麼？你的命是我給的，那你就是我的孩子。我的命也是你給的，我也是你的孩子。」

白洛因聽完這句話，情緒一下就收不住了，哭號著朝顧海的脖子狠狠咬了下去。

29.

在一個電視劇外景拍攝的現場，尤其同志站在楊猛同志的身邊，看著化妝師為他換上女主角的衣服，戴上假髮。考慮到楊猛的體型特徵，尤其幫他聯繫的幾個替身角色都是女人的，楊猛起初極度不樂意，但後來看到片酬，還是沒出息地點頭同意了。

不過楊猛也明確表示，演女人可以，但必須是動作戲，絕不演親密戲。

今天是一場水戲，女主角不會游泳，這個鏡頭就交給楊猛來完成了。要求楊猛在跌入水中的時候姿勢一定要優美，掙扎的時候既要體現出恐懼感，又不能太過狼狽，最後整個頭沒入水裡，要讓人看到他的那種絕望。

「絕望，絕望……」楊猛一邊化妝，一邊在鏡子裡反覆練習著表情。

尤其的拍攝任務完成，就跑到這來陪著楊猛。

楊猛覺得表情詮釋得比較到位了，就把臉轉向尤其，做了一個絕望的表情，然後讓尤其猜，「剛才我演的情緒是什麼？」

尤其想了想，「大便乾燥。」

「找抽吧你？」楊猛大喝一聲。

不料，導演就站在不遠處，聽到這聲豪邁的大吼，立即指著楊猛說：「別再大呼小叫了，趕緊進入狀態，不然一會兒輪到你上場，很長時間都沒法入戲！」

楊猛趕緊閉上嘴，暗暗醞釀著恐懼和絕望的情緒。

終於開始正式拍攝，導演大喊一聲，「全場肅靜，開拍！」

楊猛嗖的跳進了水裡，掙扎一會兒，腦袋沉入水中，等了好久都沒聽到導演喊停，楊猛游出水面，發現所有人都在用呆滯的眼神看著他。

「怎麼了？」楊猛問。

尤其在旁邊輕咳了一聲，「你看劇本了麼？」

「我又沒有臺詞，看劇本幹嘛？」楊猛大剌剌地說。

導演在一旁臉色十分難看，尤其背對著導演，小聲和楊猛說：「按照劇本上所寫，你是被人推下去的，不是自個跳下去的。」

「……」於是，楊猛悻悻地坐回原位補妝去了。

尤其去和導演解釋，「剛才水池旁太滑了，他一不小心就跌進去了。」

導演沉著臉沒說什麼。

補好了妝，楊猛又過來了。

這次他很認真地聽動作指導的話，把怎麼躲、怎麼跳都記得清清楚楚，然後再次走到水池旁，看著導演的手勢，聽到一聲開始，馬上將注意力高度集中。

一雙手猛的朝楊猛胸口一堆，楊猛晃著兩條胳膊就下去了。

那種猝不及防的感覺倒是演出來了，可惜動作有點兒二，讓人看了沒有任何同情之心，倒是很想再往他的腦袋上踩一腳。

「重頭再來！」導演喊了一聲。

楊猛又去補妝，補完了沒等身上的衣服乾透，又被推下去了。

「卡！」導演又喊，「重頭再來！」
楊猛又被推下去，這次動作稍微好了一點兒，但還是美感不夠。
「卡！再來一次。」
楊猛又被推下去。
「卡！」直接揮手。
楊猛又跌入水裡。
來來回回掉了二十多次，楊猛總算把這個鏡頭給過了。
來不及喘口氣，馬上進入下個鏡頭，就是在水裡掙扎直至沒入水中。
楊猛吸取上個鏡頭的教訓，這一次從開始掙扎到沒入水中，動作一直很唯美。
腦袋剛鑽出水面，就聽到旁邊的動作指導調侃道：「你這表演花式游泳呢？」
楊猛：「……」
尤其站在岸上嘿嘿笑個不停，片場的工作人員和演員，誰也沒見尤其笑得這麼二過。在他們眼裡，尤其是純偶像派，一點兒毀形象的事都不做。
「開始！」
楊猛這次信心十足地掙扎，整個動作一氣呵成，將落水者的驚慌失措演繹得淋漓盡致，以至於過分滿意，最後沒入水中的時候，怎麼都絕望不起來了。
功虧一簣。
再次上岸補妝的時候，楊猛一個噴嚏，將化妝師手裡的粉底盒噴到地上。
「你是不是感冒了？」尤其緊張地問。

楊猛揉揉鼻子，滿不在乎地說：「沒，就是有人想我了。」剛說完又打了第二個噴嚏，來不及解釋這個噴嚏的含義，緊接著又打了第三個，第四個，第五個……最後，面對尤其那質問的眼神，楊猛尷尬的笑了笑，「竟然有這麼多人想我。」

很快，楊猛再次上了戰場，但又找不到掙扎的感覺了，在水裡泡了半個鐘頭，越表演越沒感覺，害得導演都沒耐心了，一個勁地在那大喊：「行不行啊？不行換人了！」

尤其連忙走了過去，在導演面前說了很多好話，這才說服導演再給楊猛一次機會。

最後一次機會了……楊猛暗暗對自個說。

導演喊開始，楊猛屏氣凝神，力爭將每個動作做到位，前半段一直沒聽到導演喊停，楊猛漸漸有了信心，後面越來越賣力，眼看著再有幾下就要成功了，楊猛的腿突然抽筋了，這回不用裝了，是真的浮不起來了，一個勁地在那撲騰，嗆了好幾口水。

「喔……太入戲了。」尤其在旁邊感慨了一句。

不行了，不行了，要沉下去了，誰來救救我……楊猛心中焦急地喊著，兩條腿完全吃不上力，就這麼瞪著絕望的眼睛沉了下去。

「停！」導演難得露出笑容，「非常棒，可以過了！」

尤其走到導演身邊，樂呵呵地問：「明天那場撞樹的戲是不是也讓他來替？」

導演思忖了片刻，有些不放心地問：「那場戲的難度很大，他這小身子板行麼？」

「沒問題。」尤其回頭朝水池裡看了一眼，「您瞧，剛才泡了那麼久，剛上岸就沒影了，動作倍兒利索。」

導演大笑著說：「行。」

尤其得到導演的許可，興沖沖地跑回去找楊猛，這會兒天已經快黑了，白天的拍攝任務已經結束，工作人員都開始收拾器械了，卻不見楊猛的蹤影。

「看見楊猛了麼？」尤其拽著動作指導問。

動作指導一副驚訝的表情，「他不是和你一起走了麼？」

尤其心一緊，趕緊跑到水池旁，這一瞧不要緊，竟然看到楊猛漂浮的那隻腳了。

晚上，楊猛蜷縮著被窩裡，數著到手的一千塊片酬，美得嘴都闔不攏了。這錢賺得多容易啊！平時出警，受傷再嚴重，也不會多給錢。今兒才被淹了一下，就拿到一千塊錢，實在太爽了。

這下，小周子結婚的份子錢出來了。

第二天，楊猛如約來到了片場，人家都穿著短袖在陰涼處吹冷風，他裹著一件大衣，站在太陽底下還打哆嗦。

「你行不行啊？」尤其一臉擔憂地看著楊猛，「要不就換別人吧，你要真不想用我的錢，那就先和我借唄，我又不催著你還。」

楊猛斜了尤其一眼，幽幽地說：「不用。」然後，一副清高的姿態朝化妝師走去。

這次，楊猛演戲裡的一個小太監，又是一個手無縛雞之力的弱者。他要被對方一掌打飛，撞到五、六米遠的一棵大樹上，因為盪位很大，所以身上的一些主要的部位都要罩上保護墊，但腦袋上不能有。所以楊猛在撞樹的瞬間，必須要先用胸脯去接觸樹幹，如果碰到頭就相當危險了。

第一次被吊鋼絲，楊猛顯得很興奮。

反覆練習數次之後，終於正式開拍了。

武者一掌襲來，楊猛的身體被鋼絲吊離地面，猛的朝樹上撞去，楊猛謹記導演的話，一定要用胸脯撞，一定要挺胸，挺胸……

砰的一聲，楊猛胸脯先碰樹。

「漂亮！」導演大喊一聲，而後用場記板咔了一下，這個鏡頭一次就過了。

然而，楊猛卻躺在地上久久未起來。

尤其趕忙跑了過去，蹲下身看著楊猛，緊張地問：「怎麼了？」

楊猛死死咬著牙，連話都說不出來了。

尤其趕忙把楊猛扶起來，這才發現，楊猛的後腦勺上插著一塊尖石子。

晚上，楊猛的腦袋上打著繃帶，迷迷瞪瞪地數著手裡的錢，兩千塊，除去看病的錢，純剩一千塊，這下老楊生孩子的份子錢也有了。

第五天，楊猛毅然決然地踏上了復出之路。

這次，他又要替女主角演一齣墜馬的大戲。

幸好楊猛以前和同學去過馬場，勉強懂一點兒騎馬的技術，不然這個活兒就沒法接了。

即便這樣，尤其還是很擔心地看著楊猛，「我可提醒你，你別逞能，別因為這幾千塊錢再落個殘廢。」

「你就放心吧！」楊猛拍著尤其的肩膀，「前兩次出事是我點兒背，我就不信了，我的點兒還老是那麼背？」

在動作指導的反覆叮囑下，楊猛信心十足地上了馬，騎了一段之後，開始表演墜馬。這次不光是尤其，在場所有人的心都提得緊緊的。好在楊猛不用真的從馬上掉下來，只要在馬上表演幾個高危險的動作就可以了。

事實證明楊猛這次真的走運了，他表演了一路，無論是大喊還是扭擺，都沒有驚嚇到身下的馬。直到導演喊停，奔跑的馬終於停下了，楊猛依舊毫髮無損。

尤其總算鬆了一口氣。

楊猛剛要下馬，突然停下來的馬又開始跑了，楊猛的身體掉了下去，一隻腳卻被勾著，就這樣被拖了很多米，他一直用腹肌撐著，腳卻怎麼也下不來，只見馬蹄子在臉上飛來飛去，眼前一陣黑一陣白。

不知過了多久，楊猛才聽到清晰的呼喚聲。

「楊猛，楊猛，你還好吧？」

楊猛睜開眼，頭頂上方是尤其的臉。

「小周子結婚的份子錢有了，老楊生孩子的份子錢有了，過兩天大張塔的新店開張，怎麼也得拿個兩、三千，這下都有了。」說罷，裂開紅紫的嘴角，虛弱地笑了笑。

他終於可以安息了。

就在這時，楊猛的手機鈴聲響了，在尤其的衣兜裡，楊猛讓尤其遞給他。

「猛子啊！我是因子，和你說個好事，我過兩天要結婚了。」

楊猛的臉一下就白了，放下手機，喃喃地朝尤其問：「因子要結婚了，你知道麼？」

「知道啊！」

楊猛嘴角扯了扯，「你準備隨多少？」

尤其想也不想便說，「老同學啊，又是那麼有身分、有地位的一個人，少兩萬肯定拿不出手吧？」

楊猛直接昏了過去。

30.

自打上次在燈展上看到顧海擁抱著白洛因的那一幕，閻雅靜的精神就一直處於游離狀態，說不上來什麼感受，總之那一晚之後，她的人生觀就徹底顛覆了。

顧海已經很多天沒有在她面前出現了，而佟轍也不再處處和她作對了，她現在可以隨意進出顧海的辦公室，隨便用他的東西，甚至可以暫時頂替顧海的位置，坐在他的辦公椅上對著層層下級發號施令。

她夢想中的生活已經來臨了，可她卻什麼感覺也沒有。

以前總覺得顧海不是一般人，能得到現在這份待遇，就已經足夠證明他們之間有什麼。自從盛大的燈展結束，幾億的耗資只求照亮愛人回家的路。閻雅靜才發現，她的眼界太短淺了，她曾經對顧海的定位簡直錯到了人神共憤的地步。

原來他的愛是那樣濃烈狂熱。

那一晚，看到顧海抱著白洛因泣不成聲的畫面，閻雅靜從震驚中猛然覺醒，她的嫉妒僅僅在佟轍那裡有意義。到了白洛因這，所有情緒變化都沒有存在的必要，差距太大了，大到她連嫉妒的勇氣都沒了。

看到顧海電腦上數十年如一日的桌面背景，閻雅靜悔不當初，這麼顯而易見的感情深度，為什麼現在才察覺？如果半年前她就知道顧海如此狂烈地愛一個人，愛到心縫兒裡塞不下任何一個東西，是不是現在早已走出感情的困境了？

事情再推到九年前，如果當初在車上聽到顧海說的那聲，她可以不那麼膚淺地把注意力放在顧海英俊的面孔上，而是多看看他的眼神，是不是這麼多年的單戀悲劇就不會上演了？

可惜，現在改變一切假設條件都遲了，她的青春就這麼獻給了一個錯誤的認知。

砰砰砰！一陣敲門聲打斷了閻雅靜的遐思。

她抬起頭，看到佟輸那張英俊的面孔正朝她步步逼近，眼神依舊犀利，笑容依舊硬朗。閻雅靜不明白，到了這種時候，佟輸怎麼還能保持如此高傲的姿態？他還有高調的資本麼？人家顧海都投奔到另一個男人的懷抱了！

閻雅靜自始至終都把佟輸畫歸為自個的同類，對於此事，佟輸一直沒承認也沒否認，完全是縱容閻雅靜的誤解，只為了這廝能早點兒清醒。

「喏，婚宴請柬。」佟輸扔到閻雅靜面前。

閻雅靜抖著手拿起來，封面做得很精緻，外面的圖案是五指交叉的兩隻手，相抵的兩枚戒指帶著歲月的痕跡。閻雅靜還記得其中一枚，那是在公司對面的茶餐廳，顧海曾經交由她保管過的。到了這種時候，閻雅靜再也不敢說「送」這個字眼了，她總算明白為何顧海會在那樣一個場合莫名其妙地吃醋，又給她一枚戒指了。

打開請柬，看到裡面的照片，即便在這種絕望的心境下，閻雅靜依舊笑了出來。

「為什麼要用這麼雷的合影來做請柬的底圖啊？」閻雅靜忍俊不禁，「就算要找一對攜手相伴的老人，也應該挑兩個好看一點兒的吧？」

眼前的老頭、老太太，一個披著軍大衣，只剩兩顆牙；一個穿著紅棉襖，臉上千層褶。

「這就是他兩人的合影。」佟輸說。

闇雅靜瞬間硐堡了38。

仔細一看，真尼瑪有點兒像！

這兩人搞啥呢？

說到這，不得不提一下顧海和白洛因的婚紗照。

那叫一個天雷滾滾39！

兩人請來了鼎鼎大名的婚紗攝影師，結果幾套照片下來，完全砸了人家的招牌。先是去了青島，找到當年租住的那間海景房，拍攝了白小媳婦兒和顧老村長一個系列，光是喬裝打扮還不夠，還要拍攝從青壯年一直到白髮蒼蒼的所有階段，光是這麼一個系列就拍了足足一個禮拜，攝影師的鏡頭在這一個禮拜慘遭凌辱。

而後又拍了軍營生活一個系列，很多都是白洛因個人寫真，泥漿纏身，汗流浹背，衣著凌亂，怎麼狼狽怎麼拍，用以展現白洛因這些年艱苦奮鬥的歷程……這還不算什麼，最重口味的要數犧牲系列，在這個系列裡，白洛因要演繹做為飛行員可能出現的各種死法，不僅裝扮血腥駭人，還要讓顧海在一旁扮演喪夫的淒慘樣兒。

然後又拍了裸身系列、校園生活系列、家庭生活系列……最後又請來知名導演，為兩人量身打造

38：震驚。
39：驚訝到了極點，無話可說。

了一部愛情紀錄片，由主角親自參演，將兩人的情感路程重新演繹一番，準備拿到婚禮上去放。

關於婚禮的其他細節，還在商定之中。

閻雅靜拿著請柬，感覺就像是作夢一樣，當初她和顧海假訂婚的請柬還鎖在抽屜裡，那張請柬多體面啊！照片上的顧海多帥氣瀟灑啊！可拿在手裡卻冷冰冰的。再瞧瞧這張，拿出去恨不得讓人笑掉大牙，可捧在手心卻熱呼呼的。

佟輸點了一根菸，坐在閻雅靜對面抽著。

「你別在我面前抽菸。」閻雅靜一副嫌惡的表情，「我就討厭聞到菸味兒。」

「正好熏熏妳。」佟輸幽幽地說，「免得妳不清醒。」

不知道為什麼，現在佟輸已經對閻雅靜沒有威脅力了，閻雅靜在他面前依舊不願服軟。

「我早就清醒了。」

「清醒了？」佟輸一副質疑的表情，「單戀三年了吧？這麼快就清醒了？」

「三年？」閻雅靜苦笑，「廣義上說有九年了，狹義上說有五年了。」

佟輸簡直不敢相信，在當今這個物欲橫流的社會，這種年份還能用來衡量單戀，而且還是白富美的單戀。

「妳蠢得冷人髮指。」佟輸說。

閻雅靜冷哼一聲，「純乃女人最珍貴的資本。」

「謝謝，我說的是『蠢』。」

閻雅靜一個菸灰缸砸了過去。

佟輸還不要命地刺激她，「妳不會還是處女吧？妳就沒在這幾年，想方設法把自個的那層膜交給顧海的老二？」

閻雅靜羞憤至極，我要真交出去了，還能混到今天這個地步麼？

佟轍看到閻雅靜的表情，夾菸的手指頓了頓，難道被他說中了？二十七、八歲的富家女，漂亮又金貴，不閱人無數簡直沒天理了！可真有這樣的極品，竟然讓他給碰上了！怪不得顧海當初慫恿他跳槽的時候說，你來到這肯定會收穫一個大驚喜。

要不要現在就把話挑明了呢？

佟轍還在想著，閻雅靜卻先開口了，「以前是我誤會了你和顧海的關係，從今天開始……」

佟轍靜靜地等著閻雅靜後面的話。

「咱倆就正式成閨蜜了。」閻雅靜初次朝佟轍露出溫柔的笑容。

佟轍的嘴角抽了抽，閨蜜……

顧海和白洛因還在家裡商量婚禮的流程。

兩人決定不找婚慶公司了，一切策畫都由自己獨立完成，能用自己人就絕不花錢請外人。

「昨天說到哪了？」顧海問。

白洛因打著哈欠說：「證婚人。」

「證婚人……」顧海琢磨了一下，「要不就我哥來吧？」

白洛因當即瞪眼，「讓他給咱倆證婚？咱倆的婚還結得成麼？」

顧海的嘴角露出一抹促狹的笑容，「我就想讓他親眼見證咱倆的幸福。」

白洛因哼笑一聲，「你缺德，他比你更缺德，你要真敢把證詞交給他，他敢給你反著念！不行不行，不能冒風險，換一個人，周淩雲怎麼樣？」

「他？」顧海怒目，「他不在現場埋幾顆炸彈就是好的！」

「哪有你說得這麼誇張？」白洛因還挺護短，「我們師長其實挺仁厚的，昨天我親手把請柬交給他，他還笑著說要來鬧洞房呢！」

「別！」顧海當即齜牙，「我怕到時候被他鬧死！」

證婚人這個名單暫時擱置，兩人又討論起迎親的事。

顧海當即表態，「當然是我去你家迎親了！」

「為什麼？」白洛因問。

「因為是我娶你啊！」顧海一副理所當然的表情。

白洛因拍案而起，「誰說是你娶我？明明是我娶你！」

31.

「欸，怎麼還成你娶我了？」顧海擰著眉，「我連聘禮都下了，爸媽都叫了，怎麼說也該是我娶你啊！」

「你少來那套！」白洛因一副挑釁的表情看著顧海，「別以為我喝多了就什麼都不記得，那晚我問你能不能嫁給我，你可是答應得明明白白的。」

顧海當即還口，「你喝多了還能記事，我喝多了可什麼都不記得了，誰知道那會兒你是不是趁機敲詐我？我可告訴你，神志不清的時候簽署的一切協定都是無效的，更甭說口頭約定了。」

白洛因雙眉倒豎，「就算那天的承諾無效，也應該是我娶你！我堂堂一個軍官，手下千軍萬馬，怎麼能屈身嫁給你一個商人？」

顧海對白洛因的挑釁不以為意。

「你堂堂一個軍官，不能屈身下嫁於我，就能屈身在我身下浪叫了？昨晚上也不知道是哪個有骨氣的軍官，拿著我的老二這個蹭啊！老公，老公，快點兒進來吧，我受不了了……」顧海誇張地模仿著。

「你給我滾！」白洛因劈頭蓋腦地揍了上去，「少給我這瞎扯淡，我啥時候叫你老公了？」

不知道為什麼，「老公」這倆字從白洛因嘴裡蹦出來，比威而剛還強勁。顧海每每聽了都心頭發癢，特別特別難以形容的一種奇妙滋味。於是，在挨了無數個拳頭之後，顧海霸道地將白洛因扣在懷裡，壞笑著把白洛因的手放在自個的胯下。

「叫你別惹我，你看，說著說著就把我給說起來了。」

白洛因簡直對顧海無語了，昨晚上兩人聊著正經事，聊到鬧洞房的應對策略，就尼瑪奮戰了半宿。這會兒剛起來，還沒說兩句正經的，這廝又把話題扯歪了。

「咱倆用不用先去做一個婚前檢查？我懷疑你有無節制發騷綜合症。」白洛因說。

顧海笑著用鬍碴去蹭白洛因的脖頸，「我也不知道為什麼，看見你就想搞你。」

白洛因的大手狠狠扣在顧海的頭頂上，冷著臉說：「先說正事。」

顧海沒言聲。

白洛因黑了顧海一眼，「少給我嘛嘴，嘛嘴也沒用！」

顧海只好先把注意力轉回來。

白洛因還是那套話，迎親的事交給他來做。

顧海這次換了一副口吻，「你當迎親是什麼好事呢？你做為一個新郎，到了這邊就得受刁難。塞紅包是好的，萬一讓你做點兒難堪的事，多給你這個軍官掉價啊！這種髒活兒、累活兒就交給我來做吧，我厚臉皮慣了，再噁心的要求都能扛得住。」

「少來！」白洛因不聽顧海忽悠，「甭擺出一副為我著想的嘴臉，我心理承受能力強著呢！你還是替自個操心操心吧！還迎親？你那邊能給我拽來三個男的我就服你！清一色的娘子軍，你聽說過新郎帶著龐大的伴娘團去迎親的麼？」

「這你就不懂了。」顧海還在死撐，「你想想啊，是伴娘容易被刁難，還是伴郎容易被刁難？當然是伴郎了！如果我帶著一群美女去迎親，你那頭的官兵肯定屁顛屁顛地來開門。相反，你要來我這迎親，我這邊的伴娘肯定把你往死裡整，那些官兵又對付不了女人，弄不好你都娶不走我了。」

白洛因一揮手，「娶不走我就不要了，誰愛要誰要。」

顧海腆著臉蹭上去，拽著白洛因的手，好脾氣地央求道：「這樣吧，咱倆不分嫁娶，每個人迎一次親，你看怎麼樣？」

顧海這麼一說，白洛因倒是認真思索了一下。讓顧海當新娘等著自個娶，說實話有點兒不現實，畢竟人家條件也不次，甚至比自個更好，沒理由嫁過來。可真讓白洛因嫁過去，白洛因也不樂意。是個爺們兒都不樂意。

「行，那就這樣。」

兩人一擊掌，這一條商妥完畢，畫上一個勾。

「下一個問題。」白洛因神情專注地看著小本子，「我們來討論一下婚宴上發些什麼，我不想發喜糖了，我覺得發喜糖很沒創意。」

顧海看著白洛因的眸子一閃一閃的，精明中透著幾分謹慎，思考的模樣尤其動人，忍不住伸手朝他的臉蛋兒上掐去。

「老實待著！」

毫無徵兆的一聲吼，嚇得顧海的手趕緊縮了回來。

白洛因突然想起來什麼，嘴角露出一抹邪笑。

「不如就每人發一袋鍋肉味的雞巴。」說完，捧腹大笑，顧海俊臉一黑，立馬撲上去蹂躪白洛因，白洛因繼續大笑，笑到最後都脫力了，趴在顧海的大兒部慢悠悠地倒氣。

顧海用手在白洛因的屁股蛋兒上拍了一下，佯怒著問：「笑夠了沒有？」

白洛因剛點完頭，又咯咯笑了起來。

顧海氣得牙癢癢，「你丫就指望著這個笑話活一輩子吧！」

等白洛因的情緒穩定下來，顧海突然有個靈感。

「咱一人發一包海洛因吧！」

白洛因嘴角抽了抽，「你發得起麼？」

「當然不是真的毒品，只是包裝袋上這樣標注。」

白洛因想了想，「這倒是挺有創意，不過得先和公安部門打好招呼，別到時候婚沒結成，咱倆都進去了。」

「放心吧，這事我肯定忘不了。」

「差不多就這些了……」白洛因用筆帽戳了一下顧海的鼻頭，「會場布置的事，等我參觀完場地再討論。」

顧海點點頭，眼中星星點點布滿了淫光。

「那咱們該辦正事了吧？」

「正事？」白洛因納悶，「咱還有什麼正事沒辦麼？」

顧海一見白洛因忘了，發狠地將白洛因按到自個胯下。

「別鬧，別鬧。」白洛因使勁掙脫，「一會兒還得去我爸媽那呢……唔……」

32.

顧海從包裡拿出兩套衣服，一套遞給鄒嬸，一套遞給白漢旗，朗聲說道：「這是我倆找人專門給您們訂做的衣服，可以在出席婚禮的時候穿，您試試合適不？」

鄒嬸面露喜色，「哎呀，還是孩子知道疼人啊！我正發愁沒一件衣服穿得出去呢！」

白洛因又把另一個手提袋遞給鄒嬸，「這裡還有首飾，您看看喜歡麼？」

鄒嬸感動得不知該說什麼好，「你瞧瞧，又讓你們破費了。」說罷，迫不及待地回房間去換。

白漢旗哼笑著說了句，「歲數越大還越臭美了。」

白洛因瞧著白漢旗這一身幾十年不變的組合，背心、大內褲、趿拉板兒……忍不住說道：「爸，您也把新衣服換上試試吧，不合適我們再去改。」

白漢旗擺擺手，「不試了，怪熱的。」

「熱怎麼不開空調啊？」

顧海這麼一提醒，白洛因才注意到屋子裡的溫度，剛進門的時候以為是走樓梯走得出汗，這會兒才發現屋子裡真的很熱。

白漢旗旁邊有一把蒲扇，他是寧肯自個動手，也不樂意費那幾度電。

顧海突然間很慚愧。

「行了，爸，我陪你進屋試試衣服吧。」白洛因打破了尷尬的氣氛。

進了臥室之後，白洛因幫白漢旗把新鞋換上，又給他拽拽褲子，最後幫他細緻地繫好腰帶。白漢旗垂目看著白洛因，愛憐的用手去撫他的頭髮。

「兒子，爸問你，你倆是誰娶誰啊？」

白洛因幫白漢旗繫鞋帶，頭也不抬地說：「我倆不分嫁娶，就是身分平等地結婚。」

「就該這樣，咱不比人家差，在婚姻這方面不能讓，這是一輩子的事。爸雖然平時總向著大海，可真到了緊要關頭，爸的心還是跟你拴在一起的。你們的日子還很長，記住爸的話，委屈誰也不能委屈自個。」

白洛因點點頭，「您放心吧，我會把您這輩子受的氣全都補回來的。」

白漢旗哈哈大笑。

顧海剛才出去了一趟，這會兒都回來了，那爺倆兒還悶在屋裡沒出來！說什麼悄悄話呢？顧海的頭探了過去。

「爸，顧海來了，咱出去吧。」

白洛因扭頭要走，白漢旗突然又拽住了他，偷偷摸摸問：「你在那方面沒吃虧吧？」

白洛因自然知道白漢旗所謂的那方面是哪方面，心裡一緊，當即搖搖頭。

白漢旗笑了笑，充滿自信的眼神看著白洛因，不愧是我兒子。

「記住，這方面絕對不能吃虧。」

白洛因覺得自個愧對白漢旗的自信。

在鄒嬸的盛情邀請下，兩人決定晚飯就在家裡吃了，顧海主動要求去買菜，白洛因和他一起下了樓。

兩人剛走沒一會兒，白漢旗就朝鄒嬸說：「先把空調關上，等孩子回來再開。」

砰砰砰！

「有人敲門，我去開。」

白漢旗打開門，看到外面站著的是物業公司的員工，當即扭頭朝鄒嬸問：「咱們這個月電費沒交麼？」

「交了啊！」鄒嬸從廚房走出來，「我昨天下午交的。」

白漢旗笑笑地朝物業員工說道：「我們交電費了。」

很難得的，一貫態度惡劣的員工這次竟然面帶笑容地看著白漢旗和鄒嬸。

「您中獎了！」

「中獎了？」鄒嬸瞪圓眼睛，「中什麼獎了？」

「剛才我們物業公司舉辦隆重的抽獎送電費活動，您這一戶抽到了一等獎，總價值一萬元的電費，恭喜您。」說罷還把臨時寫好的獲獎證書遞給白漢旗和鄒嬸。

白漢旗愣住了，「有這好事？」

「是啊！」員工含笑的眸子看著白漢旗，「不過您必須要在一年之內用完，過期就作廢了。」

鄒嬸定了定神，疑惑的目光投向白漢旗，「你說是不是那倆孩子搞的鬼啊？」

白漢旗還沒說話，鄰居老甄也捧著一張榮譽證書上來了。

「老甄，你也中獎了？」白漢旗急著問。

老甄喜上眉梢，「是啊！中了五百度電，夠使仨月了！」

白漢旗和鄒嬸這才信自個真的走運了。

「哎呀，這可太好了，一年不用交電費了……」鄒嬸嘟囔著。

白漢旗忙不迭把空調打開，又催促鄒嬸，「把能開的家用電器全打開，不能便宜了物業那幫孫子！」

晚上，白漢旗硬是把白洛因和顧海留在家裡睡了，兩人睡在白洛因的臥室，和白漢旗的臥室就隔了一面牆。

三更半夜，白漢旗不睡覺，趴在牆頭聽隔壁的動靜。

顧海像條大蟲子一樣懶散的趴在床上，白洛因坐在他的身上，給他按摩著肩膀和脖頸。

「你這麼幫我揉一揉，感覺好多了。」顧海說。

白洛因納悶，「你說你睡著覺，肩膀怎麼還能抽筋呢？」

「不知道，可能是這幾天對著電腦的時間太長了。」

「可你以前也總對著電腦，以前怎麼沒事呢？」

顧海故作委屈地說，「以前我也經常肩膀抽筋，只是你不知道罷了。」

白洛因目光憂慮地看了顧海一眼，「以後別長時間待在電腦旁，時不時就站起來遛達遛達，活動活動脖子。我告訴你，你將來要是在我之前癱在床上，我可不伺候你！」說罷使勁捏了一下。

「呃……」顧海痛呼，「輕點兒……」

白洛因雙手攥拳，用指關節去頂顧海的肩胛骨，顧海立刻吸了一口氣。

「對，這樣頂很舒服。」

白漢旗的耳朵都快鑽到牆裡了，偷聽著隔壁傳來的床底私語，從悄悄話裡面分辨著人物角色。

「輕一點兒……你就不能溫柔一點兒？」顧海的聲音。

「不用勁頂能舒服麼？」白洛因的聲音。

「可你剛才的勁太大了……哎呦……」

「頂這對麼？現在這力度怎麼樣？」

「很好……很爽……」

白漢旗用力攥了一下拳，太棒了！他兒子果然沒有讓他失望！

鄒嬸習慣性的摸摸旁邊的位置，發現空了，睜開惺忪的睡眼四處踅摸著，結果發現一個龐大的黑影出現在牆邊，鬼鬼祟祟的，正朝著門口移動。

我滴個媽啊！進賊了！

於是，鄒嬸抄起立在床頭的長棍，一棍子朝白漢旗的肩膀上楔了上去。

「啊！」白漢旗轟然倒地。

鄒嬸瞬間一驚，趕忙走下床，轉過賊的臉一看，竟然是白漢旗。

「你……」

敲門聲響起，白洛因的聲音，「爸，您怎麼了？」

鄒嬸剛要說話，白漢旗趕忙捂住了她的嘴，咬著牙朝外邊說：「爸沒事，你回屋睡覺吧！」

顧海和白洛因走了回去。

白漢旗冒著冷汗朝鄒嬸說：「快，快把我扶起來！」

鄒嬸費了好大勁才把白漢旗扶上床，打開燈朝肩膀上一瞧，青了一大片。

「你說你半夜三更的不睡覺，貼著牆根走，這不是存心找挨打麼？」鄒嬸歎了口氣。

不料，白漢旗美滋滋地說：「我這一棍子，挨得值！」那屋，顧海剛一鑽進被窩，就和白洛因膩歪起來。

「哎，剛才你聽見你爸的那聲吼沒？底氣十足啊！想不到啊，咱爸都這個歲數了，還龍精虎猛的呢！你說，咱嬸兒會不會再給你生個弟弟啊？」

白洛因斜了顧海一眼，「孟通天都十六了，再生一個都快差輩兒了！」

顧海把手伸到白洛因的腿上，來來回回暗示性地撫摸著，臉上的淫色顯露無疑。

「白天沒玩過癮。」顧海黏膩的聲線刺激著白洛因的腎上腺素，「都沒和小菊弟打個照面……」說罷，將手探了過去。

白洛因一把攥住顧海的手腕，「告訴你，別在這鬧，我們家房間不隔音，我爸在那屋聽得清清楚楚的。」

「怕什麼？」顧海繼續撩撥，「咱爸都那麼豪放，聽聽剛才那聲吼，多帶勁！」說罷又學著白漢旗在白洛因耳邊呻吟了一聲，白洛因的呼吸立刻變重。「來嘛來嘛！」

顧海翻身將白洛因壓在身下。

白漢旗還在那屋偷著樂呢。

33.

回去的路上，白洛因朝顧海問：「你爸知道咱倆結婚的事麼？」

「我和他說了。」顧海臉色立刻沉了下來，「他愛去就去，不去拉倒，反正他已經親口承諾不再管我的事了。我對他不抱任何期待，只要婚禮那天別給咱搗亂就成了。」

白洛因沉默了半晌，淡淡說道：「那你結婚之前也得回家看看吧？你連一個招呼都不打，他會覺得你沒把他這個父親放在眼裡。」

「我本來就沒把他放在眼裡。」顧海擰著臉。

白洛因目光幽暗，看不清眸子裡的真實情緒。

氣氛冷了片刻之後，顧海又說了一句，「以前我把他放在眼裡，結果現在特寒心。我長記性了，再也不拿熱臉去貼他的冷屁股了。」

「其實我覺得他只是不善於表達而已。」

「你甭替他說好話。」顧海語氣挺重的，「這麼多年，你還沒長記性麼？你是怎麼對他的？他又是怎麼對你的？就算你沒進部隊，做為他的乾兒子，他也應該表示表示吧？可你看看他那個德行，好像全天下的人都欠他的。」越說越生氣，顧海狠狠砸了一下方向盤。

儘管白洛因不想開口，可有些話他必須得說。

「你希望自個結婚的時候沒有一個顧家人到場麼？」

顧海沉默了。

「如果你想要那樣的結果，那我們九年前就可以結婚了，管他有沒有人同意，管他有沒有人祝福，只要我們自娛自樂就成了。你覺得這樣有意義麼？如果真的這樣就能讓你滿足，那我們何必結婚呢？平時那樣相處不是也挺好的麼？」

「你說的的確有道理。」顧海不得不承認自個的初衷就是想得到所有人的認可，「可偏偏有人不能接受，我們能拿他怎麼樣？難道我們要一直跟他耗麼？」

白洛因低垂著雙目，抽出一根菸點上。

顧海的情緒漸漸冷靜下來，他扭頭看了白洛因一眼，突然有點兒心疼。

「是不是又讓你難受了？」手撫了白洛因的臉頰一下。

白洛因搖搖頭，沉聲說道：「我沒事。」

「行了，不說他了，越說越掃興，咱聊點兒高興的，你去過咱們的婚禮場地麼？」

「沒，具體位置還不知道呢。」

「走，我帶你去看看。」

姜圓坐在梳妝檯前，不停地換著髮型，每換一個就拍張照片發到網上，然後徵集粉絲們的意見，她現在已經是微博達人，人稱「最美麗的軍嫂」。這一切顧威霆都不知道，姜圓也很注意保護顧威霆的身分，雖然八卦者眾多，可沒人知道姜圓身後的軍官到底是何許人也。

難得回家一趟，就看到自個老婆在鏡子前搔首弄姿，顧威霆能不惱火麼？

「我說妳就不能幹點兒正經事？」

姜圓不愛聽了，「什麼叫正經事？我梳個頭髮怎麼就不正經了？房間也打掃了，衣服也給你洗乾淨了，飯也做好了，你還想讓我幹什麼？我就不能有一點兒自己的空間麼？」

「得得得，就當我沒說……」顧威霆趕緊打住，他知道姜圓一嘮叨起來就沒完。

姜圓繼續擺弄自個的頭髮，手指插進頭髮裡，仔細一瞧，又多了幾根白頭髮。

「怎麼辦呢？」一臉的苦惱，「白頭髮越來越多了。」

「妳知足吧！」顧威霆在旁邊冷哼一聲，「都快五十的人了，還指望自個滿頭黑髮？」

「你坐下來，我看看你的頭髮白了多少。」姜圓招呼著顧威霆。

顧威霆沒動，姜圓逕自將顧威霆拉過來，按到椅子上，扒開他的頭髮看了看。

「嘖嘖……比我白頭髮還多，這下我心裡平衡了。」

顧威霆突然拉過姜圓的手，放到自個眼前，神色有點兒古怪。

「看什麼呢？」姜圓納悶，「我這手保養得還不錯，和三十歲的少婦有得一拚。」

顧威霆沒注意姜圓的皮膚，倒是注意到她無名指上的那枚戒指了，如此熟悉。

「這戒指是哪來的？」

說起這個，姜圓滿臉的自豪，「小海前些日子送我的，他說了，從今往後，他就認我這個媽了。還說以前是他不懂事，沒有給我應得的尊重。他說完我就哭了，我覺得小海這個孩子能做到現在這個份上，真的挺不容易的。」

顧威霆的臉色變了變，開口想說些什麼，但是沒說出來。

保母敲了敲房間的門，「姜太太，外面有人找。」

姜圓跟著保母走出別墅，看到白洛因站在門外，旁邊停著他的車。

「你怎麼不直接進來啊？」姜圓去拉白洛因的手，而後朝門口的警衛說道：「下次看到我兒子，直接放進來，聽見沒？」

警衛齊聲答應。

白洛因和姜圓一起走了進去。顧威霆就坐在客廳，看到姜圓和白洛因一起進來，什麼話也沒說。事實上他一早就看到白洛因的車停靠在外面了，只不過沒開口告訴姜圓。他不想讓姜圓知道，他的目光時不時透過窗口看向外面，盼著有那麼一個人會來。

姜圓去給白洛因泡茶，白洛因站在顧威霆的面前，靜靜地注視著他。

「除了顧洋和您，我們沒有邀請任何一個顧家人參加我們的婚禮，而且沒有把這個消息發布出去。部隊那邊也是，除了周師長和我手下的幾個兵蛋子，我們沒有通知任何人關於我們結婚的事。您放心吧，不會給您的正常生活造成不便的。還有，您那天說的話很對，我的確活得很自私。我這九年來所做的一切努力，都是在為自個的感情謀福利。當初我入伍，並非是想穩固您的地位，而是想讓您還顧海一份自由。這些年我拚命立功，也不是單純地想提升您的形象，而是為了有一天能和顧海齊肩。後來我的種種冒險和拚命，完全是為了讓您成全我和顧海。

「我有捍衛自己感情的權利，您也有堅持自己原則和立場的權利，我不該苛求您對我的努力做出回應，沒人應該為別人的自願買單，何況我的自以為是也給您造成了傷害。我努力獲得了我的感情，我受之無愧，我的自私受到您的指責和反對，我罪有應得。

「所以，我對那天所說的話表示抱歉，我保證那樣的話不會再讓您聽到了。」白洛因的語氣很謙和，但目光依舊倔強。說完這番話，白洛因轉身朝外走。

姜圓剛把茶泡好，就瞧見白洛因匆匆離去的背影，把茶杯一放，急忙追了過去。

「怎麼剛來就要走啊？」姜圓問。

白洛因看了她一眼，柔聲說道：「媽，您今兒的髮型挺好看的。」

姜圓笑得白頭髮都變黑了。

「你回來！」顧威霆突然在後面喊了一聲。

姜圓扭頭看向他，怒道：「你想怎麼著？」

顧威霆沉聲說道：「我有話要說。」

白洛因將姜圓放在自個胳膊上的手輕輕拉開，轉身朝顧威霆走過去。

「您還有什麼話？」

「還有什麼話？」顧威霆冷笑，「你自始至終讓我說一句話了麼？」

白洛因神色一滯，貌似真的沒有。「那您現在說吧！」

顧威霆面無表情地開口，「你說了半天，我就聽見你說的第一句話，你說除了顧洋和我，你們沒有邀請任何一個顧家人。我想問問你，你們什麼時候邀請過我？」

白洛因呆愣在原地。

姜圓激動得頻頻給白洛因使眼色，你倒是快點兒表示一下啊！

白洛因從震驚中回過神來，一貫伶牙俐齒的他，竟然有點兒口拙了。

「那個……爸，請您參加我們的婚禮吧。」叫完那聲「爸」，白洛因的耳根子都紅了。

顧威霆似怒非怒地看著他，「人家顧海都送了你媽一個禮物，我這還什麼都沒有呢……」

白洛因笑得挺尷尬的，「一會兒就給您送來，您先答應我吧。」

「就這麼站著讓我答應？」顧威霆目光冷峻。

白洛因立刻雙膝下跪，目光坦誠。

顧威霆臉上的線條頃刻間柔和下來，他把大手放在白洛因脖頸上，使勁攥了一下。

「要是敢不好好過日子，回頭就削了你們倆。」

白洛因點頭間，一滴淚珠就這麼猝不及防地甩了出來。

白洛因走後，姜圓捶了顧威霆一下。

「人家兒子結婚都是父母出錢送禮物，你倒好，主動開口和孩子要東西，你可真要得出口！」

顧威霆振振有辭，「我都把兒子送給他了，還想怎麼著？」

姜圓哼了一聲，「你瞧你老覺得自個吃了多大虧似的，你把你兒子送給我兒子，我就沒把我兒子送給你兒子啊？」

顧威霆眯縫著眼睛打量著姜圓，眼神中透著濃濃的危險氣息。

「是不是最近沒收拾妳？妳又皮癢癢了？」

姜圓笑容風韻迷人，「老娘我渾身上下都癢，有本事你收拾我來！我跟你說，我還怕你收拾不了我呢！」

顧威霆手臂上青筋外凸，口中獠牙外露，一副強猛的勢頭迸發出來。「我收拾不了妳？」

手還沒伸到姜圓身上，就聽到門鈴響了。一開門，一名年輕的士兵站在外面。

「首長，這是白團長讓我給您送來的禮物——二十斤羊腰子！他祝您青春永保，雄風永振！」

顧威霆：「……」

34.

剛剛考察完婚禮場地的布置情況，白洛因就接到了部隊那邊打過來的電話。

「白團長，您的外住申請已經審批下來了，若是沒有特殊任務，您在工作結束就可以選擇回家居住。如果住房問題解決不了，您還可以回到軍區大院，這裡已經為您的配偶安排好了住房，他可以選擇隨軍的。」

白洛因心情一陣激盪，說話的口氣都比平時客氣了幾分。

「麻煩你們了。」

「不麻煩。」那邊的軍官說，「這都是周首長為您全力爭取的，您若是要謝，就去謝他吧！」

掛斷電話，白洛因含笑的眸子看著顧海，他一直在旁邊聽著呢。

「怎麼樣？我說了我們首長是個厚道人吧？你還不信！」

顧海挺不服氣地哼了一聲，其實心裡特感謝人家，這可解決了他一大生存困境啊！

「就讓他當證婚人吧！」白洛因建議，「我覺得他挺好的，德高望重，級別夠高，氣場夠足，找不到比他更合適的人了。」

顧海沉思了片刻，開口問道：

「那我哥呢？」

「他啊！」白洛因想了想，「要不讓他做主婚人？」

顧海一副鄙夷的表情。

「挺喜慶的一個婚禮，你讓一個面癱40上去做主持，你就不怕他把婚禮給你主持成葬禮？」

「偶爾換換口味也不錯。」白洛因倒是挺標新立異，「我覺得他的那張嘴夠毒辣，在那種場合讓他開口，說不定還能製造不一樣的氣氛。」

顧海手托著下巴，幽幽的說：「我再考慮考慮。」

「得了，甭考慮了，就是他了。」白洛因直接給顧洋打電話。

顧洋接起電話就來了句，「怎麼著？要悔婚了？」

「你聽聽他說的是人話麼？」顧海氣結，「就這樣你還讓他主持？」

白洛因無語凝噎。

顧海不知怎麼又想通了，突然把手機搶了過去，對著那頭的顧洋說：「不僅沒悔婚，而且還誠心邀請你當主婚人呢！我顧海沒別的優點，就一樣好，心胸寬廣，雍容大度。我還打算把從小到大追求過白洛因的人全都找來，湊成幾桌，到時候咱們把酒言歡。」

顧洋那邊沉默了良久，顧海這邊一副得瑟的心態等著顧洋的回應。

「行，這個主婚人我當了。」

撂下手機，看著白洛因。「這回行了吧？」

白洛因饒有興致地看著顧海，「你真要把那些暗戀、明戀過我的人全都請來？」

「嗯，不僅要請，而且還要走正規程序，讓他們隨禮，不隨禮不讓進。」

「隨什麼？」白洛因問。

顧海淡淡說道，「隨一張臉就夠了。」

白洛因一副不明所以的表情。

顧海陰笑連連，「我就站在門口候著他們，隨一張臉，我就往上面來一個大耳刮子，再隨一張臉，我就再往上面來一個大耳刮子……」

好吧……白洛因真心服了，你可真夠雍容大度的。

顧洋一直待在北京沒走，剛把電話撂下，就陰著一張臉去找周淩雲了。白洛因一早就和顧洋透露過風聲，他要周淩雲當證婚人，顧洋也一直想去會會周淩雲，可惜找不到藉口。這下好了，一個主婚，一個證婚，他可以拿這當理由去找周淩雲對對臺詞。

「你的意思是，讓我宣布他們婚姻無效？」周淩雲問。

顧洋明確表態，「本來就是無效的，又沒領證，又不符合婚姻法的條款，你要是真給他們證婚了，就算嚴重違紀行為。日後有人要整你，完全可以把這事搬出來。」

周淩雲硬朗的面孔上浮現一絲猶豫之色，「砸場子的事我不太擅長啊！」

少尼瑪給我裝仁慈……顧洋心裡回了周淩雲一句，就數你丫的最不厚道！

「我憑什麼要答應你？」周淩雲問。

顧洋冷哼道，「你不答應也可以，等你宣讀完證詞，我就會把這份資料報到上級部門。還有你濫

40：形容人總是面無表情。

用手中職權，私自幫白洛因開綠燈申請外宿的事兒，我這都有證據，你自個看著辦吧！」

周凌雲目露慮色，他斂眉思忖了片刻，沉聲說道：「我可以選擇不做這個證婚人。」

「我求之不得。」顧洋目光凌厲，「誰都比你好擺平。」

「這樣吧，我答應和你合作，但不是畏懼你的威脅，只是想和你交給朋友。自打陰差陽錯地認識你以來，我一直挺欣賞你的，以前的恩恩怨怨就不提了，咱就藉著婚禮這個平臺正式聯絡一下感情吧。」周凌雲這番話說得坦蕩有度，讓人很難懷疑它的真實性。

「隨你。」顧洋一副滿不在乎的表情，「只要你答應和我一起砸場子，其他什麼事都好商量。」

於是，兩人定下一份協議。

到了迎親的前一晚，白洛因和顧海正式分開了，顧海待在公司，白洛因就待在部隊，兩方人馬嚴陣以待。在迎親之前，他們各自保留著關於迎親流程的全部祕密，誰也不知道對方要以什麼形式來迎親，全都在緊張中揣著幾分期待。

對於白洛因而言，今晚絕對是個不眠之夜。因為按照投擲硬幣的結果，明天是顧海先來迎親。白洛因不擔心顧海整么蛾子，他就怕顧海糟蹋錢。想想他求婚時的那股子衝動勁兒，到了明天迎親的時候，還不得把整個公司搭進去啊？他可不希望明天的新聞裡面出現這麼一條：北京街頭出現史上最豪華的婚車隊，綿延兩公里，其中××多少輛，××多少輛……

千萬要給咱倆留點兒養老錢啊……白洛因在床上攤煎餅[41]。

凌晨兩點多，他就被造型師叫醒了。

「該上妝了，一會兒迎親的車隊該來了。」

白洛因坐起身，執行危險任務的時候都沒有這麼緊張過。

顧海也是整整一宿沒睡，和他一起打夜班的還有迎親儀仗隊，這群佳麗們妝容從簡，脫去工作服，換上洋裝，個個清麗脫俗。為了保持最佳的精神狀態，他們雖然沒睡覺，但都自覺地閉目養神，以最飽滿的熱情去迎接他們的老總夫人。

佟轍看了下表，已經四點半了。

「咱們該出發了吧？」

顧海深吸了一口氣，霸氣地一揮手，「把我的座駕開過來！」

一聲令下，車庫門打開，車庫管理員那張被眾人期待的臉終於在這一刻出現了。他駕駛著打頭陣的那輛豪華婚車，在眾人的掌聲中浩浩蕩蕩地駛過來。

突然，腳蹬子[42]掉了一隻，管理員的腳差點兒出溜到地上。

你沒看錯，的確是腳蹬子，而且還是個走形的腳蹬子。

顧海絲毫沒有任何嫌棄之意，他鄭重其事地接過那輛少了一個腳蹬子的二手自行車，手一晃車把，車身嘩啦啦響，引來眾人的鬨笑聲。

41：形容翻來覆去。

42：腳踏車的踏板。

顧海清了清嗓子，表情一直很正經，沒有絲毫玩鬧之意。

「你們不要小看這輛自行車，當年你們的老總——我，就是憑藉著這麼一輛自行車追到你們夫人的。今天，你們能不能憑藉著我身後的這麼多輛自行車，幫我把夫人娶回家？」

一聲號令，九百多位美女齊聲回應：「能！」

顧海舉起手裡的小喇叭，再次問道：「有沒有信心？」

更加洪亮的高呼：「有！」

於是，顧海騎著二手自行車打頭陣，佟轍和閻雅靜跟在後面，身後是一支九九六個美女組成的自行車隊，加起來一共是九九九個人。除去顧海的那一輛，其餘的九八八輛自行車全部是公司自主成產，紅色車身、心型車把、玫瑰形狀的小鈴鐺，每輛車的後支架上還插著一串糖葫蘆。即便前面不綁著紅綢，也是一片紅豔豔的。

這樣的車隊陣容上了街，拉風程度絕對不次於豪華婚車隊，最讓圍觀群眾歎為觀止的是新郎的用心。這樣的車既低碳環保，又伴著十足的浪漫和新意，惹來一路豔羨的目光。

「天啊，太浪漫了吧？新郎這是要逆天啊！」

「好可愛的自行車，哪個婚慶公司生產的啊？」

「不行，我結婚的時候也要買這種自行車！」

白洛因，你果然小瞧顧海了，人家不僅沒鋪張浪費，還替公司做了一把宣傳。

35.

一路上，閻雅靜的車騎得歪歪扭扭，好幾次和佟輸的車碰撞到一次，幸好前後車距夠大，不然會像多米諾骨牌一樣，來個連環追撞。

這個小妮子打小就沒碰過自行車，小時候上下學就有專車接送，長大了就自己開車，所以這車技完全是現學的，師父就是旁邊這位屢屢被她撞到護欄上的人。

次數多了之後，旁邊這位受不了了。

「我說，人家結婚，妳激動個什麼勁兒啊？」

閻雅靜斜了佟輸一眼，結果就這麼一個走神，讓原本車品就不好的她，再一次朝佟輸撞去，這一撞就是結結實實的，車把都給撞歪了。等兩人把自行車調整好，身後已經停了無數輛車，前面的那輛卻看不見了。

「糟糕……」閻雅靜扭頭看向佟輸，「你認識白洛因的部隊麼？」

佟輸表示他從沒去過。

閻雅靜正發愁，突然靈機一動，打開車頭的導航系統，然後，得意洋洋地朝佟輸說：「怎麼樣？我帶團隊開發的這個產品很有用吧？」

佟輸冷哼一聲，「一般般吧。」

「一般般？這可是我國首個自主研發的自行車導航儀。」說罷，趾高氣昂地蹬上車打頭陣。

佟輸則跟在後面看著她的翹臀一扭一扭的。還記得小時候上課，老師問學生，假如你們有機會變成一樣東西，你們最想變成什麼？人家都回答的是超人、寶劍、洋娃娃一類的，只有佟輸說他想變成女孩自行車的後車座。

白洛因還有數百號官兵坐在軍營裡等待著汽車鳴笛的響聲，結果等了N久也沒等到。八十公里的距離，自行車迎親，這絕對是個體力活兒。縱使我們顧大少體力再怎麼好，也得騎個三、四個小時才能到。

看了一下表，已經七點多了，希望出門了，不然該趕上早班高峰期了。

正想著，突然聽到一陣車鈴響。

白洛因掀開門簾往外瞧，禁不住愣住，顧海騎著一輛破舊的自行車，大汗淋漓地坐在車座上。這輛自行車可真是折騰死他了，腳蹬子沒了不說，中途鏈條還掉了N多次，後車座上插著的那個紅燦燦的糖葫蘆，就剩下一個山楂了。

儘管這樣，顧海依舊風采迷人，他吹了聲口哨，瞇著眼睛朝白洛因笑。

「上來，哥帶你去婚姻的殿堂。」

十年前，顧海騎著同樣一輛自行車，來到白洛因家門口，當時他說的那句話是「上來，哥帶你去學校」。

就是那麼一個唐突的決定，他上了顧海自行車的後車架，從此造就了十年的孽緣。十年後，顧海再一次來到白洛因的面前，說的卻是帶他去婚姻的殿堂。

白洛因感慨萬千，忍不住用當年的口氣調侃了一句。

「就你那輛破車，我上去了就得散架。」

顧海笑，「你一個走路的還看不起騎車的？」

當年的對話，被兩人一字不漏地複述出來，誰也沒提前複習，誰也沒苦思冥想，這兩個人從一開始出現在彼此的生命裡，就已註定意義非凡。

白洛因還在感動的餘韻中沒有醒過味兒來，就被幾雙大手拽回屋裡，緊跟著七、八個腦袋湊到門口，七嘴八舌地嗆嗆著。

「你也太不把我們團長當回事了！」

「就是，一輛破自行車就想把我們團長糊弄走？」

「你當我們部隊是廢品收購站呢？整這麼一輛破爛自行車來！」

白洛因想替顧海向眾人解釋，結果連插口的機會都沒有，這群官兵平日裡受虐慣了，今兒好不容易逮到一個位高權重的太子爺，說什麼也得使勁擠兌一番。

「喊出我們團長的十個暱稱，少一個都不成。」

白洛因一聽這話就急了，哪能提出這種要求啊？這不明擺著寒磣他的麼？無奈他已經被擠到了最裡面的位置，十幾個人重重包圍住，無論喊什麼，除了周圍那幾個人，別人一概聽不見。

「噓，別嚷嚷了，人家開始叫了，大家都好好聽著啊！不好聽不讓進！」

白洛因恨不得找個牆縫鑽進去。

「因子！寶貝兒……」

剛喊出寶貝兒倆字，裡面就沸騰了，這群官兵笑得這叫一個狂野啊！寶貝兒？我們最崇拜、最敬畏、最不可一世的白團長，竟然也有讓別人叫寶貝兒的時候？

「小騷貨，小淫蹄子……」

白洛因窘著臉咆哮，「顧海，你夠了啊！」

這群官兵們哈哈大笑，不停地攛掇43著，「繼續說，繼續說，我們樂意聽！」
白洛因仰天悲歎，草，遇人不淑啊！幹嘛要找來這麼一群二百五助陣？
十個全部喊完，這群官兵扭頭朝白洛因問：「首長，他已經說完十個了，讓他進麼？」
白洛因能讓他進麼？臉都丟盡了。
「我們白團長說了，你這個問題回答得很不理想，他不願意讓你進。這樣吧，你再回答我們幾個問題，回答對了再考慮讓不讓你進。」說罷，亮出第一個問題。
「白團長今天穿的內褲是什麼顏色？」
這個問題剛問完，白洛因當即插了一句，「這個問題太小兒科了。」
的確，顧海想都不想就說，「淺灰色平角褲。」
幾個爺們兒將白洛因的褲子往下拉了幾公分，露出一個內褲邊緣，發現真如顧海所說。本來嘛，白洛因的內褲全是顧海給買，顧海給洗的，哪怕問他內褲上有幾個線頭，恐怕都能對答如流。
「不行，剛才這個問題太簡單了，再問你一個，我們白團長現在的體重是多少？要說具體的，差一兩都不成。」
顧海沉聲回道：「淨重七十三公斤零三兩。」
話音剛落，一群爺們兒就把白洛因推到了體重計上，脫下衣服和鞋，只剩一條可以忽略重量的內褲。再往顯示幕上一看，我滴個天，真的一兩不差。
「團長，讓他進吧！」一旁的劉沖都感動得快不行了。
不料白洛因不鬆口，這點兒拷問算得了什麼啊？上點兒有難度的。
於是，更缺德的來了。

「請回答出白團長的臉長，臉寬，眉間距，鼻梁高度，下巴長度。」

這個問題一問出來，衆人叫絕：這也太狠了！

不料，顧海信心滿滿地回道：「臉長二十．三公分，臉寬十二．七公分，眉間距三．六公分，鼻梁高度一．三公分，下巴長度三．三公分。」

一群人簇擁在白洛因身邊，一個人手裡拿著一把尺子，紛紛開始測量，測量完一個對照一下顧海報出的資料，測量完一個對照一下，等全部對照完，個個目瞪口呆。

於是，有人開始聲討發問者了，「你是不是和他串通好的啊？」

發問者一臉委屈，「我今天剛認識他的。」

連白洛因都很吃驚，顧海都什麼時候量的啊？他怎麼都不知道？

這群官兵被顧海的對答如流勾起了濃厚的挑戰欲，又一個人上前，問了一個逆天的問題，「白團長有多少根Ｙ毛？」

剛問完就被衆人打了，「你小子也太邪惡了，我也就是想想，你Ｙ真敢問出來啊！」

白洛因的臉都綠了，你們這是要造反麼？

「白團長，你激動啥啊？我們就是開個玩笑，他肯定回答不上來。」

「就是啊，哈哈哈……」

43：鼓譟、催促。

結果，待到眾人鬧夠了，顧海真的報出了一個數字，這個數字正確與否，恐怕只有白洛因心知肚明。

「我們不信，我們得檢查檢查！」裡面大聲叫囂著。

沒想到，剛才被刁難了N多次，顧海都沒起急冒火，結果這話剛一說出口，他就立刻爆發了。

「你們敢脫他褲子試試！」

「試試就試試！」一群軍痞流氓湊在一起，連起鬨帶詐唬，氣焰相當囂張。可憐了顧海，大部隊還沒趕過來，只能單槍匹馬作戰，拚死保衛著自個的領地不受他人侵犯。

白洛因真心疼了，站在人群後面怒吼道：「你們讓他進來！」

「讓他進？」劉沖威風了，「我們覺得他這人太邪惡了，極度不靠譜，我們不放心把你交給他，你們說是不是啊？」一聲令下，百人回應。

我擦，我是新郎你們是新郎？聽我的聽你們的？白洛因也參與到了抗爭之中。

於是，這場迎親陣勢就變成了兩個新郎被眾人圍攻，想要在一起卻被重重阻隔的混亂場面，直到遙遠的東方出現一片紅色的火海。

這群官兵全部安靜了，誰也不鬧騰了，眼睛都瞪直了。

長達一公里的車隊陸陸續續在訓練場匯聚，紅色的火焰開始蔓延，靚麗的面孔如同嬌豔的牡丹花，個個爭芳鬥豔。

這可是九百九十七個美女啊！這裡總共才九十九號人，就算平攤，一個人還能分十個呢！

36.

剛才還鬧鬨鬨，叫囂著絕不給顧海開門的兵哥哥們，這會兒看見美女，全都急著往外擠。而剛才急著要出去的白洛因，這會兒竟然改主意了，大手一揮，穩坐房間正中央，氣定神閒地朝門口的人說：「堵住門，不讓他進來！」

一個娃娃臉的軍官操著濃重的口音說道：「團長啊！讓他進來吧，人家也怪不容易的，騎了這麼遠的路來接您。」

「就是啊！您和他走吧，這麼好的人讓別人搶走了咋辦？」

「團長啊，這結婚不就圖個氣氛麼？太過了就不好了。」

白洛因恨恨的磨著牙，姥姥的！這會兒瞧見美女，全都當起好人來了！我就偏不給你們這個機會，我也讓你們嘗嘗眼饞卻吃不到嘴的滋味。

「繼續讓他表演節目，節目不好看不讓進。」

囂張跋扈的劉沖，這會兒也矮了幾分，站在門口當惡人。

「我們團長說了，你得表演節目，不表演節目不讓進。」

顧海轉過身，面對著龐大的親友團，簡單做了個手勢。

美女們訓練有素地整理隊形，將自主研製的自行車摺疊拆分後、製成一個小板凳，又將玫瑰形狀的車鈴鐺佩戴於胸前。而後，佟轍哨聲響起，近千隻鈴鐺同時作響，一場盛大的集體板凳舞就這樣驚豔亮相。

兵哥哥們都看傻了，紅板凳襯著美女婀娜粉紅的面頰，歡樂的鈴音在近千張笑臉的襯托下變得如此飄逸傳神。多少日子沒見過美女了？多少年沒見過這麼多美女了？這簡直是挖他們的心，戳他們的命根兒啊！

「剛才是誰說顧總誠意不足的？」一個尉官大聲質問。

一個小兵舉起手。

「抽他，抽他！」

一群雄性激素分泌過多的爺們兒這會兒全都不顧及戰友之情了，逮著一個宰一個，只為了讓身後的白團長能夠網開一面，讓他們盡快和外面的迎親隊伍會合，體現伴郎伴娘一家親的偉大精神。

表演結束，擠在門口的人一個勁地鼓掌。

「白團長，讓他進來吧！」

「要不然你自個出去得了！我們給您開道！」

白洛因就沒見過這種伴郎團，他想出去的時候不給開門，他不想出去的時候又開始轟。

「不行！」繼續硬著臉，「把門給我堵死了！」

劉沖咬著牙朝顧海大喊了一聲，「想把人接走，光表演節目不行，起碼得送點兒東西吧！」

這一聲號召又引來了大家夥的響應。隨後，這群官兵瞠目結舌地看著這群美女又將兩把自行車摺疊成的椅子改成了一輛購物車，一位美女推著，一位美女坐在上面，緩緩地朝伴郎們移過去。

「我的天啊！」挨門的幾個人驚呼。

三、五十個人又擠了過去，一個勁地踮腳伸著脖子往外看。

「怎麼了？怎麼了？」

顧海霸氣的目光橫掃百十號伴郎團。

「怎麼樣？這個禮物夠隆重吧？」

硬漢們也有招架不住的時候，紛紛朝白洛因示弱，「團長啊，剛才是我們不對，我們不該攔著你，你看人家誠意多足啊！您就讓我們把門打開吧！」

白洛因哼了一聲，「誠意足那也是對你們，我什麼也沒收到啊！」

一聽這話，某人又喊，「顧總，有沒有給我們白團長準備禮物啊？」

「那是必然的。」

劉沖反應特快，「團長，他說準備禮物了，那咱就把門打開吧！讓他把禮物給您送進來。」

白洛因哪能上他的當，「門不給開，讓他想個別的法子送進來。」

兵哥哥們急了，「不開門怎麼把東西送進來啊？」

話音剛落，槍聲響起，一群官兵在門口趴下，只有白洛因端坐在正中。

玻璃上出現一個手指粗的洞，一道亮光閃過，撞到白洛因身後的牆上，又回彈到他眼前的桌面上，一枚設計精巧的寶石戒指，就這麼飛到他的面前。

「想讓我給你戴上這枚戒指，就讓我進去吧！」顧海在外面喊。

這些官兵站起身，瞧見顧海爆出的又一大驚喜，心都跟著抖了。

「團長，快出去吧，要是有一個人這麼對我，甭管男的女的，我都嫁了。」劉沖熱淚盈眶。

白洛因捏著那枚戒指，心緒飄蕩，他不是為了營造驚喜才讓士兵關門的，他也沒有和顧海合謀過什麼。他不過是想刁難一下伴郎們，沒想到得到了這麼多意外收穫。事到如今，白洛因不得不承認，顧海真的是個運籌帷幄的高手，他太適合經商了，幸好當初沒和他選擇同一條路，不然死都不知道怎麼死的。

「讓不讓他進？」又有人問。

白洛因屏住最後一口氣，他要堅忍到底：「不！」

這一聲，門外的顧海聽得清清楚楚。

幾乎所有人都覺得顧海走投無路了，最後肯定得下跪收場，沒想到我們這位被白洛因打擊了十年的小強依舊屹立不倒。大手一揮，沉聲說道：「把咱的寶貝呈上來！」

還有寶貝？門縫裡十幾隻眼珠滴溜溜轉著。

白洛因也在詫異，顧海進不來，還能耍什麼花招？

紅色的鍋，紅色的鏟子，紅色的插座，紅色的電線……紅豔豔的一道大餐，就在眾人驚異的目光中，緩緩地開火了。誰也想不到，顧海會在營房外面擺攤炒菜，數十位美女打下手，她們的車筐裡裝的都是食材。

很快，香味飄到了營房裡。

白洛因鼻子這個靈啊！很快就坐不住了，一個人在屋子裡焦灼地遛達了兩圈，只聽咔咔幾聲響，鏟子離鍋，菜已上盤。

白洛因如一匹奔騰的駿馬，在眾人的狂歡中，以離弦之箭的速度衝到了顧海面前，將他要送到嘴裡的丸子搶了過來，做了第一個品嘗者。

伴郎們也像脫韁的野馬，衝到眾位美女面前，一場別開生面的聯誼ＰＡＲＴＹ就在訓練場展開了。

回去的路上，白洛因照例背朝著顧海而坐。

「你怎麼朝後面坐著啊？」顧海問。

白洛因依舊當年的回答，「懶得瞅你。」

顧海真以為白洛因和他溫故昔日美好呢，結果回頭一掃，白洛因還端著盤子在那吃呢！這哪是懶得瞅他啊，這是怕菜湯子濺到他西服上。

吃貨傷不起44啊！

「別在路上吃。」顧海說，「會喝風的，小心鬧肚子。」

白洛因嗯了一聲，接著吃。

顧海無奈了，「你別告訴我你一宿沒吃東西？」

「是啊！」白洛因大剌剌地說，「咱倆又不許可見面，我去哪吃東西？誰給我做啊？再說了，昨晚我要是吃得飽飽的，今兒你都不見得能把我騙出來。」

白洛因一語驚醒夢中人。

顧海馬上加快車速，急著往家趕，他必須要把白洛因餵得飽飽的再送回去，不然等明天他來迎親，只要站在外面大喊一聲「我餓了」，顧海就會乖乖地走出來。

車速變快，耳旁的風都變得清涼了，當年白洛因喜歡背對著顧海坐，是因為可以看著道路在眼前不斷延伸。現在背對著他坐，是因為可以看到身後無數張笑臉。這一路走來，他們終於有了同伴，終

44：網路用語。形容後果難以承受。

於有人去分享他們的幸福了。

到了目的地之後，白洛因很快返程。

又是一個不眠之夜。

第二天，白洛因迎親隊伍啟程。

如果說顧海的迎親走的是浪漫和創意的路線，那白洛因的迎親隊伍絕對是氣勢和排場最完美呈現。一大清早，九架直升機從部隊起航，衝到一三一四米高空，來了個恢弘大氣的雲霄迎親儀式。

隨著一陣轟隆隆的巨響，眾位伴娘的目光移向天空。

「哇——」

顧海的目光也朝外看去。

九架直升機已經到達公司上空，一路拖著長長的紅煙，如同紅綢掛在機尾。最前面自然是白洛因打頭陣，其餘八架開始減速慢行，只見白洛因這架直升機大角度朝下俯衝，在駐足觀賞群眾的驚呼中，畫出一道紅色的拋物線，到了距離地面不足二十米的地方，再度仰升，同樣一條拋物線，最後在拉煙的起點會合。

一個漂亮的紅心，就這麼烙在空中，震呆了觀望的伴娘們，同樣也感動了顧海，這是白洛因第一次用九年的努力，為他一個人表演。

緊接著身後的八架飛機也開始行動，他們拉著金色的煙霧，在空中合作出一枚意義非凡的戒指。而後九架飛機會合，有九個士兵身穿紅色戰袍，頭頂著九個紅色的降落傘，從戒指的圓孔中穿行降落，如同九朵玫瑰花在空中盛開。

很快，九架飛機也在顧海公司前面的草坪上齊齊降落。

十六人組成的儀仗隊分立兩側，一名英氣逼人的軍官，身後跟著他的副手，在莊嚴而神聖的目光注視中，朝著公司的門口緩緩走來。

37.

就在白洛因和他的儀仗隊走到門口的那一剎那，閻雅靜對身後的眾位美女說：「大家不要被他們偽善的外表欺騙了，想想他們昨天是怎麼折騰我們的。姐妹們，報仇的時刻到了，拿出新時代色女的風範來，把咱們昨天吃的虧連本帶利地找回來！」

「那是必須的，老娘我等這一刻等了多少年！」

「今兒我非得好好臊臊這幫爺們兒。」

「閻副總，妳就瞧好吧！」

平日裡那些溫婉知性的美女白領，到了這會兒全露出狂獸的本性，反正嫁給總經理的美夢已經破碎了，她們也沒必要裝了。既然我不是最後的幸運者，那就讓那個集所有寵愛於一身的男人，接受我們最殘忍的報復吧！

「你們不用塞紅包，屋裡這麼多人，你們發也發不起，而且我們也不缺錢。我們就是要考驗一下這位新郎對我們顧總的真心，過關了，我們絕不攔著，不過關，哼哼……」

劉沖站在白洛因身後，一開口便輸了。

「不過關怎麼樣？」

「不過關當然要受罰！」

「怎麼罰？」這才是兵哥哥們最關心的。

閻雅靜翹起一邊唇角，「一會兒我們會拷問新郎官幾個問題，答錯一道，你們就要脫下身上的一件衣服，答錯一道，再脫掉一件衣服。」

劉沖一驚，「我們一共才穿了三件衣服，他要是答錯三道，我們豈不是就走光了？」

「放心，我們這是文明場所，不會讓你們衣不蔽體的。如果你們的衣服都脫光了，而此時新郎再次答錯，那你們就要穿我們提供的衣服，答錯一件穿一件。如果新郎官答對了，那你們就可以穿回自個的衣服，答對一件穿一件。」

劉沖將全部的希望都寄託在白洛因的臉上，「首長，就看你的了，加油！」

白洛因信心十足的點了點頭。

「第一道題，聽好了：你們初次接吻的日期。」

事實證明，被追的人果然都不長記性，第一道題就把白洛因難住了。他狠狠地在記憶裡搜索，第一次接吻……應該是在顧海表白的那一天，那一天是哪一天呢？好像是他們的兄弟關係被戳破之後，他們的兄弟關係是什麼時候被戳破的呢？……

就在白洛因苦思冥想的這段時間，顧海的心就涼了，我說寶貝兒啊！那可是咱在一起的紀念日，你丫都能給忘了？你讓我這個把你毛毛都數清楚的老公情何以堪啊！

「時間到，請回答。」

白洛因草草的說了一個時間。

得到答案之後，由佟轍傳達到顧海那裡，顧海臉都綠了，「那會兒我的嘴都已經親到他的褲襠上了。」敢情白洛因把接吻的部位重新定義了。

「回答錯誤，請脫衣服。」

可憐的十七個兵哥哥，全都默默地脫掉了上衣，露出結實的胸膛。

「第二題。」闞雅靜清澈的嗓音流淌出來，「請問新郎，你們一晚的最高紀錄是多少次？」

從接吻一下跳到如此限制級的問題，跨度大得令人咋舌，雖然這群兵哥哥們很怕褲子被脫掉，但還是覺得這個問題問得好。

這一次，白洛因很明確地回道，「七次。」

這個紀錄還是在讀書的時候創造的，白洛因之所以記得清楚，是因為事後他整整躺了一個禮拜。那會兒顧海就調侃他，你是一次要歇一天啊！於是七這個數字就狠狠地烙在了白洛因的腦海裡。

佟轍接到答案之後，嘴角露出一絲意味不明的笑容。

「我以為你有多強呢，才七次啊！我最高記錄還有十一次呢！」

顧海也笑了，「大哥，一晚上總共幾個小時？您射了十一次，是想告訴我您射得有多快麼？咱這七次是結結實實的七次，中途不休息，不換人，您那十一次是兩分鐘一次吧？」

「你嘴夠毒。」佟轍磨磨牙，「照你這麼說，他就是答對了唄？」

「不對。」顧海很明確地告訴佟轍，「最後一次是早上做的，按照所給的已知條件，應該是六次。」

佟轍冷笑，「我真同情小白。」

果然，白洛因接到這個答案，立刻黑臉了。

「他也太較真了吧？明明都是一套程序裡面的，還硬要區分出來。」

一個美女開口了，「嫌我們總經理較真，你可以現在就走啊！只要你前腳邁出公司的大門，我們後腳就把總經理瓜分了。」

劉沖和幾位兄弟垮著臉，「不是他嫌總經理較真，是我們嫌他較真！」

「少廢話！」小陶美目一瞪，「快點兒脫褲子！」

「能不能去裡面脫？」劉沖縮縮脖子，「這人來人往的，看到多不合適啊！」

「沒商量，就在外面脫。」

於是，十幾副好身材，就這樣展露在眾位美女的面前。

「團長啊！你可不能再錯了，再錯我們身上就啥都沒了。」

「就是啊，團長，你可得爭口氣啊，我們兄弟幾個都不容易。」

「我還是處男呢！」

白洛因深吸幾口氣，為了兄弟們的尊嚴，他必須要答對下一道題。

「請問……」閻雅靜清了清嗓子，「顧海身上最吸引你的優點是？注意，這道題一定要誠實作答，如果不誠實，這道題就算答錯了。」

在白洛因心裡，顧海有兩大優點，第一個強占心頭，每每到關鍵時刻都會發揮作用，這個優點是所有人公認的，說出來也是證據確鑿的，那就是顧海會做一手好菜。還有一個優點暗藏在心底，那才是綁住白洛因的根源所在，那就是顧海的床上功夫。

「他會做一手好菜。」白洛因說。

事實上，當佟輸走出來的那一刻，白洛因就意識到那幾個兄弟的內褲沒了。

「誠實與否，你自己心裡清楚，還用我公布麼？」佟輸同情地看著白洛因。

白洛因扭頭看向那十幾個兄弟，面對著他們惶恐的表情，滿臉愧疚地說：「對不住了！」

下半年一定好好提拔你們幾個。

「不要啊！」

幾聲吶喊過後，十七個男人用光溜溜的屁股對著大街，雙手捂在關鍵位置，對著一群剽悍飢渴的女人。

「首長，求求您，答對一道題吧，我們想把內褲穿上。」

閻雅靜一副女王範看著衆位裸男，「一會兒再答錯了，你們可以自主選擇，可以穿女式內褲，也可以繼續光下去。」清清嗓子，「下一道題，請問，黃瓜有多長，菊花有多深？」問完，閻雅靜自個都面紅耳赤，扭頭朝部門經理問：「這個問題是誰出的？」

小聲送到耳邊，「佟副總。」

再轉頭朝透明玻璃裡看去，佟轍正饒有興致地欣賞著她那副窘迫的表情。

吸取第二道題的教訓，白洛因這次特意多問了一句，「妳問的是誰的？」

「各自的。」一群色女齊聲回道。

這一次，白洛因充分發揮了他的聰明睿智。

「我的黃瓜有多長，他的菊花就有多深，他的黃瓜有多長，我的菊花就有多深。」

此言一出，立刻引來一片爭論聲。

「你這叫投機取巧。」

「不行，重新回答，要準確數字。」

這十幾個兄弟也都捏了一把汗，是對是錯倒是給個信兒啊，後面都站了一排圍觀的了。

「還是讓顧總來評判吧！」佟轍說。

顧海聽到白洛因的回答，當即笑了。

「算了，這題就給他過了吧！」

於是，這群男人七手八腳地把內褲撿起來。

「下一題，請問，顧海有多少身家財產在你手上？」

白洛因剛要宣布，突然又垮下肩膀，朝著身後那十幾個人說：「你們……不用穿了……」

十幾個人，有的剛把內褲套上，有的剛伸進去一條腿，有的還在研究怎麼穿，既可以把那地兒捂住，又能把內褲拿在手上……

聽到這話，他們全都笑了，哭著笑的。

「下一道題，請問，您和顧總一共錄過多少段兒少不宜的影片？拍過多少張同類型的照片？」

白洛因腦子裡只有四個字：不計其數。

這一次，這群男人都沒用要求，就主動把地上的女式內褲穿上了，他們被人看夠了，哪怕穿上女式內褲，也比什麼都不穿要強！

「好的，下一題，請問可以提供給我們一段錄影或幾張相片欣賞麼？」

「下一題，請為我們解釋白小媳婦兒和顧老村長的由來。」

「下一題，請在一分鐘之內，說出你喜歡的顧海做過的所有美味。」

一道題接著一道題，到最後，這十幾位可憐的兵哥哥已經把能穿的都穿上了，甚至連妝都化好了，就等著女神們發落了。

「下面，你們還有一次機會，如果你們可以穿著這身衣服上街，成功搭訕一名帥哥，並要來他的手機號碼，就算完成任務。所有人都完成任務，我們就會把門打開。不要抱投機取巧的心理，你們每個人身後都有攝影師全程跟蹤拍攝。」

於是，十七個扮相慘不忍睹的「女人」上街了，為了他們團長的幸福去拋頭顱灑熱血了，剩下白洛因一個人在這孤軍奮戰。

一個小時過後，沒有一個人回來，兩個小時過後，還是沒一個人回來，兩個半小時後，白洛因終於等不及了。

「如果他們完不成任務，我今天就沒法把人接走了麼？」

閻雅靜笑笑，「還有一個辦法，如果你能把在場所有女人全都親吻一遍，我們就放你進去。當然，如果在這個過程中，他們全部完成任務，你就沒必要再繼續親了。總之，拚的是速度，如果你能趕在他們之前完成任務，不僅你可以接到人，他們也可以免受痛苦。」

白洛因草草看了一眼，堵在門口的起碼三、四百人，後撤了幾步，抬頭往上看，每個樓層的窗戶前都有女人在朝他招手。

就在這時，劉沖鼻青臉腫地被人抬回來了。

閻雅靜幽幽一笑，「你已經沒得選擇了。」

白洛因仰天長歎，顧海，你養了一群毒婦啊！為了迎娶到你，為夫我只能犧牲了。

顧海正和佟輸聊著，突然看到白洛因朝閻雅靜親過去，這一舉動同時引爆了兩個男人。這倆男人如同猛虎歸山一樣從貴賓室衝出，衝向門口。

可惜，我們的美女護衛隊是強大的，你來硬的，我們人多不怕你。

結果，昨天那一幕又出現了，迎親的陣勢又變成兩個新郎被眾人圍攻，想要在一起卻被重重阻隔的混亂場面。而且這群女人比那些男人難搞定多了，你叫再多的帥哥過來也沒用，女人不是用下半身思考的動物。

混亂之中，顧海連爆粗口，「白洛因，你丫再親一個我和你離婚你信不信？」

白洛因還沒說話，美女們又嗆嗆起來，「離吧離吧快離吧，你和他離了，我們就有機會了。」

混亂之中，白洛因突然意識到，這樣硬來是不行的，必須要用策略，要擊到對方的軟肋。

「都靜下來聽我說！」白洛因大喝一聲。

在場的美女總算安靜下來了。

「如果妳們讓我進去把顧海接走，我就能讓顧海廢除公司不能談戀愛的規定！」

美女們立刻瞪大眼睛，驚喜地彼此互望，這是真的麼？

就在人心搖擺不定的時候，閻雅靜來了一句，「大家的立場要堅定啊！我們又不是沒人要，剩女也有自尊的，不能為了一個規定低頭！」

女神一號召，美女們又集體搖頭了。

「我們不稀罕！」

白洛因再次高喊，「如果妳們讓我進去，我就讓顧海召一批帥哥進公司！」

這話一放出口，白洛因的面前立刻出現一條康莊大道。

美女分立兩側，齊聲高呼，「首長請進！」

白洛因哈哈大笑著走了進去。

剛要把顧海拽走，有人發話了，「新娘（郎）的腳不能沾地的。」

白洛因蹲下身將顧海背起，美女們眼含熱淚地看著白洛因把她們的白馬王子接走。

顧海伏在白洛因的背上，壞壞的凝望著白洛因英俊的側臉，玩味地調侃道，「你第三道題明明可以答對的，為什麼不說實話？」

白洛因斜了顧海一眼，「我怎麼沒說實話？」

「你說實話了麼？你說實話了麼？」顧海的嘴追著白洛因的脖子咬，「你敢說，你最愛的真是我的廚藝？不是別的方面的『才藝』？」

白洛因笑得臉都紅了。

38.

晚上七點鐘，婚禮邀請的賓客們紛紛開始入場。這是一個接近兩千平米，挑高十幾米的無柱水晶宴會廳，可容納一千多人。除了龐大的伴娘團、伴郎團以及彼此的親朋好友之外，還有一些不請自來的社會人士，這些人多半是和顧海有生意合作，還有前些日子捐贈燈具的受捐人代表，藉此來表達感激和祝福之情。

婚禮場地布置很精美，舞臺在中央，賓客席呈輻射狀環繞在周圍，營造了圓滿的氣氛。

楊猛下午就到了宴會廳，他和旁邊坐著的兩名工作人員都是本次婚禮的紅包統計人員。隨著賓客數量的增多，工作量開始加大，楊猛負責清點，旁邊的人負責記錄。因為禮金數額龐大，所以要用一排保險箱存放，保險箱一滿，就有士兵將其押送走，再換下一批。

「張小梅，一六八八元。」

「蘇輝，二八八八元。」

「張成，一八八八八元。」

從楊猛開始清點到現在，從他手裡溜走的紅色鈔票不計其數，少則一、兩千，多則十幾萬。就算一個普通的公司員工，到了這種地方，沒個幾千塊都拿不出手。楊猛把壓箱底的錢都掏出來了，不過才湊了八八八八，他愧對老同學，所以才自動請求來這打打工。

閻雅靜和佟轍一起來的，楊猛看見佟轍，笑著調侃了一句。

「姐們兒，來了？」

「早知道是你負責清點，我就兌換成一元紙幣了。」說罷朝楊猛遞過去一張卡，「刷一三二四○○。」

「姐們兒你真豪氣！你是目前為止金額最高的。」

輪到閻雅靜了，後者也拿出一張卡。

「刷一三一四○一。」

佟轍深感無語地斜了閻雅靜一眼。

很快，尤其在保鑣的護送下高調入場，楊猛正在忙著清點別人的紅包，沒看見尤其朝他走過來，直到一個聲音在他耳旁響起。

「五二一五二一。」

楊猛頭也不抬的說，「設這麼一個銀行卡密碼不怕被偷麼？」

「這是隨禮金額。」

聽到驚人的數額和熟悉的聲音，楊猛嗖的抬起腦袋，尤其的酷臉出現在他的面前。

你大爺的……楊猛心裡暗暗說，隨這麼多，故意寒磣我麼？

「不愧是老相好，真夠意思！」一邊恭維著，一邊在刷卡機上多輸了一個零，遞到尤其面前。

尤其幽幽一笑。

「結婚送紅包，刷卡不吉利，我是帶現錢來的。」

楊猛的臉瞬間籠罩上了一層霧霾。

「麻煩你給清點一下吧！」

楊猛找了四、五個人和自個一起去數錢，數完錢回來，看到一個人沒隨禮直奔著貴賓席去了，楊猛當即追了過去。

「請問你隨禮了麼？」直言不諱地問。

周凌雲一開口，楊猛就感覺到了一股強大的氣勢。

「沒有。」

楊猛當即開口，「沒隨禮不讓吃飯！」

周凌雲還沒說什麼，劉沖從不遠處跑過來了，先給周凌雲敬了一個禮，而後將楊猛拉到一邊說道：「這是部隊的領導，也是白團長的領導。」

「領導也得隨禮啊！」

楊猛就是看不得人家不給錢。

劉沖又說：「他隨禮了，只不過沒隨錢，隨的是煙花和禮炮，最少價值十幾萬。」

楊猛突然間想起下午來的時候看到的那幾門禮炮，炮管的口都能把自個塞進去。

周凌雲朝楊猛走了過去。

「需要我去和你清點一下『禮金』麼？」

「不……不用了……」楊猛迅速找個錢堆扎進去了。

晚上八點鐘，宴會廳座無虛席，婚禮儀式正式開始。

全場暗燈，樂隊奏起激昂樂聲，追光燈閃起橫掃全場，足足一分鐘的燈光秀，氣勢恢宏，令人目不暇給。緊接著，高畫質大螢幕上出現兩張俊美的笑臉，賓客席上瞬間響起熱情的掌聲。

音樂逐漸變得柔緩，燈光也越發迷離，大螢幕上開始出現屬於兩個人的愛情紀錄片。從相識到彼此熟悉再到生離死別，從重逢到彼此折磨再到破鏡重圓，雖然只有短短的二十分鐘，可在場的每位賓客都能感受到那份痴戀和深情。

片尾音樂聲響起，燈光再次打亮，英俊瀟灑的主婚人出現在中央的舞臺上。現場又一次響起熱烈的掌聲。

「各位賓客朋友們，感謝你們來參加白洛因先生和顧海先生的婚禮，今天，我們一三一四個人齊聚於此，共同見證他們一生一世的愛情。」說完，自個在心裡呸了一聲。「下面，有請二位新郎隆重登場。」

顧洋往旁邊走了幾步，中間的舞臺開始緩緩地上升，一輛漂亮的車出現在眾人的視線中。緊接著，在所有人毫無防備的情況下，汽車突然爆炸了，賓客席頓時傳來驚呼聲。

然而，碎片很快從天而降，變成亮晶晶的糖果，砸落到每位賓客手中。

兩位新郎閃亮登場。

顧洋差點兒一個耳刮子掄上去，既然設計了這個環節，為什麼不告訴我？顧洋吃了一嘴的粉末，頭髮都給炸開了。

顧海搶過顧洋手裡的麥克風，朗聲和在場賓客說道：「剛才我們這個環節叫涅盤重生，雖然我們經過車禍，但是這場車禍也給我們帶來了新生，在這裡我要感謝我的堂哥顧洋先生！欸，哥，你怎麼激動成這副德性了？」

顧洋陰惻惻的目光斜著顧海，你丫絕對是故意的！

婚禮繼續進行。

「大家看我左手邊的這位新郎，真是人不可貌相啊！別看他長得面目可憎、賊眉鼠眼的，他幹的那些事還不如這張臉呢！可謂是集多種『優點』於一身，既有商人的奸詐，也有流氓的齷齪；既有傻子的沒心沒肺，也有市井小民的斤斤計較。此生最大的樂趣就是往自個腦袋上戴綠帽，幻想老婆是破鞋……

「再看我右手邊的這位新郎，此人是騙子裡的菁英，經常拿兩道豆腐腦的眼神去掩蓋金剛石的真身。他還是平民中的影帝，經常塑造成純良的小百姓、勵志的小軍官、不苟言笑的小領導……此人最大的樂趣就是給人洗腦，無論你有多頑強的意志，他都要逼你就範。」

賓客席上響起一陣鬨笑聲，這些人都覺得顧洋好幽默哦，好會調動現場氣氛哦，其實人家說的都是肺腑之言！

「下面，有請證婚人致詞。」

燈光打到周淩雲的臉上，他和顧洋交換了一個眼神，而後言歸正傳。

「顧海先生，你願意給白洛因先生做一輩子飯，洗一輩子衣服，暖一輩子被窩，時不時被拳打腳踢，受委屈還要給對方道歉，吃虧了還要誇對方厚道，每天大醋小醋歪醋邪醋一大桶，大氣小氣歪氣邪氣任你受麼？」

顧海想都沒想便說道：「我願意。」

家屬席位上的白漢旗微微勾了勾嘴角。

周淩雲的目光轉向白洛因。「白洛因先生，你願意讓顧海先生嘮叨一輩子，吃喝拉撒都受他管制，經常被莫名其妙地潑一身醋，時不時被某個犯渾的驢蹄子踢一腳，醉酒的時候陪著他犯二，衝動的時候陪著他犯傻麼？」

白洛因遲疑了幾秒鐘，在顧海緊張的目光投過來之後，嘴角揚起一抹輕笑。

「我願意。」

顧威霆的臉上露出一絲不易察覺的笑容。

周淩雲的目光往臺下四位父母以及一千多名賓客的臉上一掃，而後大聲宣布。

「從今天開始，白洛因先生和顧海先生正式結為夫妻，讓我們用最寬容的心去接受兩個真心相愛的男人，讓他們在我們的祝福聲中相愛到老。」說完，博得滿堂喝采。

兩位母親的眼圈都紅了。

「下面，請二位新人向你們偉大的父母敬茶致意，感謝他們二十多年來的養育之恩，更要感謝他們偉大的包容和無私的愛。」

白洛因和顧海走下臺，朝四位父母走去。

顧洋陰著臉看向周淩雲。

「你丫把話當屁放麼？」

「我臨時改變主意了。」

「改變主意為什麼不提前告訴我？改變主意幹嘛還給我使眼色？」

周淩雲一副理所當然的表情，「我給你使眼色就是告訴你，我改變主意了。」

「……周淩雲，咱倆沒完！」

恭恭敬敬地向父母敬了茶，喜滋滋地拿到了改口紅包[45]，兩位新郎又回到舞臺上。

「請你們說出對方身上最美的部位。」

顧海先接過麥克風，就在白洛因惴惴不安的時候，突然聽到顧海說了一個字。

「手。」

白洛因低頭看著自個布滿傷疤的手，心突然被某種情緒灌滿了。

他接過麥克風，朗聲說了句。

「全部。」

掌聲伴著濃濃的溫情彌漫了整個宴會廳。

「下面請開始你們的愛情宣言，每個人講出一句最想和對方說的話。」

顧海腦中千頭萬緒，卻想不出一句可以將所有感情表達出來的話。

久久之後，還是白洛因先開口的：「我愛你。」

這句話一說出口，整個宴會廳都沸騰了。

顧海卻突然轉過身背朝著白洛因，用手捂住臉……

顧洋提醒了一句，「到你了。」

顧海沒吭聲。

顧洋湊過去，看到一滴眼淚從顧海的指縫間滑落。

這一刻，顧洋心裡說不出是什麼滋味。

他踹了顧海一腳，訓道，「瞧你這沒出息勁的，趕緊著，都等著你說話呢！」

45：婚禮上長輩給新人的紅包，象徵新人以後將改口喊「爸、媽」。

顧海胡嚕一下臉，轉過身，露出醇厚的笑容。

「我愛你。」

「接吻，接吻，接吻……」

在歡呼聲中，薄唇相依，十指相扣。

從此我們攜手一生。

番外篇 I

歡天喜地鬧洞房

I. 心有靈犀

晚宴結束，鬧洞房的時刻到來了。

周淩雲、顧洋、楊猛、尤其、劉沖、佟轍、閻雅靜等人一同尾隨顧海和白洛因去了他們的新房，也就是當年的小窩，已經被重新裝修過了，他們要在這裡度過一個不平凡的夜晚。

顧海和白洛因從電梯走出來，拿鑰匙開房門，結果發現房門打不開了。白洛因臉色一變，急切的朝顧海說：「快，快找一根細棍出來，咱們的房門被他們動了手腳。」

顧海從身上摸了很久，終於摸出一個耳挖勺遞給了白洛因。

白洛因就用一根耳挖勺不停地挖著鎖芯，顧海看到身後的電梯數字正在不停地上升，於是在旁邊一個勁地催，「快，他們已經到了五樓，八樓了，十樓了……」

數字跳到十八，白洛因的手腕一扭，門終於開了。與此同時，身後的電梯也傳來叮的一聲，七個人一起衝了出來。

白洛因和顧海猛的竄到屋內，迅速去關門，可惜這七個人已經擠到門口了。門差一個小縫沒關上，又被門外的一股強力推搡出一條大縫。白洛因和顧海拚了命去保衛他們的婚房，而外面的七個人更是不遺餘力地要闖進來。

兩個人和七個人作鬥爭，結果可想而知。

六個男人和一個女人面帶陰笑地闖入兩人的小窩，鬧洞房正式開始。

很快，白洛因和顧海被人扒得只剩下兩條內褲，赤條條地等著七個人的發落。白洛因還好，他和尤其、楊猛無仇，最慘的要數顧海，這裡面的每個人都和他有過一段「淵源」，他們可是憋足了勁兒要追繳回來。

「咳咳……」周淩雲示意大家夥安靜，「咱們就按照事先商量好的順序，第一個環節是『心有靈犀』，具體規則由劉沖為大家朗讀。」

一陣掌聲傳來。

白洛因和顧海非常默契地拋過去一個鄙視的目光。

劉沖清晰地讀道：「部隊偷用手機小竅門……呃……」感覺不對勁，立刻把紙條塞回褲子口袋，惶恐地看了周淩雲一眼，「拿錯紙條了……」說完，又著急忙慌地去翻另一張紙條。

周淩雲沉著臉開口，「回去用你所謂的竅門去士兵宿舍搜出十部手機來，少幾部你自個出錢買幾部，總之給我湊出十部來。」

劉沖哭喪著臉點頭。

楊猛在一旁偷著樂，尤其負責錄影，鏡頭剛一打開，就拍到了楊猛這張幸災樂禍的臉。他決定回去把這段鬧洞房的錄影做成專輯，封面就用楊猛的這個表情，生動形象地反應了他們七個人的猥瑣心態。

「這個環節的規則是這樣的，我們會在題板上寫上成語，一個人比畫一個人猜。猜對就算過，猜不對就要用菸頭在內褲上燙個窟窿。屆時我們會把菸頭插在花盆裡，受懲罰的人要被蒙住雙眼，另一個人指揮著他用內褲去觸碰菸頭，必須燙出一個窟窿才有效。」

白洛因抗議，「這樣肯定會燙到肉。」

「如果你們心有靈犀，他的心會告訴你該往哪邊移，該移多大尺度，肯定不會燙到你的。如果你挨燙了，那就證明你倆默契程度不夠。」顧洋在一旁站著說話不腰疼。

顧海鼓勵白洛因，「放心，就算答錯了，我也不會讓你燙到屁股的，更何況咱倆肯定答不錯。」說完，又問監督員閻雅靜，「有時間限制麼？」

「暫時還沒有。」閻雅靜說。

白洛因擰眉，「什麼叫暫時還沒有？」

記錄員佟轍發話了，「等超時了我們會提醒你的。」

周凌雲宣布遊戲正式開始。

第一個成語，白洛因比畫，顧海來猜。

三人行，必有我師焉。

這個簡單……白洛因心裡暗暗想道，他先把顧海拉到身邊，又拉過周凌雲，拽著他倆走了一段路。然後雙手抱拳朝周凌雲鞠了個躬，斜著眼看向顧海，顧海一臉糊塗的表情。而後白洛因又讓顧海雙手抱拳，也給周凌雲鞠了一個躬。

顧海恍然大悟。

「二龍戲豬（珠）！」

回答完畢，顧海還自以為是地勾了勾嘴角，好像在彰顯自個多高的智商，連諧音的成語都猜出來了。結果等他回頭看答案的時候，屋子裡的人都笑爆了，尤其手裡的攝影機不停地抖動，楊猛都快笑出闌尾炎了。

就算平日裡不怎麼愛笑的顧洋，這會兒都繃不住了，大手戳著顧海的胸肌，笑著讚道，「你真有才！」

周淩雲的臉綠得都快發霉了。

劉沖笑著提醒，「首長，按照規則，由您來提供菸頭。」

周淩雲當即掏出一根粗大的雪茄，點著了插進花盆裡。

你可真是我的恩師……白洛因心中暗暗想道。

眼睛被蒙上之後，顧海朝花盆走過去，他採取伏地挺身式，透過腹部下移去碰觸菸頭。因為他手臂的控制力比較強，可以很好地拿捏分寸，不至於燙到自個的皮膚。依照顧海的想法，他是想燙側腰的部位，這種地方無傷大雅，是最優選擇。

白洛因開始在旁邊小心翼翼地指揮著顧海。

「前面，再前面……再往左移一點兒，對，你的雙手可以支地了，緩緩下移，現在你離菸頭只有一公分了……」白洛因都冒汗了，「你可以嘗試著再挪那麼一丁點兒，感受到熱度沒有？對，那個位置就是菸頭，小心……小心……」

在夫夫倆默契的配合下，菸頭成功地在顧海的內褲邊緣著陸，他嗖的一下閃開，動作相當乾脆漂亮，只見內褲邊緣被燙出一個窟窿，裡面的皮膚完好無損。

顧海頗有成就感地站起身，用手解開眼罩，與此同時，下身一涼。

「哈哈哈哈！」

幾個爺們兒一陣瘋狂大笑，閻雅靜迅速把臉扭了過去。

我們的顧海大才子，他把內褲的鬆緊帶給燙斷了，沒了鬆緊性，內褲的上圍邊緣瞬間鬆垮，內褲很快掉到了腳跟底下。

「快把他內褲搶過來！」顧洋陰笑著喊了一聲。

白洛因趕緊衝過去，第一時間將顧海的內褲提上來，而後又衝過來三、四個爺們兒，鬨搶著去拽顧海的內褲。白洛因死死攥著顧海的內褲不放手，野狼一般兇悍地和幾個色狼抗爭，怒聲喝道：「你們自個沒長鳥麼？幹嘛非得看他的啊？」

「沒見過這麼大的。」楊猛嘿嘿笑。

顧海內褲都要被別人扯爛了，臉上還帶著肆無忌憚的笑容，人家笑的是他，他笑的是白洛因。頭一次見白洛因這麼著急的護著他，心裡樂得都快不行了。結了婚果然就不一樣了，知道是一家人了，知道維護自個的老公了。

鬨鬧暫告一個段落，顧海用別針將內褲別住，開始下一道題。

這道題由顧海比畫，白洛因猜。

地大物博……多麼難以去表達的一個成語，如果能開口還好一點兒，光用肢體語言來描述這樣一個成語，著實有點兒難度。

「行不行啊？」顧洋開口了，「不行就直接準備菸頭吧！」

白洛因給了顧海一個鼓勵的眼神，你要相信咱倆的默契程度，無論多晦澀的手勢，我都能明白你在說什麼。

於是，顧海把白洛因的手放在了小海子上，然後又把他的手拿下去，搖搖頭表示不行。

白洛因冥想片刻，眼前一亮。

「弟大勿勃。」

此言一出，顧海一把摟住白洛因，你果然是我的心肝，太尼瑪了解我了！

眾人皆驚——這都可以？

白洛因倖免於難，下個成語，又輪到顧海猜了。

無稽之談……心裡默默念叨著，然後曲解到兩人的慣性思維上，最後把目光投向那個剛剛一直叫喚著要看大鳥的楊猛身上，邪笑著走了過去。

楊猛還沒明白咋回事呢，白洛因就把顧海的手按在了楊猛的褲襠上。

「無雞之談！」顧海當即回答。

楊猛瞬間就愣住了，隨後又是一陣爆笑聲，尤其的攝影機都砸到地上了，太尼瑪搞笑了！

楊猛的兩腮撐得都快爆炸了，誰說我沒雞？我的雞只是深藏不露而已！真要伸出來，絕對嚇死你們！說到這，不得不提一下楊猛引以為傲的本事。在他小的時候，所有男孩的鳥都一樣大，他們經常站成一排，比誰尿得最遠，楊猛總能尿到所有人前面。打那開始，他就一直覺得自個的鳥是全世界最強悍的鳥。

白洛因和顧海擊掌表示合作愉快。

下一個成語，又輪到白洛因來猜。

夫唱婦隨。

顧海想了想，他把佟轍和閻雅靜拽了過來。先是用手扼住佟轍的兩頰，佟轍的嘴被攥變形，發出含糊不清的聲音。而後又攥住閻雅靜的兩頰，再把她的嘴箍住，強迫她發出嗚嗚聲。

按照正常思維，看到這一幕，白洛因應該能猜得八九不離十，關鍵是他的思維已經被顧海帶扭曲了。「夫唱婦隨」這個成語在白洛因腦中一閃而過，緊跟著扭曲成了邪惡的版本。

「雞同鴨講！」

噗的一聲，顧洋嘴裡的水噴出去了。

這個成語猜得太解恨了！

屋子裡又飄出一陣瘋癲的笑聲。

佟輟直接掏出一桿菸斗。

2. 咱們老二有力量！

這一次，白洛因採取紮馬步式去觸碰菸頭，因為他腿部的力量比較足，這樣做更容易掌控身體的協調性。隨著身體的下移，顧海的精神越來越緊張，不停地告誡白洛因要慢慢移，慢慢移，結果挪了三分多鐘，白洛因距離菸斗還有三、四公分。

「你能不能快點兒啊？」佟轍叼著菸頭在旁邊催促。

白洛因要燙的位置在屁股蛋兒，顧海是真怕出點兒什麼意外，讓這片最完好的皮膚出現瑕疵，那等於剜下他一塊肉啊！正想著，白洛因已經憑藉身體感覺去尋找熱源了，距離菸頭只有不到一公分。

顧海眼珠子都要瞪出來了，「慢一點兒……慢一點兒……」

白洛因幾乎是一毫釐、一毫釐地移動，終於，他的內褲已經接觸到了菸斗，熱煙熏得他一個激靈。他心一橫瞬間到位，然後迅速彈起，一個藝術性的窟窿就這樣烙在內褲上。楊猛的心也一直揪著，手裡端著的那杯水不知道灑出去多少，這會兒瞧見白洛因沒事，起步往中間走，結果，鞋踩到水瞬間一滑。

整個人撲倒在白洛因的身上。

白洛因一屁股坐在菸斗上！

滋滋……烤家雀兒的香味就這麼彌漫在整個房間內。

顧海大驚失色，一個箭步衝到白洛因面前，先把壓在他身上的楊猛撇出去，然後趕忙拽起白洛因，第一時間朝他的內褲上看去。我滴個天啊！原本一個小窟窿，這會兒成了個大洞，裡面的肉都焦了，灑點兒孜然粉真的能吃了。

顧海呲呲[46]楊猛，「你丫幹什麼呢？」

尤其趕緊放下攝影機跑過來解圍，「沒事，這菸頭是特製的，除了燙點兒以外，對皮膚沒有損害。」

「那我給你一下子試試！」顧海說著，就把菸斗朝尤其伸去。

尤其趕緊拽著楊猛一起跑。

白洛因試著把手順著窟窿伸了進去，摸到那塊硬皮，撕下來才發現像是狗皮膏藥一樣的膠狀物，剛才的糊味兒應該就是這東西散發出來的，事實上他的皮膚沒有任何事。

「疼不疼啊？」顧海還是挺心疼地問。

白洛因用手搓了搓，「還成，就是剛燙的那一下夠刺激。」

劉沖挺較真地埋怨尤其，「你怎麼把菸頭的事兒禿嚕[47]出去了？他們知道了祕密，懲罰起來就沒效果了。」

尤其二話不說，拿起一個菸頭就朝劉沖的大腦門戳了上去。

劉沖嗷的一聲竄了起來。

「有效果不？」尤其問。

劉沖使勁搓著腦門，「有……有……」

屋子裡緊張的氣氛一下變得緩和，猜謎的遊戲繼續進行。

又輪到顧海猜了。

望眼欲穿。

白洛因琢磨了一下，很快替換成「忘掩欲穿」，於是拿起旁邊的衣服，一副要穿上的樣子。後來見顧海沒反應，他又把衣服放下，特意用手捂住赤條條的身體，體現一種沒穿衣服的狀態，然後又拿起衣服，一副要穿的模樣。

顧海揚起一個唇角，「欲拒還迎！」

屋子裡的人立刻開始喝倒采，搶著過去插菸頭。因為已經知道菸頭不會燙壞皮膚，這次顧海直接挑了內褲上一個無關緊要的部位，飛速頂上去，狠疼一下過後，內褲又多了一個窟窿。

下一個成語：以靜制動。

顧海腦中突然閃過一絲邪念，他將白洛因推倒在沙發靠背上，用胯下飽滿的一坨肉去戳白洛因的臀縫兒，不雅的肢體語言立刻引來陣陣口哨聲。

「幹嘛啊這是？我們還沒走呢，就要提槍上陣啊？」佟轍邪肆的笑容溢在嘴角。

劉沖也趁機起鬨，「你們要是表演一段，這題就算你們答對了。」

顧海不搭理他們，直接朝白洛因問，「猜出來了麼？」

這群人愣是沒看出這個成語和他們的動作有什麼關係。

儘管白洛因不想開口，可為了避免被燙，還是試探性地回道，「以莖制洞？」

46：斥責。

47：說溜嘴。

此成語一說出口，眾人立刻碉堡了，久久之後，屋子才炸開鍋，全都佩服得五體投地。真尼瑪是流氓中的天才！各個詞都能扯到黃事上，不讓他倆表演真是屈才了。

一直處於沉默狀態的領導者周淩雲開口了，「都別吵吵了，咱讓他們開口解釋一下，這以莖制洞究竟怎麼制？」

一句話惹來陣陣邪惡的笑聲。

只有閻雅靜羞赧地捂住臉，「哎喲……你們這群男人可真是的！幹嘛還讓他們開口講啊？直接示範一下不就完了麼？」

一語驚醒夢中人，六個男人和一個女人蜂擁而上，一個勁地煽動二位新人，「快點兒啊！快點兒啊！不表演我們可要上煙囪了！燙死了別賴我們！」

顧海示意性地用下面撞了白洛因一下，沒敢死乞白賴的，怕動真格的，小海子就要竄出來了。白洛因俊臉通紅，當即起身又把顧海按在沙發上，也在他後面撞了幾下。

屋子裡的氣氛簡直要引爆了，一群男人起鬨，「脫了來，脫了來！」

顧海當即還口，「差不多得了，別沒完沒了的，我們家孩子臉皮薄。」說罷，用兩隻大手將白洛因發燙的臉頰捂住。

猜謎遊戲繼續，儘管兩人配合默契，可免不了有失手的情況。五十個成語猜完，內褲被燙得都是眼兒，毛毛都鑽出來了。好在關鍵的區域沒有經受菸頭的洗禮，仍被幾塊破布遮擋著，就算是驚險逃過一劫。

白洛因和顧海擊拳表示合作愉快。

佟轍冷笑一聲，清清嗓子，「據統計，你倆一共超時五十分鐘，按照規則，應該由我們七個人每人用菸頭往你們身上燙五十下。」

顧海當即瞪眼，「你剛才不是說超時會提醒我們麼？」

佟轍攤手，「我這不是提醒你們了麼？」

劉沖一揮拳，「同志們，衝啊！有冤的報冤，有仇的報仇，過了這個村可就沒這個店了。」

可憐的小倆口，就這麼被眾人圍堵在中間，被燙得嗷嗷叫喚，還不能生氣不能反抗，鬧洞房圖的就是一個歡騰，較真就不吉利了。所以疼出眼淚來也得嗆著笑容嚥下去，誰讓平時幹了那麼多缺德事呢？

最後的結果就是顧海的內褲徹底被燙成了魚網，就剩下幾根線在那綁著。白洛因也沒比他強多少，僅存的那一塊布還是顧海用手護住的，手背都給燙黑了。

「我想知道這個餿主意是誰出的？」白洛因掃視著幸災樂禍的七個人。

劉沖回道，「剛才我已經念了具體分工，沒念到誰，誰就是策畫人。」

白洛因和顧海交換了一個眼神，開始挨個排除。尤其是錄影師，周凌雲是組織者，劉沖是執行者，閻雅靜和佟轍是監督者。就剩下顧洋和楊猛了，兩人不約而同地把目光投向顧洋。

顧洋冷傲地挑挑眉，「別看我，我就是個瞧熱鬧的。」

難道是……兩人又把視線轉到楊猛臉上，楊猛謙虛地笑笑，「其實我也是效仿別人的招數，再加上一點兒個人的創意……」

白洛因當即磨牙，「你丫這輩子也就精了這麼一回，還尼瑪沒用在正地方！」

楊猛嘿嘿笑了兩聲。

鬧洞房繼續，第二個遊戲叫「咱們老二有力量」！一聽這個名字就猜到八九分了。具體規則就是，一方屁股上綁一塊固體，另一個人的老二被硬東西套住，然後用力去戳那塊固體，戳穿了就算過關。

在戳的過程中，施力的一方要不停地問：「進去了麼？」如果沒進去，受力的一方要不停地喊：「老公使勁捅！」如果進去了，就喊「老公你真棒」！

本來放在一般夫妻身上玩，都是一塊海綿和一根香蕉，只要把香蕉對準海綿中間的窟窿插進去就成了。但是考慮到顧海和白洛因超強的體力，用海綿和香蕉太屈才了，遂改為膠狀固體和鐵皮外罩。

兩人商量之後決定一起來，全部是前後武裝，到時候看情況調整位置，誰強誰來做施力方。

但是問題出現了，要想把老二用硬東西套住，必須得先把老二弄硬，而且要當著眾人面。面對十四道賊兮兮的目光，一般人誰硬得起來啊！可顧海和白洛因就不是一般人。

顧海把手伸到白洛因腰上，撓癢癢一般地彈了幾下，白洛因身下的小東西立刻開始抬頭，看得眾人目瞪口呆。這也太強悍了吧？話說白洛因的腰上是有開關麼？一碰就立刻有反應……

顧海相當有成就感地蔑視眾人一眼，你們還想趁機看段表演？甭作夢了！壓根就用不著！他身上的哪一個部件都是我的，我碰哪哪就起反應！

這幾個人以為顧海夠神了，結果白洛因更神，他的手都沒碰到顧海，光是湊到他耳邊說了一句話，顧海下面立刻一柱擎天，下藥都沒這麼快的速度！

事到如今，顧洋不得不承認，這兩人真是天造地設的一對。

3.雞飛蛋打

關於誰先誰後的問題，兩人還是採取傳統的辦法——石頭剪子布。

事實證明，在划拳這一方面，顧海的確不是白洛因的對手。人家划拳憑藉的是運氣，白洛因划拳走的是心理戰術，他只要在划拳之前朝顧海看一眼，基本就能猜到他想出什麼。

於是準新郎的角色就由白洛因來扮演，偽新娘的角色自然就是顧海的。

顧海順從地擺出九十度的姿勢抵在牆上，白洛因站在他的身後，掏出全副武裝的小因子，開始了他的征服之路。

剛撞了一下，周圍就響起一陣起鬨聲。

白洛因找了一下感覺，發現綁在顧海身後這個東西摸起來不硬，但是想戳穿卻不是一件容易的事。也不知道是什麼材料做的，彈性相當強，撞擊的時候要用很大勁才能撬開一個孔，結果收回來沒一秒鐘就恢復原狀，再次撞擊還需要相同的力才能撬開。所以，想要成功捅進去，不僅需要力量，還需要速度。

白洛因找到竅門之後，開始展開威猛攻勢，每撞擊一下，旁邊的伴郎團就跟著吼一聲，雷翻了站在一旁的閻雅靜。姑且不說這畫面有多限制級，就說這個讓她暗戀了五年的男人，居然也有受制於人的時候。

「你忘了喊口號了。」楊猛在一旁提醒。

白洛因大汗淋漓地停下來，扭頭看向楊猛，「喊什麼口號？」

尤其在鏡頭後面幽幽的提醒，「就那個……什麼……什麼進去了沒……」

白洛因恍然大悟，再次提槍上陣，剛才一舉攻陷的地域竟然被封死了。白洛因簡直要瘋了，這玩意兒是什麼東西做的？怎麼說句話的工夫就能黏合得這麼緊緻？

無奈之下，白洛因只好重頭再來。

又是一陣力量強勁的腰部擺動，這一次白洛因謹記規則，不時的朝顧海問：「進去了沒有？」

幸好顧海腰桿子結實，要是換了別人，早就被撞得貼到牆上了。他特想提醒白洛因一句，你這樣的方式不對，既耗體力又沒什麼效果，你得找到技巧！當然，這種話顧海是說不得的，真要讓白洛因開竅了，他唯一可以占便宜的領域都喪失了。

所以，顧海只能說，「使勁捅！」

不料，一向嚴謹的劉沖在旁邊開口了，「你前面落了兩個字。」

「對，把那兩個字補上！」

於是，平日裡威風凜凜、睥睨眾生的顧海，這會兒在七個人的目光高壓下，不得不輕啟薄唇，道一聲，「老公……使勁捅！」

白洛因噗哧一聲樂了，前功盡棄，事後狠狠揪扯自個的腦門，你咋這麼沒出息？他叫你一聲老公，你就美成這樣？

「要不換個人吧？」佟轍用手刮了一下鼻子，「我看你夠嗆啊！」

白洛因當即黑臉，「要不你試試來？」

你丫能撞出一條縫我就服你！

佟轍還真沒含糊，「試試就試試。」

結果，剛走到顧海的身後，白洛因就意識到了什麼，當即把佟轍甩到一旁，「憑什麼讓你試？有你什麼事啊？差點兒上了你的當！」

而後接著奮戰，這次力道更猛，顧海的腰都給震麻了。嘴裡喊著老公使勁捅，其實心裡在說，你還是悠著點兒吧！別把腰閃了！

挺了二十多分鐘，白洛因終於敗下陣來。

這下換成顧海上。

眾人屏氣凝神，目光專注的盯著顧海看，他們不知從什麼管道打聽來的八卦，據說顧海那方面的功夫相當之強，今兒這個遊戲就是為了印證這個流言是否屬實。

顧海出場的那個架勢，就宣告了他在房事上面的控制權。

白洛因參照顧海剛才的姿勢，雙手抵牆，腰身微微挺起，渾圓的臀形暴露在眾人的視線之中。顧海幾乎無需準備，單刀直入，上來就是重頭戲。他根本不把這當成遊戲，只要腦子裡想著，把這個東西戳穿了就能進到白洛因的身體裡，顧海就幹勁十足。

強有力的腰部震動，響亮的撞擊聲越來越密集，從幾個分散的點連成一條線，乃至一個面。顧海儼然比白洛因的技術好多了，前後夾擊，左右開弓，深淺有度……自打侵入到那塊膠狀固體裡，就沒再退出來，一點一點地深入。

就連威猛過人的周淩雲，此時此刻都不禁感歎，年輕就是好啊！

佟轍朝旁邊瞥了一眼，閻雅靜正呆愣愣地欣賞著。他輕咳一聲，「後悔了吧？」

閻雅靜回過神來，下意識地問了句，「後悔什麼？」

佟轍不痛不癢地說，「後悔當初沒給他下藥啊！即便得不到他，和這樣的男人春宵一刻，也算是配得上妳這個處女身了。」處女倆字，佟轍咬得很重。

眾人的視線齊刷刷地投了過來，全用看國寶的目光看著閻雅靜，大妹子，妳是處女麼？我怎麼一點兒都沒看出來！

閻雅靜那張臉紅得像秋後熟透了的大柿子。

尤其一邊錄影、一邊喃喃自語道，「我總算弄清楚他倆誰上誰下了。」

楊猛湊過來，一副八卦的面孔對著尤其。

「你咋看出來的？」

尤其騰出半張臉對著楊猛，「這麼明顯你都沒看出來？」

楊猛還沒說話，劉沖把他拽過去了。

「你倆聊啥呢？」

楊猛鄙夷地斜了尤其一眼，而後小聲朝劉沖說：「他剛才和我吹牛B，說他能看出白洛因和顧海誰上誰下。」

劉沖驚詫，「咋看出來的？」

楊猛當即一拍巴掌，「瞧瞧，我說得沒錯吧？壓根就看不出來！」

尤其肩膀一歪，差點兒和攝影機一起側翻在地。

顧海已經成功戳開一個大洞，開始朝白洛因的臀部進發，結果越到後面，這個膠狀物凝固得越是緊密，儘管顧海戴的這個鐵皮套前端是尖的，可也禁不住這麼被夾著。旁人提醒顧海要喊口號，顧海差點兒把這事給忘了。

當即問道：「進去沒？」

白洛因費勁巴拉地回了句，「老公……使勁捅……」

這五個字一脫口，顧海瞬間就活了，一雙眼睛曜石般閃著精猛的神光，箍著白洛因腰身的兩隻大手爆出青筋，兩條有力的長腿像是穩固的機關槍托架，上面的那根棍真就是名副其實的機關槍，射速和力量都是一流的。

屋子裡響起一陣猥瑣的喝采聲，顧海性感的側臉帶著魅力四射的風采。

眼看著就要撐破了，就差薄薄的一層膠質，顧海刻意表現出體力不足的模樣，大汗淋漓，呼哧亂喘，斷斷續續地問：「進去沒？……進去沒？」

為了趕緊熬過這個環節，給顧海加油鼓勁，白洛因只能不停地說：「老公，使勁捅。」

每聽見一次，顧海的身體就會即刻蓄滿能量，惹得衆人連連拍手叫好。

爽死了！顧海已經忽略掉了分身撞擊硬物的那種疼，滿腦子都是白洛因喊出的話。如果每次在床上，他都可以如此熱辣放蕩，不需要別人逼迫就說出這種話該有多好。幻想著，就聽見「啪」的一聲響，固體膠硬是被戳穿了。尤其端著攝影機的手抖了一下，忍不住唏噓道，「這貨太強了。」

楊猛還挺不服氣的，「那東西很硬麼？我捏的時候覺得挺軟的。」

顧洋從旁邊拿出一個備用品扔給楊猛，楊猛戴著鐵罩試了一把，等尤其想攔著他的時候已經晚了，楊猛狠狠這麼一撞，只聽見公雞打鳴一樣的嘶叫聲，楊猛臉上的血色頓時被抽乾，倒在地上不省人事。

好一會兒，衆人才將疼休克的楊猛掐醒。

第三個遊戲更損，名字叫「雞飛蛋打」。規則就是一方的老二上面綁個沖天炮，撚子做得相當長，另一方的手背上被灑上膠水，膠水乾了之後會迅速黏結在皮膚上。遊戲開始之後，一方的撚子被點著，另一方只有把手背上的膠水全部弄乾淨，才能過去把撚子撲滅。如果撚子燒到頭了，另一方的膠水還沒弄乾淨，那就如遊戲名所說……

這個遊戲的寓意就是，只有把外來的雜念全部清除掉，才能解除另一半的心理危機，以最乾淨明朗的身心度過其後的洞房花燭夜。

說得挺好聽，其實就是折騰人。

危險的任務由顧海來執行，技巧上的東西由白洛因來操縱。

「開始！」

白洛因眼睛觀察了一下火星子流竄的速度，發現不出兩分鐘，顧海就要雞飛蛋打了。他必須要在兩分鐘之內把手上的膠水除去，丙酮是不能用了，一方面家裡沒有，另一方面需要五到十分鐘，根本就來不及。

眼瞧著火星子竄了三分之一，這會兒白洛因才表現出他對小海子的緊張和在乎。他想出一個方法，搶過劉沖手裡的膠水，倒在被灑膠水的地方，讓乾涸的膠水再度被溶解，然後迅速去屋子裡洗手。

可惜，他晚了一步，當他打開水龍頭的時候，膠水又黏上一層。

「撚子燒了一半了！」佟轍在裡面壞心眼地提醒。

白洛因再次倒膠水，洗手，這次速度快，但不夠乾淨。外面提醒的聲音再次響起，白洛因真急了，嘩啦啦倒了好多膠水在手上，開始在水龍頭底下瘋狂地搓洗。你可以想像一個人洗手洗得水花四濺，頭髮盡濕麼？白洛因的這一個剽悍的舉動出賣了他的兩個屬性：一就是生活自理能力差，二就是愛小海子如命！

終於，手上的膠水被洗掉，白洛因猛地朝顧海的胯下撲去，在距離小海子不到十公分的地方，白洛因驚險地將撚子掐斷。

火星子就在眼皮底下飛濺。

好險！白洛因拍拍胸脯。

然後他發現一屋子的人都笑了，包括顧海。

原來顧海胯下綁著的沖天炮和地上的撚子壓根沒連著。

白洛因兇神惡煞地走回廚房，端起一盆水，就朝外面的人潑去。可惜這會兒怎麼折騰都沒用了，縱使這幾個人再怎麼狼狽，也掩蓋不了白洛因全身濕透的事實。他那剽悍的洗手動作深深地烙印在了每個人心中，從此他們讀懂了悶騷男人。

「哈哈哈哈……」

笑夠了，顧洋走到白洛因面前，手裡拿著那瓶「膠水」。

「其實這不是膠水，是一種除疤的凝膠，塗上一分鐘就可以揭下來。這是我們公司生產的高端護膚品，對於什麼疤痕都有效，你可以試著整整你的手。」說完塞到白洛因手裡，「算是我送你的新婚禮物。」

周淩雲也走過來拍拍白洛因的肩膀，「看到你方才的表現，為師可以放心地讓你們入洞房了，哈哈……」

「對啊，我們也得走了！」

「不耽誤你們了。」

「你們小倆口抓緊時間幹正事吧！」

說說笑笑間，七個人全都走了，喧鬧的房間瞬間安靜下來。

4. 洞房花燭夜

夜色爛漫，落地窗外的月光偷偷潛入屋內，在婚房的地面灑下斑斑駁駁的靚影。

房間內的燈全部關了，只剩下一根根的彩燭，在這溫暖朦朧的燭光中，一對新人藏在嶄新的被子裡，手指在鍵盤上飛速地流竄著。

「你算出來了麼？」白洛因探頭過去，「禮金總額一共是多少？」

顧海仔細看了一下螢幕，念道，「三千多萬吧！」

「這麼多？」白洛因深感震驚。

顧海點點頭，「有幾個人出手挺大方的，比如咱們的合作商、我爸的老朋友，包括尤其。李爍和虎子雖然在國外沒趕過來，可也隨了幾百萬，其他人大概就是幾千塊到幾萬塊不等……」

白洛因沉思片刻，對著自個面前的螢幕說道，「婚宴酒席一共一百一十八桌，一桌九九九九元，花銷大概是一百二十萬。酒店工作人員的紅包發了十幾萬，加上婚房裝修，購買衣服首飾和婚禮用品的錢，總花銷大概是五百來萬，這樣我們淨賺了兩千多萬。」

「你算父母給的改口費了麼？」顧海提醒。

白洛因一捶腦門，「哦……讓我給忘了，我還沒打開紅包呢。」說著迅速下床，將顧威霆塞到手裡的紅包拿出來，偷偷摸摸瞧了一眼，先是愣了一下，而後咧了咧嘴角，看來他對這個數額十分滿意。

「多少？」顧海好奇地把頭湊過來。

「十天額外假期。」白洛因一副顯擺48的表情，「應該是咱爸在組織內部幫我協調爭取的。」

顧海心情一陣激盪，臉上卻表現得很不屑，「就這麼點兒獎勵，他也拿得出手？」

「這種東西就是個心意，不能用錢來衡量。」白洛因說著又朝顧海問，「我爸給你多少？」

「我不告訴你。」顧海裝得挺神祕。

白洛因把電腦往旁邊一推，猛地朝顧海撲了過去，一邊蹂躪一邊逼問道：「快點兒說，到底多少？」

顧海頑抗了好久才招任，「咱爸沒送我錢，也是一份特殊的心意。」

「什麼心意？」

「咱爸不讓我告訴你。」

「你丫和誰親啊？」白洛因把顧海胸前兩點當螺絲擰，刺激得顧海嗷嗷直叫喚。

「和你親，和你親……」告饒般的語氣，「咱爸的紅包裡是這麼寫的：我以白洛因之父的名義，特賦予顧海同志如下權利。一，白洛因必須要改口稱呼顧海為老公，每天至少呼喚十次；二，白洛因不能再對顧海實施家庭暴力，要把力氣用在床第之事上，盡心盡力服侍自個的老公；三……」

顧海還沒說完，胸前兩點就被揪起三公分，扭了三道彎。顧海不甘示弱，又把手朝白洛因的腰上伸去，惡劣地抓撓捅刺。兩人很快在床上展開一場「惡鬥」。

「好了、好了……不鬧了……」顧海穩住白洛因，「咱去洗漱吧，洗漱完了再上床睡覺。」

「咱不是洗過澡了麼？」

「剛才不是又摸了電腦麼？再去洗洗手、洗洗臉。」

白洛因嫌費事，大頭一扎不動彈了，「你去洗吧，我直接睡了。」

「不行！」顧海果斷反對，「以前你什麼樣我就不追究了，現在我是你老公，我有權管你。起來！麻利兒的！」

白洛因睜開一隻眼，瞧見顧大帥耀武揚威地站在他面前，一本正經的模樣好像真的當家作主了一樣。忍不住噗哧一樂，被顧海黑臉加詐唬地拽進了浴室。

「我自個洗！」白洛因說。

顧海將白洛因的手打落，擠了一些洗面乳，朝白洛因的臉上塗去。兩個人面對面而站，顧海耐心仔細地將白洛因臉上的洗面乳塗勻，白洛因閉著眼，很安靜的享受著顧海的私人服務。

「你的皮膚屬於敏感型的，每次晚上玩完電腦不洗臉，第二天準起痘。」顧海挺認真的說。

白洛因想睜開眼看看顧海，卻被他敲了一下腦門，「閉上！小心泡沫跑到眼裡。」

白洛因想開口說句話，又被顧海擰了一下臉頰，「閉上！小心泡沫跑到嘴裡。」

等到臉上的水珠被毛巾擦乾，白洛因睜開眼，顧海已經轉身去拿護膚品了。

「我……」剛要開口說話，顧海又轉過身，把手裡的護膚品均勻地塗抹到白洛因的臉頰上。感受著顧海大手體貼的撫摸，白洛因心裡從未有過的溫暖。

「這麼看著我幹嘛？」顧海揪了白洛因的鼻子一下。

白洛因沉默了許久，才訥訥地說道：「咱倆是兩口子了。」

顧海的手頓了一下，「怎麼了？有什麼不對麼？」

「沒。」白洛因像是才反應過來似的，嘿嘿笑了兩聲，「挺好。」

顧海被白洛因難得流露出的傻樣兒逗樂了，當即朝他的嘴上咬了一口，輕語道：「以後就是一家人了，我窮了、潦倒了，你也得跟著受罪；你瘸了、殘廢了，我也得伺候你一輩子。」

牆壁上的彩色燭光微微閃動著，將屋子裡的氣氛烘托得如此溫情和諧。難得一貫猴急的顧海，今晚也醉倒在這溫柔鄉裡，久久都不捨得解開愛人的衣服，唯恐懈怠了這珍貴的一晚。

最後，還是白洛因先翻身將顧海壓住，舌頭在他的唇邊勾勒著，眼睛半睜半瞇地掃向顧海，在他的雙眸裡掀起驚濤駭浪。

顧海的手煞是溫柔的在白洛因光裸的脊背上摸索著，沿著蜿蜒的曲線，一路向下探到溝壑處，再不動聲色地返回，反反覆覆，直至白洛因的呼吸越發急促粗重，看著他的眼神愈加迷醉動人。

「你看看你給我擰的。」顧海指著自個的胸前兩點，朝白洛因控訴道，「兩個都腫了，給我揉揉……」

白洛因直接用嘴含住，溫柔地撫慰著兩只被自個蹂躪個半死的小紅果，惹得顧海頻頻悶哼。雙腳伸到白洛因胯下，夾住小因子，惡劣地用腳背去磨蹭白洛因的敏感地，用腳趾夾弄頂端的溝口，直至白洛因嘴裡吸吮的動作越凌亂，喉嚨裡發出殘破的哼吟聲。

兩人面對面而坐，這一次，顧海沒再霸道地侵犯白洛因，用種種手段逼迫白洛因就範。僅僅是兩人的結合，沒有誰壓制誰的心態，用最平等坦誠的心去迎接人生的另一個身分。從今晚起，我是你的老公，你也是我的老公。

白洛因抬起顧海的雙腿，侵入他的體內，霸道地宣誓自個的所有權，動情地啃咬著顧海的鎖骨和胸肌。顧海又把白洛因抱到腿上，托著他敏感的腰身，看著他最迷人的部位反覆吞吐著自個的命根，嘴裡發出魅惑的急喘聲……

「顧海……」白洛因痛苦的嘶吼一聲，先將熱露灑在顧海的體內。

拔出來之後，顧海輕輕托起白洛因的臀部，往胯下一按，再將硬如烙鐵的命根挺入白洛因的體內，瘋狂的律動起來。

「媳婦兒，媳婦兒……」顧海甜膩地喚著，牙齒啃咬著白洛因的臉頰、胸口，像是要把他吞到肚子裡。

深到極致的一個穿刺，白洛因牙關死咬，脖頸揚起，一股灼熱的液體存留在體內。

顧海緩緩地從白洛因的身體退出，分身依舊硬挺著，被白洛因一把攥住，惡劣地褻玩著。

顧海呼吸粗重地看著白洛因，邪邪一笑，大手將白洛因摟至懷中，依舊將白洛因的手按在自個的胯下，故意在他耳邊煽動磨蹭，「剛才他們嚇唬你，把沖天泡栓在我的褲襠上，你怎麼急成那樣？你不是說不喜歡我這玩意兒麼？嗯？」

白洛因裝作沒聽見。

顧海啃咬白洛因的耳朵，非要逼著他承認，「你到底喜不喜歡啊？喜歡我可就讓它伺候你一輩子了，不喜歡我就趕緊讓它下崗，免得天天招你膈應。」

被逼問了很久之後，白洛因才繃著臉說道：「行啦！你不就想讓我誇它幾句麼？我現在就滿足你，它是京城第一粗，中國第一猛，世界最快律動速度，宇宙無人能敵持久時間……離開兩天我就想它，沒它我活不了。」

顧大猛男一陣狂野的笑，而後將白洛因按在床上，從上到下的親撫，連腳趾都不放過。親到白洛因腳心的時候，白洛因笑得腹部肌肉都打結了，連連哀求，「別……太癢了……」

「就是要讓你癢……」顧海用舌尖在白洛因腳心上寫了兩個字：「改口。」

白洛因當作沒識別出來，最後整個身體都被顧海架起，兩隻腳壓在腦側，兩個臀瓣離開床單，被顧海的膝蓋高抬到胸口的部位，舌頭頂入密口之中。

「呃……」白洛因的手像老虎鉗一樣地夾著顧海的雙腿。

顧海的視線下方，小因子已經吐了長長的一路口水，顧海的指尖一碰，白洛因整個身體都震顫起來。

「想射了……」白洛因說。

顧海將命根抵在白洛因縮動的密口處，幽幽地說：「你改口，立刻讓你噴。」

白洛因強有力的手臂一把將顧海的頭攬了過來，雙目對視，較勁一樣的口氣說：「你先改口。」

顧海特大方的喊了聲，「老公。」

白洛因神色一滯，目光中波光粼粼，兩腮的肌肉繃了繃，薄唇輕啟，「老公。」

顧海的魂瞬間被勾走，一陣狂風暴雨般的律動，將白洛因的身體操聳到床頭，一股濃液噴灑而出，白洛因的肩膀劇烈地抖動，口中陣陣低吼。

還未將此番激流徹底消受，顧海再次毫無徵兆地狠狠貫穿，白洛因突然不受控地再次噴射出一股，這次聲音都夾帶著幾分哭腔，像是爽到了極點。

顧海最後一次猛衝，並用手狠狠擼動小因子，白洛因整個身體痙攣抽動，快感以小腹為原點向四周炸開，連環炮一樣地在身體各處流竄。爽得白洛因嘶聲高喊，猛地抱住顧海，語無倫次地呻吟道：「不行了……要死了……大海……」

事後，緊緊抱在一起，顧海用手擦過白洛因汗涔涔的額頭，靜靜地凝望著他，呢喃道：「老公……」

白洛因被顧海這深情的一聲喚嚇了一跳，「你要幹嘛？」

「不幹嘛……」顧海貼著枕頭笑，「該你了。」

鬧了半天是想拿這聲老公去換白洛因的那一聲。

白洛因當即還口，「老婆。」

顧海：「……」

過了半晌，又像大肉蟲子一樣黏了上去，「今兒是咱倆的洞房花燭夜，你就不能鬆個口？我都叫你那麼多聲了。」

「我剛才不是鬆口了麼？」白洛因說。

「我還想聽，聽一百遍、一千遍都不夠。你就叫一聲老公讓我聽聽吧！只要你肯叫，老公就給你改口費。」

「給什麼？給多少？」白洛因問。

「等你叫了我再告訴你。」說完，又喊了幾聲老公做為贈品送給白洛因。

白洛因只好勉為其難地再次喊出那個拗口的稱呼。

「老公……」

顧海立刻愛憐地將白洛因壓在身下，啃咬著他的下巴，「好寶貝兒，老公這就給你改口費，你要多少給多少。」

「……」

番外篇 II

猛其其

1. 小警帽被辭退

這一天，晴空萬里，陽光普照。

難得趕上一個好天兒，楊猛美顛顛兒地上街巡邏去了。路過彩票站，習慣性地把車停靠在路邊，進去買了兩張刮刮卡，第一張沒中，第二張中了五塊錢，於是又用五塊錢換了一張，這一刮竟然刮到五百。

楊猛的嘴快咧到耳叉子那去了。

「今天是個好日子，心想的事兒都能成，明天又是好日子……」楊猛哼著小調就走出了彩票站，深吸一口新鮮的空氣，心情倍兒舒坦。

自打熬過掙份子錢的那段苦日子，楊猛就一直在走順字兒。先是在白洛因婚禮上拿到五萬塊勞務費，後又領到了全勤獎金，現在又刮中了五百塊……就連攤煎餅都能趕上個雙黃蛋！我可能要轉運了……楊猛一邊想著一邊樂吟吟地打開車門。

「救命啊！耍流氓了！」

聽到一個婦女淒厲的喊叫聲，楊猛神經一緊，趕緊順著聲音跑了過去。跑到路口拐了個彎兒，瞧見一男一女在地上撕扯著，女的嗷嗷哭叫著，男的用手扒著女人的裙子，絲襪都裂開一個大口子。四周站了七、八個人，愣沒人上前去管。

楊猛惱了，大吼一聲之後衝了過去。

周圍人群一哄而散，那個男的看到員警來，非但沒停手，還撕扯得更帶勁兒了。眼瞧著婦女的衣服全被扯爛了，楊猛操起警棍，上去對流氓一陣敲打。

「你給我放手！麻利點兒！」楊猛怒聲吼道。

男的壓根沒把楊猛放在眼裡，楊猛沒敢下狠手，這男的就任他打，反正就是不鬆手。楊猛見男的屢教不改，上去就是狠狠一棍子，雖說他身板小、底子差，可這麼多天沒少參加特訓，手上還是有點兒勁的。

這一棍子下去，流氓立馬竄了起來。

「我草你媽！你敢打我？你敢打我？」男的揪住楊猛的領子。

楊猛不甘示弱地怒吼道，「打你咋？打你都是輕的！走，跟我到派出所走一趟！」

男的當然不從，楊猛又不鬆手，於是兩人撕扯起來了。

旁邊的婦女從地上站起身，整理了一下衣服，哭咧咧地朝楊猛說：「謝謝員警同志，你一定要把他抓起來，他已經欺負我不只一、兩次了。」

楊猛聽了這話下手更狠了，拳頭雖小，次次戳中要害。這個男的就是個軟柿子，看著個兒挺大的，其實一捏就扁，楊猛也難得碰上這麼一個對手，既沒有兩腳就把他踹倒，也能和他僵持幾拳，打得楊猛虎虎生威。

「吼！哈！……」楊猛一個掃堂腿將流氓踹倒在地，手銬銬上去，在無數欽佩的目光中將男的拽上了警車。

「員警同志，我就不用去了吧？」婦女一臉糾結之色。

楊猛猶豫了一下，開口說道：「妳還是跟我走一趟吧！做個筆錄。」

「我怕寒磣。」婦女抹著眼淚。

楊猛當即保證，「放心，我把妳安排在裡屋，沒人瞅得見，我們肯定會替妳保密的。」

「我先回家換件衣服，等會兒再去！」婦女說著就一瘸一拐地朝遠處跑去。

楊猛本想下車追，可一瞧婦女那條撕成布條狀的裙子，再一瞧車上那位主兒，還是打開車門啟動車子，先把車開到了派出所。

「周子，今兒逮回來一個！」

楊猛出去巡邏還能帶回來人？在同事們的印象裡，楊猛值班只有兩種結果，要麼鼻青臉腫地回來，要麼有去無回。今兒不僅逮回來一個，而且還是全鬚全尾的大老爺們兒，真是個新鮮事！

「咋回事啊？」周子問。

楊猛一邊喝水一邊說：「街上耍流氓。」

「膽兒夠肥的啊！」周子說著就朝男的褲襠處踹了一腳，男的夾住雙腿狠罵了兩句，被周子拽去了審訊室。

楊猛在外面悠哉悠哉地喝著茶，身上的毛孔全都舒展開了，心裡特別痛快。不光是因為逮到一個禍害，更多的是對他自身實力的肯定。楊猛自戀地欣賞著自個的小拳頭，對著空氣比畫著，嘴裡配合著喊出唰唰的風聲。

晚上下班剛要走，一排高級小轎車停在了派出所門口，楊猛好奇地朝外看去。一個女人，身後跟著七八個壯漢，表情肅殺地往裡走。楊猛瞧出婦女是今兒被流氓欺負的那個，沒想到真來了，就是這陣勢，實在有點兒……

「欸……」楊猛伸出胳膊攔在婦女面前，「派出所內不讓打人啊！你們就是和他有再大的仇，也有我們幫你們處理！」

沒想到，剛才還客氣道謝的婦女，立馬變了一張臉，指著楊猛朝身後的眾位爺們兒說：「就是他，就是他欺負我還抓走我老公，你們派出所所長呢？出來給個說法，你們這的員警亂抓人！麻利兒的，再不出來砸東西了啊！」

楊猛懵了，「你們這是要幹啥？欸，我說，妳剛才不是……」

「我不是什麼啊？」婦女尖著嗓子指著楊猛的鼻子罵，「臭流氓！就你丫也配當員警？趁著巡邏的機會當街占婦女便宜，我老公攔著你，你還打人！你還有沒有點兒道德心了？還讓不讓我們老百姓活了？」

這場糾紛一直延續到晚上九點多，楊猛才被放行回家。

第二天一早，楊猛就被所長叫到了辦公室。

「所長，那婦女純粹是胡扯，您說我是那樣的人麼？我雖然個兒矮點兒，沒啥錢，可也犯不上當街占婦女便宜啊？一看就……」

「行了。」所長臉色挺凝重的，「我相信你不是這樣的人。」

楊猛立刻鬆了一口氣。

「只要您相信我就成了。」

所長抬起眼皮看了楊猛一眼，沉聲說道：「但是這事鬧得沸沸揚揚的，影響挺不好，而且人家不會無緣無故找你麻煩，你肯定之前惹了人家了。」

楊猛叫屈，「我壓根不認識她！」

「這樣，猛子……」所長頓了一下，「你聽我說，對方不是善茬，昨晚人家把話撂這了，要麼你走人，要麼他們就天天來這擺陣。我也就是一個小所長，熬了半輩子了，你別讓我為難，你的路還挺寬的，日後努力，可能會有更好的發展機會。說實話，一輩子待在這種地兒也挺憋屈的。」

楊猛火熱的一顆心瞬間涼得徹骨。

2. 就是個混事的

「我被開除了。」楊猛說。

尤其只是簡單地「嗯」了一聲，並沒有露出任何訝異的表情，好像一早就料到楊猛會被開除，連一點兒示意性的同情都不吝表達。

楊猛一臉的愁苦，「鐵飯碗就這麼沒了。」

「說開除就開除，還能叫什麼鐵飯碗？」尤其嗤之以鼻，「就那麼一份破工作，又累工資又低，真不知道你可惜什麼。」

「我們的工作待遇雖然一般，但是說出去有面子，生活有保障。」

尤其噗的一聲笑了，「整天吃刀削麵，穿動物園的處理貨，你的面子從哪來的？奔三的人了，沒車沒房，你的保障又從哪來的？」

「我這不是攢錢呢麼？」楊猛瞪了尤其一眼。

尤其哼了一聲，「錢呢？甭多拿，你就給我掏出十萬塊，我就不擠兌你了。」

楊猛運了幾口氣，看著飯桌上這華而不實的飯菜，再抬眼瞧見尤其這一身價值不菲的衣服，感覺這是自取其辱來了，當即起身要走。

尤其一把拽住楊猛，拽到自個身邊。「你丫怎麼還小皮臉了？」

楊猛俊臉緊繃，眼神陰惻惻的，「生活所迫。」

「這樣吧……」尤其終於道出心中所想，「你給我當助理來吧，我保證工資比你之前的要高出很多倍，看病、住房、吃飯問題一併解決，等你老了還給你發退休金，絕對是個金飯碗，怎麼樣？」

楊猛陷入了沉沉的思索之中，要是放在之前，他肯定不會攬這個活兒，伺候別的明星還行，伺候老同學，實在抹不開面子。關鍵是這幾天太難熬了，楊猛到處找工作都沒有合適的，又不敢回家，生怕父母瞧出端倪，就這麼一直瞞著，手頭的錢也花得差不多了。

尤其見楊猛有些動搖，趕緊補了一句，「這樣吧，你要實在不想當助理，那就當保鏢兼司機吧！反正你也會開車，也當過員警，當個保鏢應該沒問題吧？」

楊猛一聽這話眼睛亮了，「這個倒是可以考慮考慮。」

第二天，尤其就把楊猛拽到了經紀人馬先生面前。「這是我新招聘的保鏢。」

馬先生盯著楊猛看了良久，眼神意味悠長。「叫什麼？」

楊猛小身板挺得筆直，聲音擲地有聲，「楊猛！」

馬先生又把目光轉向尤其，「從網路上招聘的吧？」

尤其英俊的臉上浮現一絲疑惑，「你怎麼知道？」

「一看就是相中了他的人名。」

尤其：「……」

馬先生拍了拍尤其的肩膀，把他拽到了不遠處的某地兒，小聲問道：「你瞧他那個模樣能當保鏢麼？是你保護他還是他保護你啊？」

尤其不緊不慢地說：「這是我老同學，最近失業了，就當幫他一個忙了。再說了，人家是員警出身，應對各種突發情況都比較有經驗。」

「這能是幫個忙的事麼？你不了解自個的身分麼？你這事業剛起步，多少雙眼睛盯著你呢？有一點兒突發情況你就玩完了！你就是靠這副皮囊混著的，真要受傷了，那是多大的事啊？你為自己考慮過麼？」

尤其拍了拍馬先生的肩膀，「實在不行，再雇一個保鑣。」

馬先生氣結，「那你何必再把他招來，直接給他點兒錢不完了麼？」

「這不是一回事。」尤其語氣挺堅定的，「從今以後，他就是我的私人保鑣兼司機兼助理了，沒特殊情況，我身邊就不帶別的人了。你要實在不放心，另派幾個人跟在我後邊也成，但是別讓我瞅見。」說完，領著楊猛走了。

下午，楊猛跟著尤其跑了三個通告，看著尤其的助理在旁邊跑東跑西的，一個小姑娘連道具都跟著搬，心裡實在不落忍，便朝尤其說：「要不你也給我派點兒活幹吧！我這都站半天了，啥事也沒幹。」

「有助理呢，你操什麼心啊？」

楊猛實在心疼旁邊那個小姑娘。

尤其拍了楊猛的肚子一下，「放心，有用得著你的時候。」

晚上，尤其參加一個慈善義賣活動，活動場地是在一個大學的體育館舉行。尤其的粉絲族群裡面學生占大部分，所以這次出發之前，經紀人加派了兩個保鑣在尤其身邊。

剛下車，立刻被一群記者和學生圍堵住，楊猛的保鑣身分終於得以彰顯，緊緊貼在尤其的身邊，兩個男生衝過去，伸手對其進行攔截。哪想這倆男的不要命地往尤其身邊衝，楊猛上去推了人家一把，倆男的立刻朝楊猛臉上掃了一拳。

「找抽吧？」尤其居然先急了。

記者立刻用鏡頭捕捉了這一幕，尤其毫無懊惱之意，繼續對男生惡語警告，接著把楊猛摟在懷裡，護著他繼續往前走。

於是通道處出現詭異的情景，四個保鑣護在尤其身旁，而尤其又把一個保鑣護在自個懷裡，六個人以一種奇怪的布陣前行著。

坐在化妝間，楊猛一個勁地長吁短歎，試用了一下午，什麼正經事都沒幹，還招了無數白眼。不行，這樣下去他自己都沒臉繼續待著了，保鑣作用不明顯，那就把司機的義務盡到，慈善晚會之後不是還有晚宴麼？晚宴結束後一定要把尤其安安全全地送回家。

果然，尤其把楊猛帶到了宴會上。這裡有很多熟悉的面孔，有幾個還是挺有名氣的演員，楊猛看得眼都花了。不過他一直嚴於律己，緊緊跟在尤其身後，一句話都不多說。

尤其和一個編劇聊了起來，楊猛這才放鬆放鬆自個的眼珠，四處張望了一下。

「有興趣喝一杯麼？」一個美女笑容款款地看著楊猛。

楊猛拘謹地指指自個，「妳是說我麼？」

美女點點頭，「當然了。」說完，漂亮的手指捏起一個高腳杯朝楊猛晃了晃。

楊猛的雙腳不由自主地朝她走了過去。

理智告訴楊猛，不能喝酒，你是司機！

「怎麼？你不會喝酒啊？」美女撇撇嘴。

楊猛一甩頭髮，「哪能啊？」說罷端過來，仰脖一飲而盡。

3. 他照著我整容

「你是尤其的助理？」美女問。

楊猛搖搖頭，「保鑣兼司機。」

美女驚訝，「保鑣和司機不是都在外面候著麼？你怎麼進來了？」

楊猛特爺們兒地指指自個的胸口，「我倆高中同學，關係熟，他一般出去辦事都帶著我，離開我心裡不踏實。我都說他好幾次了，你不能這麼依賴我，他不聽，他說沒我，什麼事都辦不成。」說完無奈地搖了搖頭。

美女扭了扭水蛇腰，「好羨慕你啊！」

楊猛曖昧地勾了勾唇角，「怎麼著？妳也想把我拉過去當保鑣？沒事，我可以身兼數職……」反正在尤其這也沒活幹。

美女紅唇一抿，「我就是明星的助理，我還請什麼助理啊？」

「哦，原來如此。」楊猛趁機去拉美女的手，還猥瑣地撫了撫，「那妳也不錯嘛，我看這裡的明星也很少把助理帶進來，證明妳混得也不賴嘛！」

美女嫵媚一笑，「哪啊？我伺候的那位是個小影后，年齡不大，脾氣倒是不小。哎……真是受夠了，完全像個貼身保母一樣，吃喝拉撒都要我操勞。」

「那妳一個月賺多少啊？」

美女眨了眨美目，「六千多。」

楊猛瞠目結舌，「妳這麼辛苦，她才給你六千多？」

美女詫異地看看楊猛，「六千多很少麼？我是新來的，沒幹多久，這已經算是很高的價位了。再說了，她也不是只有我一個助理，還有一個老的，平時不帶出來，那個人跟了她四、五年了，一個月才一萬多。」說完，又朝楊猛遞了一杯酒。

「我是司機。」楊猛尚存幾分理智。

美女撇了撇嘴，「司機怎麼了？人家這的司機，喝一瓶照樣上道。」

楊猛最看不得女人朝他露出不屑的表情，當即接過酒杯，一飲而盡。

頭暈暈的，尤其還在那邊聊著呢。

美女聽了楊猛的價位，瞬間露出驚詫的目光。「天啊！他竟然給你這麼多錢？」

楊猛打了個酒嗝，「難道這不是行情價麼？」

「什麼行情價啊？你在這個大廳裡隨便打聽打聽，哪個司機、哪個保鑣能賺你這麼多？」說完又把楊猛渾身上下打量了一番，幽幽地說，「而且我感覺你也不是特別出色的那種，給你這個價位純粹是看關係吧？」

「誰說的？」楊猛虎目威瞪，「我這是試用期，等正式被聘用，肯定比這賣力氣！」

「什麼？試用期就給這麼多錢？」美女嘟起嘴巴，「你一定要乾了這一杯！不然下次看見你，我就裝作不認識！」

楊猛訕笑著用腰拱了拱美女的臀部，又是不自覺的一杯酒。

然後，徹底多了。

「其實，我也是尤其的粉絲。」美女說。

楊猛滿不在乎地轉了轉手裡的高腳杯，一臉的鄙夷之色，「我就不明白了，他到底哪個地方吸引人啊？我怎麼就看不出來？」

「你不覺得他很帥麼？」

楊猛挑了挑眉，「他也就算一張大衆臉吧？」

「你不覺得他氣質超好麼？」

楊猛不淡定了，「他有什麼氣質啊？」

「……」

尤其和編劇聊完劇本，一轉身發現楊猛不見了，再張目四望，發現楊猛撅著屁股，流裡流氣地和美女打哈哈，模樣特別欠抽。

「你們是高中同學？」一聲驚訝的質問，「那他高中的時候是不是很多人追求？」

楊猛嗤笑一聲，「狗屁！我告訴妳，他高中那會兒可二了，整天穿著一雙趿拉板，頂著兩道大鼻涕來我們班後門口，我們班女生拿掃帚打他都打不走。我和妳說實話吧！尤其整過容，他高中那會兒特寒磣，後來照著我這張臉去整容，結果失敗了，就變成現在這副德性了……」

「咳咳……」尤其在楊猛身後輕咳兩聲。

楊猛沒聽出是尤其的聲音，隨口回了一句，「滾一邊咳嗽去！」

尤其一把將楊猛提了起來，徑直地拉出酒店，塞進了車裡。不到五分鐘，楊猛這位司機就在車上打起呼嚕。忙了整整一天，尤其不僅要親自開車，還得時不時將楊猛扎到褲襠處的腦袋搬回原位，以防他脖子抽筋。最後出於各種方面的考慮，尤其把這個大累贅帶回了自個家裡過夜。

4‧今這水有點鹹

汽車停在樓下，尤其將楊猛背了出來。

「想吐……」楊猛伏在尤其的肩膀上喃喃說道。

尤其肩膀一聳，略顯緊張地朝楊猛問：「忍得住不？」

楊猛點頭，「忍得住。」

進了電梯，同乘的還有一個女孩，尤其刻意把頭掩在立領裡，不讓別人看到他的臉。楊猛就這麼老老實實地伏在尤其的背上，臉貼著他的脖頸，嘴唇一動一動的。

突然，楊猛乾嘔了一聲。

尤其心裡一緊，忙說道：「再堅持一會兒，再堅持一會兒，馬上就到家了。」

「沒問題！」楊猛死死咬住牙。

尤其鬆了一口氣，還有五層就到了。

「哇……！」

尤其肩膀一濕，頭猛地揚了起來。

同乘的女孩目光投射過來，起初是厭惡的，結果再看到尤其那張臉後，很快變成了驚喜和不可置信：「你……你不是……」

尤其立馬別過臉，讓人在這種情況下認出來實在太窘了。

不料，楊猛在尤其背上大喝一聲，「他是尤其，哈哈哈……」

回到家，尤其把楊猛脫個精光，塞進浴缸裡，然後把楊猛的衣服全都扔到外面的垃圾桶，再次走進浴室，想先沖個澡，不想看到一旁的浴缸裡都是氣泡。走過去一瞧，楊猛的臉在水面以下，眼珠子瞪得大大的。

他驚恐地將楊猛撈了出來。

「草，你丫不嫌嗆麼？」尤其大吼。

楊猛呆愣愣的目光看著尤其，懶惰惰地說：「睏。」然後，腦袋一垂，倒在尤其肩膀上不吭聲了。

尤其把楊猛的頭揚起來，楊猛的眼睛已經閉上了，上下眼皮中間的那條縫隙很狹長，眼睫毛將這條線點綴得很優美。拋開這個人的性格和脾氣，單看這一張臉，真是個美人胚子，長相女氣但不失陽剛之氣，五官細膩但不矯揉造作。如果他有一個很健全的人格，必定是個招男女老少喜歡的萬人迷。

可惜，他不懂得經營自個的形象。

但是這樣的人很真，他一個月掙三千塊錢，就絕對不會為了裝逼而買一千塊的衣服；他就是個耿直的小員警，絕對不會開著公務車到處得瑟；他所有的富裕時間都被別人榨取，卻從來不在意別人的藉口和事後的冷漠；他實誠厚道，傻裡傻氣，不修邊幅……當年那些輕狂少年都被社會這個大染缸浸染得五顏六色，他的身上卻依舊保留著那分透明和簡單。和這樣的人相處在一起，總能在快節奏的生活中得到一絲喘息，可以想說什麼就說什麼，永遠不用擔心被利用和出賣。

尤其正想著，突然發現楊猛的喉結處動了動，趕忙將他的腦袋挪出浴缸外，一邊往門口衝一邊叮囑道：「再等一會兒，垃圾桶馬上就……」

哇——

尤其眼睜睜地瞧著地板上多了一大灘流質食物。

「讓你丫等會沒聽見啊？」尤其怒喝一聲。

楊猛扭過身子，背朝著尤其，對著浴室的牆面，不發一言。

尤其把地板上的穢物收拾好，再去給楊猛清洗身體的時候，發現浴缸裡的水已經涼了。

楊猛盤腿坐在裡面，小臉紅撲撲的，眼圈也是紅的，鼻孔下掛著兩個晶瑩剔透的大泡，模樣滑稽又可憐。

「猛子。」尤其語氣柔和下來。

楊猛嗷的哭號出聲，兩隻手拍打著水花，濺了尤其一臉。

「我這種人活著有啥勁啊？我爸我媽瞧不上我，哥們兒弟兄成天擠兌我，就連老同學都變相施捨我！其實我一點兒都不傻，和我一塊數禮金的那兩人，才拿了一千塊勞務費，我卻拿了五萬。因子瞧出我日子不好過了，他給我買手機，偷偷摸摸出錢讓我爸媽換房，結婚都惦記著我……我卻連一份像模像樣的禮物都拿不出來！」

尤其往浴缸裡放著熱水，心裡一陣翻騰。

「還有尤其，他丫的就愛看我笑話，說是給我找工作，其實壓根沒打算讓我幹什麼。他就是花錢買個調劑品，買個樂子，整天瞧著我這個慫樣，他就找到心理安慰了……嗚嗚……」說完，感覺有點兒渴，用手捧起洗澡水，朝嘴裡送去。

「別……」尤其想攔的時候已經晚了。

楊猛吧唧吧唧嘴，「今兒這水有點兒鹹……」

5. 我不是隨便人

早上，楊猛是被一陣詭異的鬧鈴吵醒的。

「傻B，就說你呢！還睡呢？再睡更傻了！傻B，就說你呢！還睡呢？再睡更傻了！傻B，就說你呢！還睡呢？再睡更傻了！……」

楊猛瞇著眼睛找了半天，才發現吵吵的是一個鬧鐘。他把鬧鐘拿下來，打算關掉接著睡，結果怎麼關都關不上。然後他看到鬧鐘介面上出現一行字，「想要本鬧鐘停止喧鬧，請投幣一百元。」

小兒科……楊猛拿起鬧鐘看了看，果然發現鬧鐘底下有個洞口。於是摸了摸旁邊的褲子，掏出一百塊錢塞到鬧鐘裡，鬧鐘果然不叫喚了。楊猛想著睡醒了再把那一百塊錢掏出來，哪想剛把鬧鐘放下，就聽見嘩啦啦一聲響，緊接著零零碎碎的錢渣兒就從底下的洞漏出來。等楊猛伸手想去解救的時候已經晚了，一百元大鈔就這樣被絞碎了。

草！動真格的啊？

楊猛一下就清醒了。環視四周，陌生的房間，扭頭一看，蓬頭垢面都遮擋不住光芒的俊臉，就這麼赤裸裸地橫在自個的面前。楊猛傻眼了，我怎麼跑到他的床上來了？掀開被子一瞅，身上就一條小內褲，旁邊那位也是如此。

想想尤其喜歡白洛因的前科，楊猛突然倒吸一口涼氣。「咱倆怎麼睡在一塊了?!」

尤其被楊猛的一聲厲吼劈醒了，睜開惺忪的睡眼看著他，懶懶地回道，「昨晚上你喝多了，我就把你帶過來了。」

「喝多了幹嘛不把我送到家？」

「麻煩。」

楊猛的兩條小劍眉交叉相錯，「那你幹嘛不把我扔到別的屋睡？幹嘛要和你睡在一張床上？」

這句話讓尤其鬆動的神經緊了緊，他把眼睛瞇起一條小縫，幽幽地看著楊猛。

「和我睡在一張床，不樂意啊？」

「廢話！」楊猛挺橫。

尤其支起一條胳膊打量著抓狂的楊猛，「你丫還膈應我啊？」

「沒錯！」說完，拖著一條鬆鬆垮垮的小內褲下了床，走到臥室門口還斜了尤其一眼，「記住了，下次別誘拐我上你的床，我不是那隨便的人！」

尤其瞬間就清醒了，膈應我？你丫知道多少人作夢都想上我的床麼？別說睡一宿，就是來這坐一坐，都能讓一大片粉絲痛哭流涕！

楊猛把浴室的門一關，一個勁地對著鏡子檢查。害人之心不可有，防人之心不可無啊！尤其有前科啊！他喜歡過男的啊！賊兮兮地四處張望，確保沒人能看到之後，閉上眼睛狠狠戳了戳自個的屁股——還好……挺結實的。

楊猛鬆了一口氣。洗漱完畢走了出去，尤其剛起床。

「嘿嘿……昨兒麻煩你了。」語氣立馬變了。

尤其冷哼一聲，特跩地推開楊猛，進了浴室。

楊猛在尤其的每個房間都轉了轉，最後發現裝潢也不過如此，沒他想得那麼奢華，也就大了一點兒，和普通人家沒啥區別。

倚在浴室的門框上，完全沒了昨晚上的頹靡，一副悠哉悠哉的得瑟樣。

「你混了這麼多年，不也就混成這樣麼？一百多平米的小房，當時買的時候還是二手的吧？」

尤其自顧自地刮鬍子。

「欸，我說，瞧你這的生活條件，我心裡都不落忍了，你不會是借錢給我發工資吧？」

尤其知道某位正在他這找自尊，便由著他說，一概不理會。

「對了，你的鬧鐘吞了我一百塊錢。」

尤其吐了一口漱口水，隨口說道：「去抽屜拿。」

楊猛走回臥室，打開鬧鐘下面的抽屜，頓時呆愣在原地，全是散裝的一百塊鈔票，目測得有幾百張，估摸是專門往鬧鐘裡塞的。心裡剛升騰的自信心瞬間被澆滅，一股子無名火竄上心頭，刺激得楊猛直磨牙。

「你丫就是再有錢，也不能這麼糟蹋吧？」

尤其一臉正色地看著楊猛，「如果我起不來床，很可能會賠掉幾十萬甚至幾百萬，這樣一比較，你是不是覺得往裡面塞錢挺值的？」正說著，鬧鐘又響了。

楊猛明白了，尤其的這個鬧鐘是每隔一段時間響一次，尤其若是賴床，就要不停地往裡面塞錢，眼看著誘人的鈔票被糟蹋，遠遠比耽誤幾十萬要肉疼。

「這是克服惰性的一種手段。」尤其說，「男人想做大事，就得對自個狠一點兒。」說完，繼續刷牙。

6. 連孩子都有了？

吃早飯的時候，楊猛朝尤其問：「今兒有什麼安排？」

「給你捯飭捯飭49。」

「給我捯飭？」楊猛將口中的包子吞嚥下去，「為什麼要給我捯飭？」

尤其不緊不慢地說：「你現在是我的貼身保鑣，每天跟著我到處走動，你的形象直接關乎著我的面子。萬一哪天鏡頭拍到咱倆，我在裡面光鮮亮麗的，你在旁邊衣衫襤褸，看著多讓人心酸啊！」

「千萬別！」楊猛將手裡的碗猛地往桌上一放，「絕對不能讓我上鏡，我爸是你的粉絲，你的每一條動態他都會關注。萬一讓他看見，我就穿幫了，他到現在還不知道我被辭掉的事。」

「那你更得捯飭捯飭了。」尤其嘴角噙著笑，「你只要稍微有點兒人樣，你爸就認不出你來！」

楊猛將擤完的鼻涕紙塞進了尤其的湯碗裡。

「沒錢！」乾脆利索的兩個字。

尤其輕描淡寫地說：「我可以給你。」

「不要！」很有骨氣的回執。

尤其的語氣也很堅定，「這可由不得你！你現在給我打工，你的形象也是我要求的一部分。我花錢給你買衣服，等你不幹了，那些衣服還得還我！」

「你丫嫌我邋遢就別用我！」說完，摔門而出！

自打楊猛被辭職，心情一直不好，稍稍一激就會炸毛。到了外面沒走幾步，發現垃圾桶旁搭著自個的衣服，走過去一瞧，上面蹭了很多穢物，一看就是昨天晚上喝酒之後吐的。

尤其剛要追出去，就聽見敲門聲，打開一眼，楊猛喪眉搭眼地站在外頭。

「那個……瞧你也挺可憐的，要不我就陪你出去逛逛吧！」

楊猛這輩子沒來過這種高檔商場，瞧見東西的價碼腿都發軟，尤其還一個勁地往他身上套。不得不說，人靠衣裝馬靠鞍，換了一套衣服，整個人的氣質都不一樣了。楊猛不由得感慨，有錢人就是好，看著各路富商胳膊上挎著妙齡小三、小四，楊猛打心眼裡羨慕。

從商場走出來，楊猛剛要開車，突然瞥見兩道熟悉的身影。

「因子！……」楊猛不由得嘟囔了一聲。

尤其順著楊猛的視線飄過去，真的看到了白洛因和顧海，距離他倆結婚也有兩個月了，蜜月早就度完了，這會兒瞧見他們也不算什麼稀奇事。關鍵是，你倆幹嘛一個推著嬰兒車，一個抱著孩子啊？

「太快了吧？」楊猛眼都看直了。

尤其還算冷靜，「這是抱養的孩子？」

「現在這社會，去哪抱養健康的孩子？肯定是結婚之前就培育出來了。瞧瞧，人家孩子都有了，我這媳婦兒還沒影呢！」楊猛嫉妒得腸子都碎了。

尤其敲了他一下，「不去打個招呼了？」

楊猛遲疑了一下，「還是算了……等我有了正式工作再說吧。」說著，迅速鑽進車裡。

尤其別有深意的目光朝白洛因和顧海那邊望了一眼，跟著上了車。

「我說，你表姐什麼時候把孩子接走啊？」白洛因不耐煩地看著顧海。

顧海也挺無奈的，「給她打電話一直占線。」

「是不是她親兒子啊？」白洛因一邊拍著小孩的後背一邊說，「她到底怎麼想的？把這麼小的孩子給咱兩個老爺們兒帶，她不怕出什麼事啊？」

「她是想讓咱們多和小孩接觸，看到孩子的可愛，沒準以後就想要一個了。」

白洛因哼笑一聲，「一天就受夠了！」剛說完，懷裡的小孩哇哇哇叫了起來，胳膊亂揮著，使勁抓撓白洛因的臉。

顧海指著小孩的鼻尖威嚇道，「你丫再敢撓他，我掐死你信不信？小畜生！」

白洛因胳膊酸了，便把孩子放到嬰兒車裡，不想剛放進去，孩子立刻就大哭起來，白洛因崩潰了，「你說他怎麼這麼欠抽？我抱著他就不哭，只要一放到嬰兒車裡就哭！」

顧海深思片刻，幽幽地說道：「我覺著吧，可能是感覺不一樣。你想啊！我在床上幹你的時候，你就不怎麼來勁，等我把你抱到寫字桌上，你立馬就那個了……人家小孩怎麼就不能有點兒追求呢？」

白洛因的臉驟然一黑。

然後，某人推著嬰兒車在前面瘋狂地跑，某人又在後面一路狂追。

7. 和我住一起吧！

整整一個下午，楊猛都陪著尤其泡在攝影棚，看膩了各種耍酷的動作，楊猛便以出去買包菸為藉口，開著尤其專門配給他的車上街了。

以前，楊猛穿著大背心、蹬著自行車上街的時候，大吼幾聲都沒人往他這瞧。現在換了身行頭，換了個車，無論停在哪裡，熱辣辣的視線都從四面八方彙聚到他的身上，楊猛有種一夜成名的倉皇局促和刺激感。

經過待了幾年的派出所，楊猛把車停下，叼著根菸大搖大擺地往裡面走。

「周子！」楊猛正巧看到周子端著水杯站在門口，就興奮地喊了一聲。

周子手裡的水杯晃了一下，瞇縫著眼睛打量了楊猛好一會兒，眼珠子越瞪越大，等楊猛走到他跟前，周子才認出這是誰。

「猛子？」

這一聲猛子，把屋子裡打遊戲的幾個人全都炸出來了。

「猛子，這程子去哪了？」

「走之前怎麼沒和哥幾個打聲招呼？」

「就是啊！我們都想你了。」

「猛哥，進去坐會兒唄！」

楊猛豎了豎衣領，頗有派頭地朝眼前的幾個人一揮手，「不進去了，我就是路過這，下來和你們打聲招呼。我這還有事了，先走了，回聊啊！」

果然，楊猛剛一轉身，就被幾雙熱絡的手拽住了。

「猛哥，最近忙啥呢？這車是誰的啊？」

楊猛不動聲色地揚了揚腦門前的幾撮毛。

「我老闆給我配的車。」

「你老闆？」周子好奇的目光在楊猛身上晃悠兩圈，「你跟著誰幹呢？」

「給一個小明星當保鑣。」

門口立刻響起鬨笑聲，哪個不長眼的明星選楊猛當保鑣啊？

楊猛訕笑著解釋道，「我這人學歷不高，社交能力也不強，也就能仗著這副身板混口飯吃，哎！」

周子在楊猛新車前晃了幾圈，唏噓道，「保鑣都給配這麼好的車，你這是跟了哪位大腕啊？要不給哥引薦一下，哥也跟著你幹得了！」

楊猛剛要開口，電話響了，一看是尤其的號碼，楊猛哼笑一聲，「你們瞧瞧，一會兒工夫都離不開我，出來買包菸還催呢！行了，不聊了，我得先走了。」

打了個響指，開上座駕揚長而去，留下一路豔羨的目光。

「我還怕他流落街頭呢，哪想人家還出息了！」

楊猛開車在路上，心裡這個痛快啊！好久沒有這種被人羨慕的成就感了，之前一直稀裡糊塗的活著，從不看重名和利，也沒什麼追求。現在被罩上這麼一層光環，楊猛突然發覺滋味還不錯，心裡莫名其妙產生一股奮鬥欲，想要證明自個是配得上這種待遇的。

「猛子，這是我們公司的策畫主管。劉主管，這是我和您說的楊猛。」

楊猛被尤其突然的引薦弄得一愣，但很快就反應過來，伸過手去和劉主管握手。

「我聽尤其說，你很有策畫天賦，他推薦你來為他下個禮拜的見面會做策畫，我想聽聽你的想法。」

楊猛完全懵了，什麼見面會？我不知道啊！抬起眼皮看到劉主管期待的目光，側目瞥見尤其鼓勵的眼神，斗膽胡扯了一大堆沒用的，大體意思就是他完全可以勝任這個工作。

劉主管走後，楊猛用胳膊肘戳了尤其的肚子一下。

「你腦子裡進屎橛子了吧？我都不知道見面會是咋回事，你還給我攬這個活？」

尤其倒是挺樂觀，「上次咱們鬧洞房，我就瞧出你有策畫天賦了，好好培養一下，沒準能在這個領域大有作為呢！」

楊猛差點兒栽個跟頭。

「就那惡搞的東西，也能上得了檯面？」

「那不叫惡搞，那叫賺人眼球。上得了檯面的東西誰都能弄，賺人眼球的東西才不好鼓搗。你放心，尺度上有人給你把關，你就甩開膀子大幹一場吧，我看好你！」

楊猛打量了尤其好一會兒，終於露出促狹的笑容。

「頭一次發現你這麼有眼光。」

兩人正調侃著，裡頭大呼一聲「齊活兒50」，楊猛伸了個懶腰。

「晚上沒啥活動了吧？」

「沒了。」

楊猛拿起礦泉水咕咚咕咚喝了兩口，拍了尤其的肩膀一下。

「那我回家了！」

「欸？」尤其拽著楊猛的脖領子把他揪了回來，「回家？回哪個家？」

「我有幾個家啊？」楊猛眨巴眨巴眼，「有爸有媽的那個家。」

尤其按了按眉心，一副發愁的表情。

楊猛頓了一下，「放心，我會把你送回家的，畢竟我是你的司機。」

「你還是我的助理。」尤其輕咳一聲，「我覺得你有必要和我住在一起，萬一有個緊急活動，有了人在我身邊，我心裡踏實一點兒。」

楊猛深吸一口氣，一副為難的表情。

「我覺得吧，尤同志，我雖然掙著你的錢，可我畢竟有人身自由，住在一起還是算了吧，我保證隨叫隨到成不？」

「那好吧！」尤其還算講理。

楊猛把尤其送到家，下樓剛把車門打開，手機就響了，一看又是尤其。

「回來吧！」尤其帶著命令的口吻。

楊猛擰著眉毛，「我說尤其，你是存心折騰人吧？」

「你不是說隨叫隨到麼？」

「老子不幹了！」楊猛扠腰。

尤其冷哼一聲，「你是想讓我的那個老桿粉絲——你爹知道你現在的動向吧？」

楊猛磨了磨牙，對著上面的某個窗戶罵了無數聲之後，恨恨地走了回去。

8. 臭豆腐就大蔥

楊猛打開冰箱，上面是五顏六色的水果和脆生的蔬菜，下面的冷藏櫃裡都是冰塊，看著真寡淡。
扭頭朝尤其問：「今兒晚上吃什麼？」
尤其想也不想便說道，「水果沙拉和燙青菜。」
楊猛又問，「主食呢？」
「這就是主食。」
楊猛舔了舔乾裂的薄唇，嚥了口苦澀的唾沫。
「有點兒太素了吧？」
尤其站起身，拿著幾個水果往廚房走，邊走邊說，「我每天都這麼吃，吃了快三年了，沒辦法，我是易胖體質，稍微碰點兒葷的就長肉，胖了就不上鏡了，直接影響到我的工作。你要是吃不飽，廚房抽屜裡還有營養口糧，那是我快要餓昏了的時候拿來救命的。」
楊猛禁不住感歎，「你說你掙那麼多錢有什麼用？一頓飽飯都吃不上。」
「你別小看這些水果，價格也不低，就你剛才拿著的那個蘋果，皇家貢品，天然無汙染，營養成分比普通蘋果高出好多倍。」
「它就是給王母娘娘的貢品我也不吃，我寧願吃路邊攤上賣的燒雞。」說著要往外走。
「你幹嘛去？」尤其問。
楊猛一邊換鞋一邊說，「去買點別的吃，我吃這些吃不飽。」

不料尤其用遙控器把門鎖上了，「不行，你得和我一起吃，我吃啥你就得吃啥，不能開小灶。」

「嘿！」楊猛惱了，「憑啥？我又不怕胖。」

「你是我的貼身保鑣兼助理，你的形象也是我形象的一部分。」尤其說。

楊猛振振有詞，「既然是你的保鑣，我更得吃得壯一點了。再說了，我是不易胖體質，怎麼吃都吃不胖，有時候我都發愁，怎麼就吃不胖呢？」

「你丫少給我得瑟！」尤其板著臉，「今兒你甭想出去了，陪著我共用生態晚餐吧！」

楊猛拽了好幾次門都沒拽開，最後一賭氣去了別的屋。

「張生記烤鴨坊麼？我要一份外賣！一隻烤鴨，要偏肥的，對，對……等等，那個甜麵醬給我換成臭豆腐，多來點兒蔥段啊！」

尤其端著兩盤子水果走進客廳，剛一放下就聽見門鈴響，滿心疑惑地過去開門，剛一打開就聞到一股致命的香味。

「您的外賣。」

尤其屏住鼻息，「我沒訂外賣。」

「我訂的。」一個圓鼓隆冬的小腦袋從旁邊的房間探出來，臉上帶著奸邪的笑容。

尤其的臉瞬間陰了一大片。

五分鐘後，尤其一邊吃著酸酸甜甜的高營養有機水果餐，一邊用幽怨的眼神斜著旁邊狼吞虎嚥的二貨。二貨將焦脆多汁的烤鴨片捲進薄餅裡，再配上蔥段和黃瓜絲，咬下一口，必定露出陶醉的表情，而後將目光轉向尤其。

「你來點不？」

尤其假裝聽不見。

楊猛又捲了一個，遞到尤其嘴邊。「真的不嘗嘗？」

尤其把頭別到另一邊，「滾！」

「其實你特別想吃吧？」楊猛這次把嘴湊到尤其臉邊，故意嚼得特別大聲，一邊吧唧嘴一邊讚不絕口，試圖把美妙的味道嗆入尤其的鼻息。

尤其把臉側過來，因為兩人距離太近，尤其的眼皮底下就是楊猛泛著油光的薄唇，此刻這張嘴正欲張開，咬向剛捲好的薄餅。

尤其找準時機，嗖的將嘴貼向楊猛的嘴，楊猛還沒反應過來，烤鴨就進了尤其的嘴裡，驚愕之時，突然意識到自個的初吻沒了，還是就著臭豆腐和大蔥沒的。

果然，尤其沒嚼兩口，就衝向浴室。

楊猛怔了一會兒，刻意避開初吻這個敏感的話題，肆無忌憚地大笑，「知道你丫就忍不住了，還想偷襲？被熏得夠嗆吧？」

尤其糾結著臉走出浴室，咂摸了一下，眉間的褶子突然舒展開了。

「你還別說，回味起來還挺香的。」

楊猛臉上的笑容怔了一下，立馬護向剩下的那半盤烤鴨片，可惜晚了一步。

「你丫真不要臉，剛才誰說不吃的？」

「草，要吃自個叫外賣去。」

「你就吃吧，小心長一身肥膘。」

「尼瑪！給我留點兒！」

「剩兩口，剩一口，啊啊啊……」

「沒了。」

飯後，尤其一臉滿足地摟住楊猛，動情地說：「猛子，謝謝你，好久沒吃這麼痛快了，我也就和你在一塊的時候才敢這麼吃。我聽人家說過，如果一個人敢在另一個人面前放個響屁，那麼這兩人要麼會成為夫妻，要麼會成為一輩子的朋友。」

「你應該加一條，如果兩人吃完臭豆腐和大蔥還敢互聊。」

尤其：「……」

「你他媽離我遠點兒！」

晚上，尤其穿著合身的睡衣，英氣逼人地站在楊猛面前。

「一起睡吧！」

「謝謝！」楊猛難得客氣，「我不想晚上作惡夢，夢見自個大小便失禁。」

9.向白洛因訴苦

吃過午飯，楊猛坐在沙發上愁眉不展。

尤其一邊換衣服、一邊催促著楊猛，「快點兒，我們得在一點半之前趕到片場。」

聽到這話，楊猛立刻把腦袋扎進沙發縫裡，含糊不清地念叨著，「我身上不得勁、頭暈、噁心，胳膊腿兒全都沒力氣，要不你給我放一天假吧。」

「去吧！」尤其英俊的眼角線條浮現兩道波紋，「今兒試鏡，你不去我心裡沒底。」

楊猛陡然一個寒噤，而後臉上的愁容更深了，「我是真的特別難受，你就讓我在家休息一天吧！」

尤其像是下了很大決心似的，無奈地歎了口氣。

「那好吧！你就甭去了，一個人在家養著，別到處亂跑啊！」

楊猛趕忙點點頭，「一定不亂跑。」

門被關上，留下一抹攝人心魄的影子。

楊猛臉上的愁容立馬不見了，好像卸下了多大的包袱一樣，一臉的輕鬆和暢快，他滑動著手機螢幕，不停地翻找著，最終定在了白洛因的名字上。

他不一定有空吧……楊猛暗自嘟囔著，但還是抱著試試看的心態撥了。

「喂，猛子？」

「啊……你在忙麼？」

「沒，今兒正好放假。」

「太好了，這程子我心裡特壓抑，想找你待會兒。」

「成，在哪碰面？」

楊猛琢磨了一下，說道：「就你們家吧！」

「呃……」那頭猶豫了一下，「好吧，那你半個鐘頭之後再過來。」

撂下電話，楊猛奸笑了兩聲。半個鐘頭過後？難不成小倆口大中午的還要親熱親熱？我偏不等到那個時候再去，我就要現在去，我要看現場直播！

當楊猛到達白顧兩人的家時，很幸運的，門是開著的，楊猛在門口陰陰邪邪地瞇著眼睛，踮著腳尖走了進去。

不料，裡面烏煙瘴氣，伸手不見五指，只能聽見乒乒乓乓的聲響，楊猛正在驚愕著。突然一個重物砸到了他的胯下，疼得楊猛嗷的一聲叫喚。

這時，一米之內出現一道模糊的身影，楊猛捂住襠部不停地吸氣，白洛因的臉越來越清晰，終於，他把手搭在了楊猛的肩膀上，詫異地問：「不是讓你半個鐘頭之後再來麼？」

楊猛從牙縫裡擠出幾個字，「你在幹嘛呢？」

「收拾屋子啊！」

白洛因拍拍手上的土，嗆得楊猛直咳嗽。

「你這是收拾還是禍害啊？」

楊猛環顧四周，衣服像是抹布一樣散落在地毯上，家具橫七豎八地亂丟，而剛才砸中楊猛的，這會兒看清楚了，是一個運動器材，看起來真硬。

白洛因彎腰拿起來，略顯懊惱地說，「扔錯東西了，本來想扔那臺破飲水機的，結果屋裡塵土太濃沒看清楚，我說抱著怎麼這麼沉呢？」

扔錯了……楊猛的襠部一陣隱隱作痛。

「你在沙發上好好坐著，我很快就收拾完了。」

楊猛瞧這陣勢，忍不住開口問：「您這房是多久沒打掃了？」

「剛兩天。」

兩天能把房子住成這樣，楊猛對這倆口子表示由衷的佩服。

「顧海呢？」

白洛因一邊笨手笨腳地整理著書櫃裡的雜物，一邊回道：「出差了。」

「走幾天了？」

「剛走兩天。」

怪不得……楊猛尋著髒亂的根兒了。

半個鐘頭過後，楊猛看著越來越亂的房間，忍不住開口說道：「算了，還是別收拾了。」

「沒事，你坐著喝水，我這馬上就好了。」

很委婉的語氣，「我感覺……離『好』還有一段距離。」

不料，白洛因把幾雙上萬塊的鞋踢到門口過後，拍拍手朝楊猛說：「齊活兒！」

「……」

待到屋子裡的塵土落得差不多了，兩人安安靜靜地坐在沙發上，白洛因才朝楊猛問：「你說你這程子特鬱悶，到底因為啥？」

楊猛磨嘰了好久，才艱難地開口：「我覺得，尤其可能喜歡我。」說完這句話，楊猛自個都嚇一跳，更甭說白洛因了。

「他和你表白了？」白洛因問。

楊猛做小雞啄米狀，「這倒沒，我只是懷疑。」

白洛因輕咳兩聲，「你是怎麼發現的？」

「尤其對我好得有點兒不正常。」楊猛挺尷尬。

白洛因饒有興致地盯著楊猛，「怎麼不正常？你給我說說。」

楊猛組織了一下語言，徐徐道來。

「我前陣子讓派出所給辭了，尤其就讓我當他的保鑣兼司機，一個月給兩萬不說，還小費不斷，沒事就往我兜裡塞錢，還給我配了一輛幾十萬的車。前兩天又和我說，他計畫送我一套房做為年終獎勵。」

「這……」白洛因也挺驚訝，但他盡量往好了說，「也許他只是仗義，看你這麼多年不容易，想幫你一把，你別往歪了想。」

楊猛依舊愁眉不展，「你繼續聽我說，那都不算什麼，關鍵是他特別黏我，二十四小時都離不開我，無論幹什麼都得叫上我，吃飯陪著，睡覺陪著，上廁所都讓我跟著。」

「也許是他被伺候慣了，身邊沒個人不方便。」白洛因繼續安慰道。

「可他有事沒事就親我一口！」

這下，白洛因說不出話了。

楊猛扁著嘴控訴道，「我都警告他好幾次了，他屢教不改，最後我沒轍了，天天吃臭豆腐捲大蔥。」

「……」

白洛因深深的佩服，他當初怎麼沒想到這招呢？要是那會兒有楊猛這份魄力，何至於上了顧海這條賊船啊？

10. 小楊猛你等著

「他總和我提起以前的事，說後悔念書的時候那麼對我，後悔把我當個踏板，趁機接近你。後悔把我當個出氣筒，在你那受了氣，就跑到我跟前罵人。他說如果時間可以倒流，他當初一定把傾注在你身上的好分給我一半……」

白洛因詫異，「當初他對你這麼不好啊？」

「沒覺得啊！」楊猛撓撓頭，「我早就忘了，光記著他那兩道大鼻涕了。」

白洛因指指茶几上的乾果，招呼著楊猛。

「吃點兒栗子吧。」

楊猛掃了一眼，淡淡說：「懶得剝。」

「都是剝好的。」

這不是帶殼的？楊猛驚駭地拿到自個面前，這得包裹多厚的塵土，才能到達這種境界啊！

「幹嘛要剝好了擺在這啊？」楊猛一副可惜的表情。

「不是我剝的，是顧海臨走前剝好的，喏，這還有點兒夏威夷果。」白洛因指指另一團黑東西。

楊猛一邊感歎東西被糟蹋的同時，也感慨顧海對白洛因一如既往的疼愛。

「真羨慕你啊！」楊猛握住白洛因的手，「結了婚特幸福吧？」

白洛因一副悔不當初的表情，「結婚一點兒都不好，我勸你別結了，真的，結婚之前就兩人，結了婚之後是兩大家子的人。而且兩人之間的相處模式也變了，和以前不是一種感覺了，反正我是後悔了。」

楊猛瞧著白洛因灰頭土臉但仍掩飾不住的好氣色，相比前兩年看到的那般滄桑，真心不太理解白洛因苦從何來。

「他現在還給你做家務麼？」楊猛問。

白洛因想也不想地回道，「做啊！」

「還一頓飯給你做四、五個菜麼？」

「嗯嗯。」

「每天晚上給你按摩？」

「差不多吧。」

「錢都交給你管？」

「這倒是。」

楊猛齜牙，「我真想抽你！你還想怎麼著？」

「你不理解，同樣是享受這種待遇，身分不同了，心態不同了，感覺自然就不同了。」

楊猛冷哼一聲，「你丫就是被慣得找不著北了。」

白洛因繃了一會兒，終於樂出來，笑得如沐春風。

「逗你的，結婚挺好的，心裡踏實，你也趕緊找個喜歡的人結了吧！哦，對了，咱剛才說到尤其的事，怎麼扯到我身上了？你想好怎麼辦沒有？」

楊猛思忖了片刻，絮絮叨叨地說：「我覺得，尤其可能還是沒忘了你，他每次和我表達感情，總是捎帶上你。我有點兒懷疑，他喜歡我，是不是因為我的身上有你的影子？」說著，楊猛站起身，兩手插兜地立在白洛因面前。「我到底哪個地方和你像啊？我改還不成麼！」

白洛因看著眼前這個比自個小了一套的身體，忍不住笑了，「你多餘操這份心，咱倆除了性別像，哪都不像。他就算喜歡你，也和我沒有半點兒關係。你還是想想，怎麼處理你倆的關係吧？挑明還是？」

「不能挑明。」楊猛語氣很堅決，「在他沒和我表白前，切勿輕舉妄動，萬一人家不是那個意思，我說這些不是鬧笑話了麼？」

「也是……」白洛因琢磨著，「要不這樣吧，你要真不喜歡他，你就找個女的談戀愛吧！你現在認識的人也多了，工作也挺體面的，應該有不少女孩樂意跟你。他要是真喜歡你，這麼一來等於委婉地拒絕了，他要是不喜歡你，你就算除了一個心病，還得一個女朋友。」

楊猛想想，「這個法子聽著倒是不賴，關鍵是如果他以種種藉口禁止我戀愛呢？比如考慮到工作方面的……」

「你先等一下。」白洛因手機響了，「我先接個電話。」

楊猛點點頭。

白洛因拿著手機去了別的屋，不一會兒走回來，眼角捎帶著幾分笑意。

「顧海來的電話？」楊猛試探性的問。

白洛因點點頭。

楊猛又問，「你告沒告訴他我在這？」

「告訴了。」白洛因美不滋的，「我還和他說今兒晚上讓你留在這吃飯。」

「千萬別！」楊猛一副驚駭的表情，「他不得削了我啊！」

白洛因揚唇一笑，「放心，他現在沒那麼小心眼了。」

楊猛這才鬆了口氣。

「我下去買點兒菜，一會兒咱哥倆喝幾杯，慢慢聊。」白洛因朝楊猛說。

楊猛起身，「我和你一起去吧！」

白洛因又把楊猛按到沙發上，「不用你了，我這就回來。」

白洛因走了沒一會兒，楊猛就收到了顧海的簡訊，就仨字——

「你等著。」

11. 原來竟是如此

吃過飯，白洛因朝楊猛說：「要不你今兒晚上甭回去了，就在我這住吧。」

楊猛想起那條簡訊，忙說道：「不用了，我還是回去住吧，沒準趁著酒勁兒就和他挑明了。」

「你說話的時候注意語氣，別因為這事傷了和氣，沒準他就是稀罕你、待見你才對你這麼好的，咱也別總是往歪處想。」

「但願如此吧！」

在尤其家的社區入口停車，這會兒剛八點多，飯館的生意正熱鬧，楊猛看到尤其的車停在飯館門口，心裡詫異，尤其咋到這種地方吃飯來了？

「尤大帥啊，你看我好不容易請你吃頓飯，你就選了這麼一個小飯館，都讓我們倆口子過意不去了。」

尤其略帶醉意的雙眸掃了對面一眼，嘴角揚起隱晦的笑容。

「你倆幫我忙，本該我請你們，你們非要這麼客氣，我總是拒絕好像要大牌似的。飯館不在高檔，在於特色，這家的天津菜做的不錯，我經常來這吃。」

對面的男人笑吟吟的，「那個小員警在你那幹得怎麼樣了？」

提起楊猛，尤其眼睛裡浮現出罕有的柔情。「他啊！整天傻不愣登的，過得挺好。」

女人也插了句嘴，「你對哥們兒真是好得沒話啊！我要是他，知道你煞費苦心，就為了讓他過得滋潤點兒，我得感動得稀裡嘩啦的。」

尤其敲著飯桌的手指驟然停住，看著對面二人的目光也發生了變化。

「絕對不能讓他知道。」

女人還口道，「其實我覺得沒啥吧，他知道了興許還會感動呢！」

「我還是那句話，你們就當那件事沒發生過，以後沒要緊事，咱們也少見面。」

男人斜了老婆一眼，「你們老娘們兒就知道感動不感動的，人家是個爺們兒，自尊心強著呢，能和你一個想法麼？」

女人怒目，「你管誰叫老娘們兒呢？」

「得得得，我不和妳說了，我先出去接個電話。」

楊猛從車裡走出來，剛要給尤其電話，突然發現飯館裡走出來一個熟悉的身影。楊猛這輩子都忘不了這貨，當初和媳婦兒串通好，把他折騰出派出所，從此連家都不敢回。他姥姥的，竟然又讓爺碰見你了！

男人打完電話，扭頭進了門，楊猛也跟了進去。

男人繞過大廳，直奔包廂，楊猛不動聲色地跟著。突然，男人在一個房間前停住了腳步，正巧這會兒尤其走出來。楊猛剛要開口叫尤其，這個男人卻先說話了，而且是對尤其說的。

「去哪？」

尤其淡淡回道，「去個廁所。」

男人頗為尷尬，「這個破飯館，包廂裡連個獨立的廁所都沒有。」

眼瞧著尤其朝自個這邊走過來，楊猛趕忙走到幽暗的樓梯口，跨上去兩階。等尤其從廁所走出來，再次朝那個包廂走過去的時候，男人還站在門口等尤其，兩人有說有笑地走了進去。

楊猛的腦袋轟的一下就炸開了，腦漿濺落滿地。瞬間什麼都明白了。

楊猛大步朝那個包廂走去，一腳踹開門，那個男人正在給尤其倒酒，女人笑盈盈的，裡面的氣氛真和諧。

尤其看到楊猛的一刹那，愣住了。

「你……你怎麼來了？」

楊猛抄起一把凳子就砸到了尤其身上。

「尤其我草你大爺！我楊猛沒窮酸到要靠你費這麼大工夫接濟我的份上，你知道派出所的工作是我爸花了多大心血才搞定的麼？就被你安排好的一齣戲給糟蹋了！我今兒非打死你不可，我草！」

旁邊的兩人第一次瞧見尤其這麼慫，他們和尤其有過幾次接觸，平日裡也關注一下他的新聞，印象中尤其脾氣很不好，經常對記者爆粗。怎麼被這麼一個弱小雞子似的人給拿住了？挨了這麼多下，一點兒沒生氣，還總是賠著笑。

「行，你樂意打就打吧，打完了繼續跟我幹。」

旁邊的女的看不下去了，一邊勸阻一邊埋怨楊猛，「你也真是的，他不是為了你好麼？那派出所能有什麼賺頭啊？你瞧瞧你現在跟著他，車也開上了，名牌也穿上了。什麼都是人家給你的，到頭來你還不樂意了！」

「你們倆先滾出去！」尤其怒吼一聲。

男人拽著女人，匆忙的離開了包廂。

楊猛喘著粗氣，將衣服一件一件地扯下來撇到尤其身上，咬牙切齒地說：「都還你，全都還你，外邊的車我也不開了，您嘞好自為之吧！」說完，赤膊短褲地奔出了飯館。

十一月份的北京夜晚，早已冷風習習，楊猛就穿著一條短褲在街上攔車，一輛又一輛的計程車與他擦身而過，愣是沒人樂意拉他。最後還是一個好心眼兒的大爺，把楊猛請上了他的出租摩的51。

摩的一啟動，裡面到處都漏風，楊猛用手摸了一下，才發現車棚就是用透明膠帶糊的，依稀可見外面朦朧的燈光。楊猛感慨萬分，怎麼就從開著名車，穿著名牌的小金領一下子淪落到衣不蔽體，坐沒棚摩的的地步了？

前面的老大爺開口了。「小夥子，被逮住了？」

楊猛哆嗦得骨頭縫都是疼的，聽到老大爺這話，腦袋一下就熱了。低頭瞧瞧自個的裝扮，再看看外面裹著大衣、步履匆匆的行人，兩道辛酸淚滑落眼眶。

「下次小心著點兒吧。」

「……」

「去哪啊，小夥子？」

楊猛吸著鼻子，腦子遲鈍地轉了轉，貌似除了投奔白洛因，也沒得選擇了。誰讓他最幸福呢？不去禍害禍害心裡多不平衡！

12. 禍害跟著禍害

夜深人靜，白洛因穿著一條小內褲，坐在電腦前。

螢幕上映出一張清晰的流氓臉。

「嘿，還穿著內褲幹什麼？脫了唄！」顧海調侃道。

白洛因一邊吐著煙霧，一邊用懶懶散散的目光打量著顧海。

「不脫，脫了不文明。」

顧海笑得狡黠，「就你一個人還文明不文明的？」

「誰告訴你就我一個人？」白洛因將電腦挪正，一本正經地朝顧海說：「你剛一走，我就把小情人給領回家了，昨晚上玩了一宿，倍兒爽！」

「是麼？」顧海哼笑一聲，「你們怎麼玩的？給我講講。」

「滾一邊去！」白洛因撚滅菸頭，「和你逗逗悶子[52]，你還真信了？」

「我還就真信了！」顧海臉一沉，佯怒著朝白洛因說：「你把小情人藏哪了？」

51：以機車營運的計程交通工具。

52：開玩笑。

白洛因瞧見顧海來勁了，心一橫，存心和他過不去。

「櫃子裡呢，我把他藏櫃子裡了！」

顧海越聽越邪乎了，威猛的大手一指，「把櫃子給我打開！」

白洛因哼笑著，「不開，打開了刺激到你怎麼辦？」

「我今兒就是找刺激的。」

「……」

楊猛從電梯裡猛地衝出來，瞧見門是虛掩的，嗖的一下閃進屋，一股熱氣竄到體內，頓時覺得心肝肚肺都暖和了。他赤腳走進白洛因的臥室，悄無聲息的，本想讓白洛因給他找件衣服穿，結果發現白洛因和他一個打扮，而且還在視訊聊天。

「我滴個娘啊！怎麼還開著視訊呢？」

小處男楊猛顧自嘟囔了一下，著急忙慌地閃進了衣櫃裡。

白洛因還在忘我地和顧海調情，不料眼尖的顧海臉色驟時變了。

「我怎麼看到有個人閃進了咱的櫃子裡？」

白洛因冷哼一聲，「本來就有……」

「我說的是真的！」顧海急了。

白洛因反諷，「演得還挺像。」

「誰和你演了？把櫃子給我打開。」

白洛因輕咳兩聲，「這可是你要找打擊的？到時候瞧見我的小情人，可得客氣一點兒，怎麼著也是你的……你的……草……咋還成真的了！」

白洛因把櫃子打開了，楊猛正在裡面挑著衣服，還沒來得及套上，就穿著一條內褲縮在櫃子裡。瞧見櫃子打開，楊猛也嚇了一跳，然後和白洛因大眼瞪小眼。

「不是……你怎麼在這啊？」

楊猛還沒說話，顧海那邊先開口了。

「白洛因，你丫要是個爺們兒，你就別跑，明早上我就到家。」

啪──螢幕黑之前一陣碎裂的響聲，砸到了白洛因的心坎裡。

「這回操蛋了！誤會鬧大了。」白洛因的臉上罩了一層霧霾。

楊猛挺尷尬地撓撓頭，「顧海應該能看出來是我吧？」

「看個蛋啊?!」白洛因惱意十足，「攝影鏡頭離這多遠啊！他除了能看出來你沒穿衣服，別的啥也看不出來！你說你來我這怎麼不事先打個電話啊？就算不打電話，你也不能這個打扮過來吧？

你……」還沒說完，楊猛先撲到白洛因身上號啕大哭。

「因子啊！你可得給我作主啊！」

白洛因滯愣片刻，算是找回了幾分善心，拍著楊猛的後背說：「有事慢慢說，是不是尤其和你表白了？」

「別跟我提他！」楊猛使勁捶了白洛因後背幾下，「我這輩子算是栽他手上了。」

白洛因瞧見楊猛掛在自個身上，兩條腿圈著自個的腰，圓潤的兩瓣正好卡在小腹處，再加上兩人都只穿著內褲……這場面，連他自個都想入非非。

「你先冷靜冷靜，咱慢慢說。」

待到楊猛情緒穩定下來，把事情的前因後果都和白洛因講明白，白洛因卻一副完全不在意的表情，「鬧了半天就這麼點兒小事啊？這不挺好麼？既給了你一份好差事，又給了你一個臺階下。」

「好？」楊猛齜著牙，「擱你你樂意麼？」

「要是有個朋友這麼真心實意對我好，就算是騙我的，我也感激他。」白洛因說得不痛不癢。

楊猛斜了他一眼，「如果這事是顧海做的呢？」

白洛因眯縫起眼睛，目光中散發出幾分寒意。

「那我就削了他！」剛說完，顧海那邊來了電話，白洛因這才回過神來，他還惹了這位爺呢，估摸著挨削的會是他。於是趕忙態度端正地和顧海解釋，這一解釋就解釋了半宿，熬得楊猛眼圈都黑了。

「說通了？」楊猛打著哈欠問。

白洛因點點頭，「嗯，總算把這位爺給搞定了。」

「先睡覺吧！」楊猛拍拍被子，他剛才已經作了一個夢了。

白洛因剛要從這間臥室走出去，門鈴就響起了。楊猛突然從床上竄起來，一把拽住白洛因的胳膊。

「肯定是尤其，肯定是尤其，就說我不在，絕對不能讓他進來！」

白洛因披了件衣服去開門，打開門一看，果真是尤其。

「因子，猛子在你這沒？」

白洛因一副若無其事的表情，「猛子不是整天和你在一起麼？」

「少給我裝！」尤其挺精，「你丫這麼晚還穿戴這麼整齊，家裡一定有人，讓我進去。」

白洛因挺無奈，「他不讓你進，要不等過兩天他心情好點兒，你再過來？」正說著，手機又響了，白洛因心裡這個煩啊！不是已經說通了麼？怎麼又來電話了？電話剛接起來，白洛因還沒來得及開口，尤其先說話了。

「因子，你就讓我進去吧，看在我是你老相好的份上。」

「誰是你老相好啊？」白洛因對著手機那頭暴怒一聲。

尤其趁機行事，對著手機大聲說道：「你要不讓我進去，我就把咱們當年那些事全倒出來，當初你睡覺不穿衣服，你……」

白洛因一腳將尤其踹了進去。

13. 這下痛快了吧？

「猛子……」尤其站在門口叫了一聲。

楊猛在被窩藏得好好的，一聽尤其的聲音，立馬鑽出大半個身子，指著尤其怒聲吼道：「你丫咋進來了？滾出去！」

「猛子，和我回去吧，在這打擾人家小倆口多不好啊！」尤其難得溫柔一次。

楊猛絲毫不買帳，「甭說得就跟咱倆多親似的，我在這打擾那是我樂意，和你有毛關係啊？你離我遠遠的，越遠越好，我看見你就噁心！」

尤其的臉色變了變，但依舊維持著那幾分誠懇的態度。

「猛子，我知道這事是我辦得不厚道，可我也是為了你好啊！你說你整天泡在派出所有什麼意思啊？你瞧瞧你那些哥們弟兄，哪個不比你風光？你整天怨聲載道的，我聽著也替你著急啊！我不是施捨你，我只是助你一臂之力。」

「少美化你的出發點！」楊猛起身，目光咄咄逼人，「你不就是想找個人擠兌麼？你不就是想找個出氣筒麼？老同學給你當助理，你覺得倍兒有面，倍兒風光！你多能耐啊！老同學在學校讓你擠兌，出了學校還得伺候你！誰有你有本事啊？」

「楊猛，你丫說這話喪良心不？」尤其往裡跨了兩步，「你見過哪個出氣筒整天對老闆大吼大叫？你見過哪個出氣筒讓老闆開車，自個坐在旁邊睡大覺？你看見過哪個出氣筒一點兒家務不幹，看電視還得讓老闆當靠背？」

楊猛瞧見尤其越走越近，大聲警告道：「你丫別過來啊！你要是敢碰我一下，我拿這個菸灰缸砸你信不信？」

尤其一副「讓暴風雨來得更猛烈些」的表情。

「因子！」楊猛開始搬救兵，「幫我把他轟出去！」

白洛因探頭朝裡面看了一眼，一副事不關己、高高掛起的表情。

「沒事，你倆有什麼話就說出來，說開了就好了。」然後把門一關，自個在外面叼著菸悠閒地抽著。

「草！我真砸了，我真砸了！」

砰！

「你真砸我？楊猛，你丫真下得去手？」

「不夠？不夠我再來一下？」

「尼瑪！你真以為我不敢對你動手？」

劈里啪啦，乒哩乓啷……

白洛因站在外面，聽著裡面的動靜不對，趕緊撇下菸頭往裡衝。這一進去不要緊，滿地都是玻璃碴子，根本沒有下腳的地方。值錢的不值錢的全都給砸得差不多了，就剩下一個子彈殼黏的小飛機，那是白洛因送給顧海當生日禮物的，這會兒正被尤其拿在手裡，拿來威脅楊猛。

「你跟不跟我回去？不回去我就拿這個砸你！」

楊猛指著腦袋，「有本事你照這砸！使勁砸！我瞧你敢不敢！」

「我還有啥不敢的？」尤其作勢要舉起來。

楊猛還沒怎麼樣，白首長發話了。「你敢砸一個試試！」

這一聲吼當真是氣衝雲霄，尤其立馬老實了，白洛因一把將心愛之物摔回懷中，狠厲的目光打量著尤其，情緒依舊未平復。

「你知道這是什麼啊？你就往地上砸?!」

尤其英俊的臉上浮現幾絲懊惱，「砸壞了我可以賠你！」

「這是用錢能買來的麼？」一副教訓新兵蛋子的口氣。

楊猛在旁邊聽得這叫一個痛快啊！立馬附和道，「就是，有些人就認得錢，以為自個有錢就無法無天了。」

「還有你！」白洛因又朝楊猛怒喝一聲。

楊猛的小腦袋也垂了下來。

「你是不是二啊？」白洛因接著數落，「你不會用激將法就別用！那是我的東西，他有什麼不敢砸的？」

楊猛徹底不吭聲了。

「你們倆都算上，一個鐘頭之內，把我這個房間打掃乾淨。還有，以後打架回自個家打去，砸我東西叫什麼事啊？」

說完這話，白洛因氣衝衝地出了家門，到了樓下二十四小時營業的咖啡廳坐了一個鐘頭，和顧海各種解釋，總算是把那個醋缸子哄好了。眼看著天快亮了，這一宿鬧的，肚子都折騰空了，先回去惡補一下再說。

推開門，裡面很安靜，看來已經打完了，白洛因輕緩了一口氣。

突然，他的鼻子嗅到一股濃郁的骨香，味道熟悉得白洛因差點兒掉眼淚。那可是顧海臨走前給他熬好的，滿滿一大盆，放在冰箱裡存著，每次拿出來泡飯、煮麵，都是獨守空房的最好慰藉啊！

心驚膽戰地奔向廚房，看到楊猛正抱著盆在那喝湯，咕咚咕咚的，一口接著一口，看得白洛因心都碎了。

楊猛擦擦嘴，打了個飽嗝，一臉滿足的表情看著白洛因。

「房間給你打掃乾淨了，冰箱裡的剩菜剩飯也都給你打掃乾淨了，這回你心裡痛快了吧？」

「……」

14. 有人疼可真好

楊猛還是沒和尤其回去，這三天一直待在白洛因的家，白天白洛因去部隊，楊猛就到處找工作。晚上白洛因到家之後，楊猛已經很自覺地把晚飯買好了，偶爾還會收拾收拾房間，雖說成效不大，但比白洛因強多了。

這三天，尤其一得空兒就來拜訪，每次都帶著滿滿的誠意而來，空空的成果而去。

中午吃飯，門鈴又響了，白洛因去開門。尤其的俊臉剛一閃進視線，楊猛就高呼一聲。

「我不會和你回去的！」

然而，這次尤其沒有重複前幾日的懇求之詞，而是直接把行李包往白洛因懷裡一塞，淡淡說道：「這裡面都是猛子的衣服，我看他穿你們的衣服太不合身了，就把他的衣服送過來了，穿不穿由著他吧！」說完，扭頭走人，背影冷酷。

「又尼瑪裝……」楊猛含著筷子嘟囔一句。

白洛因打開行李包，把衣服抖落出來，瞧見很多都是沒剪掉標籤的新衣服，一看就是尤其新給楊猛買的。於是走到楊猛跟前，故意晃了晃新衣服，歎道：「你瞧瞧人家對你多好，衣食住行樣樣給你想到了，平時那麼忙，還特意去商場給你買了這麼多厚衣服，趕緊換上吧！」

「不穿！」楊猛埋頭吃著碗裡的飯。

白洛因斜了楊猛一眼，「你就這麼喜歡把我的夾克當風衣穿？」

楊猛不吭聲。

「差不多得了，都是同學，即便你不喜歡人家，好歹給個面子吧！你要真捨不得派出所那份工作，我看看能不能找人把你安排回去。」

楊猛俊美的臉頰上浮現幾絲糾結之色，沉默久久後目光又黯淡下來。

「算了吧，再回去也沒啥意思了。」

白洛因手機又響了，顧海那邊是平均一個小時一個電話，比看犯人盯得還緊。瞧見白洛因出去，楊猛放下筷子，偷偷摸摸走到行李包前，翻找了一陣，果然瞧見裡面有個塑膠袋，塑膠袋裡面有兩罐臭豆腐。

與前幾次送來的不同，這次盛放臭豆腐的罐子上還貼上了一個標籤，上面寫著兩行字。

「你好這一口，我就好你這一口，有人喜歡臭豆腐，就有人看上傻子。」

完了完了……這是向我表白了麼？……

楊猛的心像個彈力球一樣在肚子裡亂竄，腦門子滲出細密的汗珠，俊美的小臉上浮現幾絲恐慌之色，聽見門響，趕緊把臭豆腐塞回去，坐到了飯桌前。

「吃飽了？」白洛因見楊猛一直愣神，遲遲不動筷。

楊猛像是剛回過神一樣，繼續低頭扒拉碗裡的飯。

白洛因審度的目光細細地打量了楊猛幾眼，楊猛就心虛了，輕咳幾聲，沒話找話說，想緩解一下尷尬的氣氛。

「那個……顧海快回來了吧？」

「嗯，再有三、五天就該回來了。」

楊猛趕緊補了一句，「等他回來我就搬走。」

白洛因看著楊猛，一副欲言又止的表情。

楊猛心一緊，撂筷問道：「你是現在就要轟我走？」

白洛因同情的目光投向楊猛，幽幽地說：「我是想告訴你，你把可樂倒到米飯裡了。」

「……」

一連五天，尤其連個影都沒冒。

眼瞧著顧海快要回來了，楊猛心裡突然有些後悔了，細細算來，他和尤其共事也有兩個來月了。平心而論，這兩個來月，尤其對他真的不錯，雖然偶爾神經質地欺負他一下，但大部分時間都很照顧他。如果說尤其費勁巴拉地把他拽到身邊，只是為了擠兌他，確實有點兒說不過去。

可他為啥就沒信兒了呢？

這幾天，楊猛每天晚上用手機看娛樂新聞，時時關注尤其的動向。他在尤其身邊待了那麼久，自然知道哪些東西是真的，哪些東西是炒作。

「尤其深夜與陌生女子同入夜店。」

「近幾日，記者接連拍到尤其與神祕女子在高檔會所幽會。」

「人氣偶像尤其疑結新歡。」……

兩天沒看新聞，突然冒出來這麼多條，楊猛一下子竟有些消化不了。他重點看了記者偷拍的日期，去夜店的那一晚，正巧是尤其給楊猛送臭豆腐的那一天。白天給他送完臭豆腐，晚上立刻擁著香水美人入懷了。

「騙子……」楊猛從牙縫裡擠出兩個字。

這一晚，楊猛竟然莫名其妙地折騰了半宿沒睡著。

第二天，白洛因難得放假，聲稱要給楊猛做頓飯吃。等楊猛走進廚房，發現白洛因眼圈都紅了，他是第一次看到白洛因掉眼淚，心裡咯噔一下，走進去朝白洛因說：「因子，你要真不想給我做飯，就別勉強自個了，我承受不起啊！」

「沒事，切辣椒切的。」

吃飯的時候，楊猛發現白洛因表情特別怪，吃飯的時候也顯得特費勁，照理說這飯也做得湊合，不應該這麼難以下嚥吧？

「因子，你怎麼了？」楊猛問。

白洛因硬著頭皮回了句，「沒事。」

「我瞧你臉色不對勁啊！」楊猛挺關切地看著白洛因。

白洛因依舊挺著，「沒事，吃你的飯吧！」

等吃完飯，楊猛主動去洗碗，白洛因在陽臺上給顧海打電話，楊猛隱隱約約聽到白洛因提起自個的名字，就湊過去偷聽。

「我今天切完辣椒，沒洗手就尿尿了，我的鳥都快燒著了！你快點兒給它降降溫吧！」

如果放在以前，楊猛聽見這話肯定得笑得倒地不起，但現在一點兒都笑不出來。他從沒聽過白洛因用這種語氣說話，就像小孩依賴著父母，有些話朋友之間是說不得的，就好像剛才白洛因那麼忍著，也不肯吐露一個字。可到了愛人面前，再隱祕的東西也可以毫無芥蒂地說給對方聽。

有人疼真好，一丁點兒的委屈都可以在對方那裡得到莫大的安慰。

15. 一個恐怖驚喜

晚上，白洛因幫楊猛收拾東西。

「你確定明天就走啊？」白洛因問。

楊猛點頭，「明兒顧海就回來了，我還敢在這住著麼？」

白洛因倒顯得挺大方，「你一直在這住著都沒問題，不是有兩間臥室都空著麼？我倆白天都不在家，晚上才回來。你在這多住幾天，讓顧海好好給你做幾頓飯吃，你在這待了這麼多天，一頓正經飯都沒吃上。」

楊猛想起前幾日收到的那條簡訊，斷然回絕，「甭客氣了，我還是老老實實回去吧！這幾天我也想通了，犯不上和那種人置氣。」

白洛因笑了笑，沒說什麼。

東西都收拾好了之後，楊猛心裡還是緊巴巴的，到底去不去找尤其呢？前幾天尤其來這請的時候，楊猛一直按兵不動，結果尤其晾了他幾天，楊猛倒待不住了。這兩天他一直琢磨，假如尤其再來一次，他一定跟著走了，可尤其偏偏沒影了。

就這麼回去找他？越想越覺得窩囊，可不找他又能怎麼辦呢？

這些日子尤其的很多事兒都是楊猛幫著打理的，真要把他晾在那，勢必會很棘手，反倒成了楊猛翻臉不認人了。再說了，楊猛這程子到處晃蕩，那些狐朋狗友都知道他有錢了，一下子被打回原形，臉往哪放啊？

白洛因一回頭，瞧見楊猛還在那愣神，便用手拍了他後腦勺一下，「想什麼呢？」

「我想著，這是我在你家住的最後一宿了，今兒晚上咱哥倆好好聊聊。」

事實上，楊猛是想趁著這個機會開口求白洛因幫忙。

白洛因想也沒想便答應了。

晚上，兩人靠在床頭，白洛因點了一根菸，靜靜地抽著。

「咱倆有多久沒睡在一塊了？」楊猛自問自答，「我記得小時候你天天往我家跑，在我家吃，在我家睡，你還記得我奶奶縫的那個小老虎枕頭不？你每次來我家睡，都和我搶那個枕頭，現在還在櫃子裡收著呢。」

白洛因硬朗的面部線條柔和了許多，「當然記得，小時候你家的飯比我家的好吃，被子也比我家暖和，我天天往你家跑，你爸媽都不嫌煩。現在想想好像是昨天的事，一晃咱都這麼大了，那一片的街坊都搬得差不多了。」

楊猛歎了口氣，「還是小時候好，整天就知道傻玩，什麼煩惱都沒有。」

白洛因扭頭瞧著楊猛兩條眉毛往中間一擰，小嘴一張一闔的，越看越順眼，忍不住把手伸過去在楊猛的臉上捏了一把，調侃道：「小時候你長得就和小丫頭似的，長大了還這麼好看。」

「去去去……」楊猛還不樂意聽了，一把將白洛因的手畫拉下去。

白洛因好久沒摸到這麼軟和的臉了，忍不住多捏了幾把，色迷迷地注視著楊猛，「我都一年多沒碰過女人了，好不容易逮著一個細皮嫩肉的，你還不讓我解解饞？」

「別鬧。」楊猛拽住白洛因的手，挺緊張地問：「你確定顧海今兒晚上不會回來吧？」

「確定啊！」白洛因滿不在意地說，「他明天下午三點的機票，怎麼著也得六點鐘才能到家。怎麼？你怕他看到咱倆睡在一塊啊？」

楊猛點點頭。

「他有那麼可怕麼？」白洛因挺納悶，「他雖然渾了點兒，可他挺講理的，怎麼你們一個個提起他就跟提起殺人犯似的？」

「那是對你。」楊猛一副畏懼的表情，「反正我看見他就犯怵。」

「你啊！就踏踏實實睡覺吧，我保證他明天中午之前肯定回不來。」

楊猛稍稍放心了，開始把話題往自個身上扯。

「因子啊，你說我這麼回去，是不是挺那個的？」

白洛因沒明白，「哪個？」

楊猛吭哧半天也沒說出來。

白洛因倒是自個領悟了，「我知道了，你想回去找尤其，又抹不開面子，想讓我和尤其通個話，讓尤其過來找你對吧？」

「你太了解我了。」楊猛一把攥住白洛因的手，「記住，別讓他知道咱倆是商量過的。」

白洛因被楊猛神神叨叨53的模樣逗笑了。

楊猛心裡舒坦了，瞇著眼睛醞釀著睏意。

突然，一陣窸窣的開門聲驚醒了楊猛，他一把攥住白洛因的胳膊，緊張地問道：「是不是顧海回來了？」

白洛因也隱約聽見了什麼動靜，仔細聽了一下，動靜又沒了，於是拍拍楊猛的肩膀說：「沒事，鄰居家的開門聲。」

楊猛緊繃的神經剛要鬆弛，又一陣清晰的開門聲將他徹底嚇懵了。
「大寶貝兒——」隔壁臥室傳來清晰有力的一聲呼喚，伴隨著床板的震動。
白洛因都可以想像到，顧海是如何從門口躡手躡腳地走進來，潛入旁邊的臥室，黑暗中猛地撲到床上，然後……撲了個空……
「你不是說他不會回來麼?」楊猛的手瞬間冰涼。
白洛因僵硬著身體說不出話來。
「因子，救我!」
白洛因安慰楊猛，「沒事，我會和他好好解釋的。」
楊猛死死攥著白洛因的手，「別解釋，千萬別解釋，你現在就出去，千萬別說我在這。我先找個地兒藏起來，等抓住時機再溜出去。」
多一事不如少一事，白洛因只好同意。
「記住，千萬別把門鎖上。」
千叮嚀萬囑咐過後，楊猛迅速鑽進了寫字桌下面的書櫃裡。

16. 來給楊猛收屍

「你怎麼跑那屋睡去了？」顧海問。

白洛因岔開話題，「你怎麼今兒就回來了？不是說明兒下午才到家麼？」

「等不及了。」顧海兩隻大手狠狠揉捏著白洛因的兩頰，嘴角噙著笑，眼睛裡放著閃閃邪光，「多和你分開一宿，我就得少活十年。」

白洛因用膝蓋朝顧海的胯下頂了一下，「先去洗澡吧。」

「咱倆一塊洗。」

「我已經洗了。」白洛因推了顧海一把，「你去洗吧，我去給你找衣服。」

顧海轉身進了浴室。

白洛因特意去了楊猛藏身的臥室找睡衣，進了屋之後小聲提醒道，「他進了浴室，你找個機會就從門口溜出去。」說完，拿著睡衣若無其事地走出了臥室。

楊猛輕手輕腳地從櫃子裡爬出來，潛伏到門口，剛要推門，就聽到白洛因在外面說：「你怎麼不關浴室門啊？」

顧海說：「就咱們兩人，關什麼門啊？」

「關上點兒吧，霧氣都跑到外面了。」

顧海的手臂支著牆壁，被水流沖刷的俊臉浮現幾分色意。

「你進來，進來我就關門。」

為了盡快把臥室戰戰兢兢的那位送出去，白洛因只好順了顧海的意。

楊猛聽到浴室的關門聲，將門打開一條小縫，探出小腦袋朝外看了看，浴室的門的確關上了。於是放心地走出去，拿著自個的東西，偷偷地從門口溜走了。上了電梯，楊猛才發現錢包沒帶，這麼晚了，沒有錢哪成？於是又折返了。

好在白洛因家裡的門還沒關，浴室的兩人正在溫存著，楊猛順利地溜了回去，開始在屋子裡翻找。結果，明明放在沙發上的錢包卻不見了。楊猛找了好一會兒都沒找到，實在沒轍了，只好先拿白洛因的錢用。

「我帶回來一種油，又香又滑，特好用。」顧海貼附在白洛因的耳邊，「我出去拿，你先泡著。」

白洛因剛才清晰地聽到門響，確信楊猛已經走了，於是放心地讓顧海出去了。

楊猛拿著錢剛要走，突然視線內出現一個健碩的裸男，嗖的一下閃進臥室，哆哆嗦嗦地躲到門後面。

「你把外面的門鎖上吧。」白洛因朝顧海喊了一聲。

別啊！楊猛心中哀號數聲，因子，我還沒出去呢！攥著拳頭祈禱了幾秒鐘，只聽砰的一聲響，所有的念想都斷了。白洛因家的門裡外都上鎖，沒有鑰匙，就算那兩人睡了，楊猛也溜不出去。

「門鎖好了麼？」白洛因問。

顧海點頭，「裡外都鎖上了。」

白洛因的天性好像突然解放了，朝顧海露出邪惡的表情，眼睛肆無忌憚地在顧海身上流連片刻，幽幽地喚了一聲。

「顧——大——鳥！」

顧海也壞壞地回了句，「白——小——菊！」

「哈哈哈……」一陣不檢點的笑聲。

楊猛在裡屋暗暗懺悔，不好意思，我全都聽見了……噗哧一樂，然後用手捂住嘴，貓進了櫃子裡。

「楊猛走了麼？」顧海問。

白洛因先是一驚，而後反應過來，顧海只是問楊猛是否還在這住著。

「昨兒就走了。」白洛因說。

顧海把手伸到白洛因的腿間，一般摩挲著一邊說道：「算ㄚ的識相，真要讓我撞見了，老二給他擰下來。」

楊猛迅速捂住襠部，巴掌大的小臉上露出惶恐的表情。

很快，浴室裡傳出清晰的喘息聲，聽得楊猛面紅耳赤，這倆口子也真是的，剛回來也不好好休息一下，在浴室就提槍上陣了。可憐他這麼個正直檢點的人，迫不得已要聽他倆的床底私語，多玷汙他小處男的純潔耳朵啊！

楊猛從櫃子裡爬出來，悄悄跑到門口去偷聽。

這個過程真是冗長啊！楊猛禁不住佩服二人的體力，他在門口都蹲累了，那兩人還嘿咻嘿咻得幹得起勁呢！楊猛有點兒渴，從臥室鑽出去，跑到客廳倒了一杯水，舉起來剛要喝，就聽到浴室裡傳來激情的對白。

「要射了……」

「快……射我嘴裡……」

楊猛差點兒把嘴裡的水噴出去。

又在臥室裡貓了十分鐘，外面總算是消停了，楊猛鬆了口氣，看來這兩人是打算去睡覺了。他倆一睡覺，楊猛就可以踏踏實實眯一會兒了，只要熬到明天早上顧海上班，楊猛就算徹底安全了。剛鬆了一口氣，就聽到外面傳來一個聲音。

「就喜歡你跪著給我舔。」

楊猛一驚，將門打開一條小縫，眼睛朝外瞄去，瞬間掃到不和諧的一幕，這兩人竟然在客廳的沙發上……好吧，體力真好，剛在浴室折騰完，又跑到客廳了。

這一等又是半個鐘頭，結果，楊猛沒等到兩人回臥室，反而聽到了沙發腿磨地發出的吱吱響，以及某兩人毫不避諱的喘息呻吟聲。

楊猛剛才口渴，喝了不少水，這會兒憋了一泡尿。這間臥室裡沒有浴室，他要繞過客廳才能去浴室，意味著他必須得等這兩人在客廳完事。

又是半個鐘頭……楊猛徹底服了，剛才那一炮是白打了麼？這會兒又和沒幹過似的，精力忒尼瑪旺盛點了吧？

要憋不住了……楊猛攥著小鳥，一個勁地催促著外面的兩個人，快射吧，快射吧……

「我想射了。」白洛因的聲音。

楊猛終於看到了一絲曙光。

「不許射，先憋一會兒，和我一起。」

楊猛聽到這話差點兒失禁，他替白洛因哀求顧海，求求你，你讓他射了吧。

「真受不了了……」白洛因又替楊猛喊出了心聲。

不料顧海狠心來了句，「你哭著求我，我就把手鬆開。」

楊猛的眼淚差點兒飆出來，大哥，我哭著求你了，你趕緊讓他射了吧！

終於，楊猛等到了兩聲低吼。

擦了擦額頭的汗，準備第一時間殺出去。

「它還硬著呢，怎麼辦？」

楊猛癱軟在櫃子裡，顧大爺，放我條生路吧……

看著去浴室無望了，楊猛只好在臥室裡踅摸了一個杯子，小心翼翼地將尿液蓄到裡面，一步一步朝窗口走去。就在他的手即將推開窗戶的一剎那，突然傳來一陣敲門聲，嚇得楊猛單腿跪地，尿液差點兒灑到手上。

結果，門沒被推開，但是叩擊聲繼續。更確切的說，是一個人雙手按在門上，另一個人在他身後撞擊著他，發出的聲響。

就隔了一道門，楊猛是斷不敢開窗戶了，想起顧海在鬧洞房時的勇猛表現，楊猛覺得這門板支撐不了多久了，於是端著水杯躲進了櫃子裡。

果然，沒一會兒就聽到門被撞開的聲音，楊猛心中一陣膽寒，但還是自我安慰著，他倆肯定在床上做，我只要不吭聲就好了。

幸好把水杯端進櫃子裡了，他倆萬一在這屋睡，我也只能在櫃子裡貓一宿了，到時候還能緩解一時之急。

結果，楊猛遠遠低估了兩人的豪放程度，楊猛頭頂上的寫字桌，正好是小倆口最近的興趣所在。

一陣巨大的晃動，楊猛的心臟都快跳出來了，他一手穩住尿杯，一手拽住櫃子門，哆哆嗦嗦地等著某人把他拽出去。結果，櫃子門一直嚴嚴實實的，倒是上面傳來了密集的鼓點，伴隨著整個櫃子的震動。

我的天啊！你們是要置我於死地麼？

某個人撞擊著櫃子，某個人卻被櫃子撞著，楊猛的骨頭都快散架了，這還不算什麼，關鍵是他手裡還有一個盛著尿的水杯啊！這一秒鐘三個小晃悠，三秒鐘一個大晃悠，他都快被濺成尿人了。

「好爽……」

「今兒的寫字桌比平時穩啊！以前總是移位，今兒紋絲不動啊！看來力度不夠，老公再加把勁……」

我謝謝你……楊猛從牙縫裡擠出這幾個字。

不知過了多久，耳旁的聲音模糊了，等楊猛再次睜開眼，一道光線從縫隙中射進來，終於熬到天亮了，楊猛的每個關節都叫囂著疼痛，他迫切需要出去舒展一下筋骨。

也不知道那兩人起床沒有。

「啊……啊……好爽……」

「瞧你那浪樣。」

楊猛聽著耳邊傳來的調情聲和持續了一夜的低吼聲，心中深深地折服了，聽聞這世上有一夜N次郎，今兒總算是見識了。

反正熬了一宿，也不在乎這一會兒了，確定顧海終於走了，楊猛才從櫃子爬出來，蓬頭垢面，臭氣熏天地朝浴室走去。

白洛因驚了，「你還在這？」

楊猛也驚了，折騰了一宿，白洛因竟然比他還精神。

「我去洗個澡。」楊猛啞著嗓子說。

白洛因想起昨晚上的種種，臉都綠了。

比白洛因臉還綠的，是楊猛，因為某個人又殺回來了。

「你怎麼又回來了？」白洛因尷尬地問顧海。

顧海將手裡的早餐袋扔到白洛因手裡，面無表情地說：「我看賣早點的小店人太多，怕你不愛擠，就給你買上來了。」說完，帶刃的目光轉向楊猛。

楊猛訕笑兩聲，「那個……前兩天把錢包落這了，這不過來拿了麼！」

顧海把楊猛渾身上下都打量了一番，冷笑道，「穿著拖鞋就過來了？你還真不把自個當外人。」

楊猛整個人都僵了，繼而用手去拽白洛因，小聲哀求道，「因子，救我。」

「求他沒用。」顧海陰著臉，「他自保都困難。」

楊猛老淚縱橫，早知道有這一刻，何必遭這一宿的罪啊！

顧海拿起手機，撥了尤其的號碼。

「十分鐘後，來這給楊猛收屍。」

17. 猛子又上套了

尤其開著車，楊猛就在旁邊捂著褲襠，眼淚吧嗒吧嗒地往下掉。

「都奔三的人了，還這麼哭，丟不丟人啊？」尤其隨口調侃了一句。

哪想楊猛一聽這話更激動了，一邊嚎哭著一邊砸車門，非要下車。

尤其把車停在路邊，盯著楊猛可憐的紅眼圈看了一會兒，說也不是罵也不是，最後好脾氣地用手摸了摸楊猛的頭髮，關切地問：「怎麼著？他給你弄壞了？」

「滾一邊去！」楊猛哭咽盤起腿，兩隻手把褲襠護得嚴嚴實實的。

尤其壞笑著蹭過去，「都是男的，讓我看看又怎麼了？萬一挺嚴重的，咱就得去醫院，千萬別耽誤了，這可關乎到你下半輩子的幸福。」

「我啥毛病也沒有！」楊猛怒喊一聲，恨恨地將尤其推回原位。

看著楊猛在旁邊一抽一抽的，尤其突然想起讀高中的時候，楊猛參加五千米，就因為被白洛因甩了七、八圈，一個人坐在草坪上哭，怎麼勸都勸不好……沒想到過了十年，他還是這副德性。

「你笑啥？」楊猛瞧見尤其嘴角上揚，瞬間暴怒。

尤其抵住楊猛發狠的拳頭，不緊不慢地解釋道，「我笑你傻！你以為誰都像我一樣，把你當寶貝兒似的，什麼事都遷就你。你去因子家當什麼電燈泡啊？你又不是不知道顧海什麼樣，你不是存心找殘廢麼？」

「我樂意！」楊猛咬著牙。

尤其哼笑一聲，「樂意你就別哭。」

「我樂意！」

「得得得……你樂意。」尤其把臉轉過去，無奈地說：「你樂意去他們家受辱，也不樂意在我這享福，你樂意穿著內褲跑到大街上，也不樂意穿我給你買的衣服。」

楊猛依舊嘴硬，「誰讓你丫是個騙子！」

「對，我是騙子。」尤其微斂雙目，「你怎麼不想想，為什麼要騙你？天橋上那麼多要飯的，我怎麼不去騙他們啊？我們劇組那些打掃衛生、搬道具的大叔小夥，哪個不比你能幹？我怎麼不讓他們給我當助理？」

楊猛不吭聲了，手捂住褲襠，表情依舊糾結。

尤其瞧楊猛也不像是裝的，忍不住開口再問，「到底有沒有事啊？」

「沒事。」

「怎麼弄的？」

提起這事，楊猛又抹了把眼淚。「讓情趣用品給夾了一下。」

尤其納悶，「那情趣用品不是專門伺候這玩意的麼？怎麼還能給你弄傷了？」

「他丫的用的是殘次品！他們公司生產的，專門用來懲治留宿他家的男人。」說完，楊猛的淚珠子又開始串串地掉。

尤其憋住笑，輕咳一聲，一本正經地說：「咱得去醫院。」

楊猛立馬回絕，「我不去！」

「必須得去！」尤其啟動車子。

楊猛拽住尤其，嘶聲高喊，「我不去，我不去，打死我也不去。」

「不去醫院可以，你得去我家，我給你找個醫生上門治療，讓他給你看看到底有沒有事。沒毛病當然更好，真有毛病得趁早治。」

楊猛權衡了一下，還是點頭答應了。

晚上，一個泌尿科大夫敲了尤其家的門。

兩個人交換了眼神過後，大夫走到楊猛身前，甚是專業地問：「現在還有痛感麼？」

楊猛如實回答，「有。」

「這樣吧，咱先不脫褲子，我給你按按，按到疼的地方，你告訴我一聲。」

楊猛雖然不樂意，可瞧見大夫那真誠的目光，還是點頭應許了。

「來，我們換個屋子。」說著，大夫把楊猛拽進了臥室，讓他躺在床上。

「怎麼不開燈啊？」楊猛問。

大夫笑得不真切，「我怕你開燈會不好意思，這樣感覺更真切。」

楊猛心裡不由的讚歎，這個大夫不錯，這麼照顧病人的心情。

大夫和尤其交換了一個眼神，尤其把手伸了上去。

大夫問：「這疼麼？」

楊猛搖搖頭，「不疼。」

尤其的手又換了一個部位，大夫又問：「這呢？」

「有一點兒。」

尤其的手直接揉了上去，楊猛痛呼出聲。

「這疼……疼……疼……」

大夫把燈打開，面露憂慮之色。

「我初步懷疑你裡面的海綿體受傷了，可能會供血不足，導致陽痿。」

聽到「陽痿」兩個字，楊猛的臉都綠了。

「啥？這麼嚴重？我還是處男呢，就這麼痿了？大夫啊！你救救我吧，我可不想落下這麼個毛病啊！」

「別著急。」大夫拽住楊猛的手，柔聲安慰道，「這病可以治好的，相信我。」說完，從身後的醫藥箱裡拿出兩盒藥遞給楊猛。「這兩種藥，一種是外敷的，一種是內服的，每天三次，按時服用。一個禮拜之後我再過來看你，如果到時候還是無法勃起，我們再想別的辦法。」

楊猛含淚接過那兩盒藥。

大夫走後，楊猛窘著臉警告尤其，「你要敢把這事說出去，我立刻和你斷交！」

「你把我當成什麼人啊？這種事我能隨便說麼？先把藥吃了吧！」說著，親自去給楊猛倒水，看著杯子底部的小白顆粒被稀釋，尤其的嘴角揚起一個不自覺的笑容。

18. 尤其繼續行騙

一個禮拜過後，大夫還沒來，楊猛就急著催尤其。

「上次給我看病的那個大夫，怎麼還不來複診啊？」

尤其裝作一副若無其事的表情，「你不是已經好了麼？我看你這幾天一直沒喊疼，就沒讓他過來。」

「不是……」楊猛欲言又止，「還是讓他過來看看為好。」

尤其沉默了片刻，拿起手機。

十分鐘過後，大夫到了尤其的家，剛一進門，就被楊猛拽到了裡屋。

「我看你氣色挺好的，應該沒什麼事了吧？」

楊猛面露愁苦之色，「疼是不疼了，可它挺不起來啊！我試了好幾次，怎麼折騰都軟著，我都快崩潰了。大夫。你趕緊給我看看吧，我是不是喪失性功能了？」

「別急！」大夫拍拍楊猛的肩膀，「我給你檢查一下。」說完，開口叫尤其進來。

楊猛趕忙拉住大夫，「別讓他進來啊！」

「不行，這個儀器得兩人操作，都是爺們兒怕什麼啊？」

楊猛動了動嘴唇，沒再說什麼。

尤其很快進來，楊猛氣嘟嘟地把褲子脫了，在尤其灼熱的視線迫視下，不自然地分開腿，然後在大夫的要求下，任由尤其將自個的命根子握在手裡。

「好了。」大夫提醒一句。

尤其的手還攥著，盯著那處看個沒完。

大夫輕咳一聲，用胳膊肘杵了尤其一下，「可以鬆手了。」

尤其這才把手鬆開。

大夫表情慎重地朝楊猛說：「你的器官沒有任何問題，至於你說的那種勃起不能的狀況，我考慮到可能是驚嚇過度的原因。我問你，你是處男麼？」

楊猛點點頭，「是。」

「這就對了。」大夫一拍手，「你破處過後，這種病就不治而癒了。」

楊猛越聽越邪乎，忍不住問道：「這和處男有什麼關係啊？」

「關係大了！」大夫振振有詞，「你的器官沒有問題，為什麼無法正常勃起？這是心理問題。說實話，你這種情況我也不是頭一次見了，很多小處男因為恐怖、緊張都出現過類似的情況。當他們有了女朋友，有了正常的性生活之後，這種情況就迎刃而解了。」

「我手Y54的時候也沒覺得緊張啊！」楊猛納悶。

大夫拍了拍楊猛的肩膀，語重心長地說：「潛意識，懂麼？也就是在這之前，你受到過類似的迫害。當你的器官再次受到刺激時，儘管你的心情是放鬆的，但你的神經經過條件反射，會釋放出躲避的信號。」

楊猛還是挺糾結，「你怎麼能保證我有了女朋友，那個的時候就不會條件反射了呢？」

「這就得看對方的功力了，如果她強大到足可抵禦你內心的恐懼，那這病自然而然就好了。如果她的魅力值不足以破除你的心理障礙，那這病就沒得治了。」

楊猛聽得頭皮發麻，眼睛一個勁地瞟尤其，生怕他藉這個機會做出什麼偽善的事。

大夫走後，尤其果斷拉住楊猛的手。

「猛子，你還記得我送你的那罐臭豆腐上面的……」

「沒門！」楊猛當即打斷尤其的話，「我寧肯陽痿一輩子，也絕不拿你當藥引子。」說完，踢開門就出去了。

尤其微微揚起嘴角，我看你能傲嬌多久。

楊猛出門之後，越想越不對勁，這個醫生不會和尤其串通好的吧？於是楊猛懷揣著那兩個藥盒直奔醫院，他倒要看看，是不是這兩盒藥把自個吃成這副德性了。

最好是這樣……楊猛在心裡暗暗祈禱。

「醫生，您幫我看看這兩盒藥有沒有什麼問題？我前段時間下面受了傷，大夫給我開了這兩盒藥，您看看有沒有什麼副作用？」

醫生懶洋洋的目光朝藥盒掃了兩眼，淡淡說道：「沒什麼問題，我也經常給病人開這種藥。至於副作用，可能上火吧，藥盒上面不是寫著呢麼？」

楊猛不死心，「您確定這藥不會吃出陽痿？」

醫生斜了楊猛一眼，「這藥就是治陽痿的。」

「……」

54：手淫。

19. 望你重振雄風！

為了盡快治好身上的病，楊猛也步入了相親的大軍之中。

這次來的女人比楊猛大了三歲，三十歲的女人，長得又這麼漂亮，肯定是閱人無數了。不過楊猛不在乎，他需要的就是經驗豐富的女人，只有這樣的女人，才有足夠的功力將他從性障礙的泥潭中拔出來。

「你長得比我還好看。」女人媚眼如絲地對著楊猛。

楊猛尷尬地笑笑，「表象，這僅僅是表象，其實我很ＭＡＮ。」

女人也笑笑，嘴角的那顆痣映出別樣的風情。

「你有什麼優點麼？說來聽聽。」美女饒有興致地看著楊猛。

楊猛淡然一笑，伸出左手，將拇指、食指和中指伸出，朝向女人的方向。

「七？」女人細眉微蹙，「什麼意思？」

楊猛將自個的小俊臉貼到女人耳邊，悄聲說道：「我一宿能來七次。」

自打楊猛在白洛因家潛伏一宿過後，他徹底明白了一個道理，再難擺平的人，只要有一夜Ｎ次郎的本事，絕對會乖乖地臣服在他的膝下。

女人相親無數次，還是頭一次聽到這種自我介紹，當即被震懾住。紅豔豔的笑臉含羞地看著楊猛，薄唇輕啟，一股風騷的氣息拂面而來。

「你真討厭。」

楊猛痞痞一笑，還未開口，突然被門口閃過的一個身影嚇破了膽。

此人也看到了楊猛，笑著過來打招呼。

「你也在這啊？」

楊猛灰著臉點點頭。

女人朝楊猛問，「這是誰啊？」

楊猛沒敢說，這是給我治陽痿的大夫。

「哦，我朋友。」楊猛訕訕地回了句。

大夫哈哈大笑，拍著楊猛的肩膀，「對，是朋友。」

楊猛鬆了口氣。

「對了，你這陽痿的毛病治好了沒？」大夫關切地問。

楊猛的五官瞬間凍結在臉上，啥表情都沒了。

女人的臉色唰的一下就變了，拿起包恨恨地砸了楊猛兩下，怒道：「耍人啊你？還一晚上七次，你丫尿頻吧？」

「……」

整整一下午沒見楊猛，晚上回到家，尤其剛把衣服換好，某人就形若遊魂地走了進來，呆呆地從尤其身邊穿梭而過，蔫不唧唧地回了臥室，坐在床上便一聲不吭了。

尤其走進去，蹲在床邊，平視著楊猛無精打采的一張臉。

「怎麼了？沒相中一個好的？」

「都相中了。」楊猛訥訥的，「人家都沒相中我。」

「那是她們沒眼光。」尤其一改平日冷酷的面孔，特溫柔地拉著楊猛的手說，「這事急不得，就算人家相中了你，也不能立刻就上你的床吧！真要上了，那樣的女的你敢要麼？你不能為了一個心理疾病，把自個純潔的身體就這麼交給一個不乾不淨的人吧！」

尤其這段話說的楊猛心裡挺暖的，楊猛攥住尤其的手，挺認真地朝他說：「患難之處見真情，只有經歷了坎坷，才知道誰對你最好。」

尤其表面上笑著，心裡卻一個勁地翻騰，我真心實意幫你的時候，你丫罵我是個騙子，等我騙你了，你卻誇我好……就你這種傻子，怎麼讓我放心把你交到別人手裡？

「今晚上咱倆睡一個屋吧！」楊猛突然要求。

尤其也是典型欠虐的主兒，多少風騷小主想上他的床，他都愛答不理的。有個傻子想和他一個屋，他就美得和什麼似的，當即回去鋪床了。

晚上，睡覺前，楊猛又說：「只有和你睡在一個屋，我心裡才好受點兒。」

尤其覺得，他擄獲小傻子指日可待了。

第二天，尤其和楊猛一起去了劇組，路上一直有說有笑的。後來尤其正式開演，楊猛就坐在旁邊看著，每次導演說「卡」，楊猛就在旁邊釋然一笑，笑得尤其心裡暖洋洋的，難得挨了導演罵都沒黑臉。

結果，天一黑，楊猛就沒影了。

尤其晚上還有夜戲要拍，這會兒劇組的人都在吃飯，尤其也給楊猛領了一份，結果左找右找都找不到人，問誰誰都說沒看見。

打楊猛電話，一直無人接聽。

「你要去幹什麼？」導演追過來。

尤其頭也不回地說：「有急事。」

「多大的急事也不彙報一下？你讓那麼多人等你一個？你給我回來！出事不是你甩臉子55的理由……」

尤其上車之前回了一句，「我會承擔所有損失的。」

車開到半路，尤其才接到大夫的電話。

「尤其啊，我懷疑你那個小哥們兒去嫖了。」

尤其面色驟變，「你怎麼知道的？」

「他剛才不知用誰的手機給我發了條訊息，說此時此刻，只有一夜情能夠救他了。」

「快，把那個手機號碼告訴我。」

事情發生得太突然，尤其一點兒心理準備都沒有，怎麼昨晚上還說想開了，今兒就出去嫖了？剛才還心無防備地朝他笑，這會兒就不打一聲招呼走人了？

電話通了，是個女人接的。

「妳把手機給楊猛，我有話和他說。」

楊猛拿過手機，聲音聽起來很精神。

「你丫抽什麼瘋？」尤其開口就罵。

楊猛耐心解釋，「尤其，之前我一直不信任你，一直覺得你找的大夫有問題，才遲遲不敢治療。這兩天我徹底想開了，既然選擇了你這個朋友，就要選擇百分之百的信任。」

「朋友……」尤其磨牙，「那你昨晚上主動要和我睡在一起是什麼意思？」

「只有和你睡在一起，我才沒有擼管的衝動。」

尤其氣得血壓都上來了，「那你所謂的心裡好受點兒呢？」

「是啊，只有不擼管，我才看不到自個挺不起來，所以心裡好受啊！」

別生氣，別生氣……尤其不停地安慰自個，他就是去了也挺不起來，白糟蹋那個錢，任他折騰吧……於是收了收內心的狂躁，平心靜氣地朝楊猛說：「祝你好運，希望今兒晚上你就可以重振雄風！」

「哈哈……等著我的好消息吧！」

20. 一腳踩進陷阱

「靠，我把錢退給你，你找別人去吧，我伺候不了你！」

「妳怎麼這種服務態度啊？再給妳加五百，妳賣點兒力氣成不成？折騰半天了，我一點兒感覺都沒有。」

「我懷疑你是來這砸場子的，實話和你說吧，我幹這行也有三年了，但凡正常男人，沒有招架得住的。你硬不起來只能賴你有毛病，拿著錢趕緊走人，別到處壞我名聲，我可是一分錢沒要你的。」

楊猛就這樣被人從包廂擠兌出來，臉都丟盡了，心也徹底涼了。要是連專業幹這行的女人都治不好他，一般的女人更不用想了。越想越絕望，楊猛從路邊的商店裡買了兩瓶「小二」56，就這麼晃晃悠悠地回了家。

尤其打開房門，瞧見一隻煮熟了的蝦米靠在門框上，歪著嘴朝他樂。

「你怎麼喝成這樣啊？」尤其趕緊把楊猛攙進來。

楊猛像是軟麵條一樣貼在尤其身上，連哭帶笑的，表情甚是豐富。

尤其心裡有氣，說話也挺刻薄，哪壺不開提哪壺。

56：二鍋頭的俗稱。

「玩爽了？病治好了？」

楊猛大笑，「治好了……哈哈哈……」

治好才怪！尤其心裡冷哼一聲，但沒敢說出來，怕直說遭人懷疑。

「你老實坐著，我去給你倒杯水。」

尤其剛起身，楊猛就相中了茶几上的水果刀，等尤其轉過身，正好看到楊猛揚起手，用水果刀對準自個的腿間，猛地扎了下去。

「我草……你要幹嘛?!」

尤其甩掉杯子，一把攥住楊猛的手腕，好在及時，沒有真的扎進去，否則後果不堪設想。

「都尼瑪沒用了，還留著它幹啥？」

罪孽是尤其種下的，可真讓楊猛收了惡果，尤其還有點兒心疼。可是沒轍啊，慣用套路都不奏效，這廝反應又遲鈍，只有讓他死了這條心，才能彰顯自個的重要性。

尤其把楊猛抱到床上，給他蓋好被子，楊猛一直死死攥著他的胳膊。

「尤其，你說我這病還有得治不？」

尤其給楊猛擦了擦臉，挺溫和地說：「有得治，肯定有得治。」

「誰能給我治啊？」楊猛眼眶都腫了。

尤其就等這句話呢，當即攥住楊猛的手。

「猛子，我能給你治，你要相信我，就讓我試試。」

「你？」楊猛喝了點兒酒，腦子有點兒不清醒，「你不是男的麼？」

「對啊，我是男的。」尤其蠱惑的目光對著楊猛，「其實你也喜歡男的。」

楊猛紅撲撲的小臉浮現幾分詫異，「我喜歡男的女的，你知道？」

「對啊，我還知道你喜歡誰呢。」

「我喜歡誰？」楊猛瞪大眼睛。

尤其幽幽地說，「你喜歡我。」

「哈哈哈哈……」楊猛笑得差點兒噎過去，「我喜歡你？我咋不知道我喜歡你？」

尤其把楊猛按在枕頭上，撫摸著他光滑的臉蛋說道：「那是你笨。」

楊猛攥住尤其作惡的手，逼人的目光看著他。

「你不是說我喜歡你麼？那你現在就讓我挺起來，你要是能讓我挺起來，我立馬就承認。」

楊猛中計，尤其剛要把手伸過去，突然想起一件事，他給楊猛下藥的水是上午喝的，這會兒藥效還在，肯定挺不起來，於是訕訕地縮回手。

「不行，你現在醉醺醺的，我就算把你的病治好了，明兒早上你不承認怎麼辦？先睡覺，睡醒了再說！」

就這樣，楊猛一覺睡到天亮，最後是在尤其的「騷擾」下醒來的。

楊猛睜開惺忪的睡眼，迷迷糊糊看到，一張帥到令人髮指的臉搭在自個的一條腿上，那頭蓬亂的秀髮愜意地散落在四周，沒有任何狼狽感，反而有種疏懶的魅惑之態，讓人心裡毛毛躁躁的不踏實。

尤其笑得很淺，眼神難以捉摸，與其說是在看楊猛，倒不如說是在看他的某個部位。

一陣酥癢過後，楊猛才反應過來——出事了。

他的小鳥，就這麼雄糾糾氣昂昂地站起來了！

——而且是在尤其的掌控之下。

高興？能不高興麼？萎靡了這麼多天，總算精神了！可為什麼是在他的手底下？這不科學啊！楊猛的目光朝尤其投射過去，瞧見他的臉距離自個的命根不過幾公分，那點兒隱私全都被他窺探得一乾二淨。

「撒手！」楊猛急了。

尤其偏不撒手，上半身躍至楊猛身前，順勢壓住他，手指反而更加靈巧地動了起來。

沉寂了兩天，楊猛此番感覺如此強烈，強烈到他自個都找不到理由去打斷，他生怕打斷了就再也立不起來了。可就這麼被尤其鼓搗著，楊猛心裡也翻騰啊！那麼多美女靚妹都沒治好，偏偏讓個男的治好了，事後怎麼說啊？

尤其瞧見楊猛走神了，故意將他的雙腿分開。

楊猛急了，扯著嗓子嚷嚷：「你要幹啥？……你要幹啥？……」

尤其瞧楊猛這驚慌失措的反應，忍不住揚唇一笑，心更癢癢了，不僅不配合，還給自個找了個善良的藉口，「別鬧，我這給你治療呢，馬上就要成功了。」

楊猛撲騰[57]一陣沒勁了，舒服得只知道哼哼，最後救贖的白光突現，楊猛腰部一陣顫慄，褪去了全身的力氣，失神的望著天花板——我是該笑還是該哭呢？

尤其的手還流連在楊猛的腿上沒下來，目光如炬地盯著楊猛。

楊猛強撐著幾分顏面說道：「你丫就是撿了個便宜，其實我昨晚上回來之前，就已經治好了。所以這不代表啥，你只是幫我證實了這一點。」

尤其但笑不語，但眼神裡透露出的意味很明顯，你就是喜歡我，別狡辯了。

楊猛心裡越來越不踏實，他可以和尤其狡辯，但不能和自個狡辯。他昨晚上是怎麼被人從包廂裡擠兌出來的，楊猛至今歷歷在目，至於他怎麼上了尤其的床，又怎麼被尤其治好了，倒是說不清道不明的。

沒事，我有的是精力慢慢和你耗……尤其頂著個小帳篷進了浴室。

楊猛又吃了尤其為他精心準備的早餐。

21. 真是個大活寶

楊猛的「病」一好，也不再到處逛蕩了，老老實實跟著尤其跑動跑西，忙乎了一整天，晚上回到家，骨頭都軟了。習慣性地甩掉兩隻鞋，在門口脫了外套，剛要把褲子一塊脫了，突然感覺到四周潛伏著危險的視線，楊猛又溜回了臥室。

不知道為什麼，自打早上被尤其「治」好了之後，楊猛總覺得有一雙眼睛在暗處盯著自己，暗示著某種東西，而且這種感覺伴隨著尤其的靠近而愈加強烈。儘管一整天都待在尤其身邊，可楊猛總在有意無意地避開和他的接觸，否則心裡不踏實。

從臥室出來，打開門，瞧見尤其一動不動地站在門口，楊猛嚇了一跳。

「你要幹嘛？」

尤其臉上的線條柔和很多，語氣也輕鬆隨便。「我能幹嘛？拿衣服，去洗澡啊。」

楊猛小腹處緊繃的肌肉稍稍鬆動了幾分。

以往兩人洗澡總是搶，誰都想先洗，今兒楊猛不搶了，乖乖地讓尤其先洗，生怕自個先洗，尤其突然闖入浴室，假藉共同沐浴的理由再占他便宜。

終於，尤其頂著一頭濕漉漉的頭髮走了出來，浴袍的帶子繫得很鬆，楊猛總覺得這個浴袍隨時隨地會滑下來，於是加快了衝進浴室的速度。

尤其斜著楊猛那倉皇逃竄的身影，嘴角不由的翹了上去。

進了浴室，楊猛把門關得嚴嚴實實的，恨不得把洗手臺搬過去抵住門。再三確認門已鎖上，楊猛才放心地走到淋浴頭下面。

「洗刷刷洗刷刷——洗刷刷——」楊猛哼著小調，緩解緊張的心情。

洗到某個部位時，楊猛的歌聲戛然而止，他突然心跳加速，試著用手搓了兩下，貌似沒什麼反應。他又刻意多搓了幾下，還是沒什麼反應。他試著一邊搓一邊幻想那些「動作片」，可還是沒什麼反應。

——咋回事？

以往洗澡的時候興起，很容易就立起來了，今兒怎麼又蔫了？

楊猛反覆搓試均無效果之後，急出了一身汗。

砰砰砰！突然而來的敲門聲，嚇得楊猛趕緊把手鬆開了。

「猛子，你怎麼洗了這麼長時間啊？」

楊猛心裡一緊，敷衍著回道，「馬上就好，馬上就好了。」

也許，是我太緊張了……

晚上睡覺，楊猛蜷在自個的被窩，辛勤地「勞動」著，可依舊一無所獲。楊猛心裡頹然了片刻，暫且找回幾分自信，默默安慰著自個。也許是早上剛發洩完，這會兒精力不足，或者是病情剛好，還不穩定，偶爾會有復發的可能性。

結果，第二天，情況依舊如此。

第三天還是如此。

接下來的一個禮拜，楊猛都沒能再像那天早上一樣生龍活虎。

走投無路之時，楊猛又去找那個大夫了。

「你不是已經好了麼？」大夫詫異。

楊猛面露窘色，「就好了一天。」

「那天是怎麼好的？」大夫問。

楊猛實在說不出口。

大夫會意，當即安慰道，「不方便說也沒關係，我給你出個主意。你呢，再把那天治療的流程走一遍，情景重播一下，看看能否有改觀？如果有改觀，證明你在那種氛圍中，那樣的一個人身邊，心態是最放鬆的。」

「我在他面前一點兒都不放鬆，特緊張。」

大夫振振有詞，「緊張證明你有感覺啊，沒感覺怎麼會緊張？」

楊猛心頭一顫，耳旁突然就響起尤其的話。

「你喜歡我。」

難道我真的喜歡他？

有時候，心理暗示是一劑毒藥，它能腐化人的心靈，讓人慢慢開始信以為真。在感情上，這種方式同樣有效，當別人一口咬定你喜歡一個人，即使你不喜歡，在別人的狂轟濫炸之下，你也會慢慢地開始注意這個人，直至有一天謠言變為真。尤其當你的心中已經滋生了這個幼芽，一經催化，會迅速枝繁葉茂。

晚上，楊猛站在尤其的門口磨磨蹭蹭的。

尤其故作一副不知情的面孔看著楊猛，關切地問道：「怎麼還不去睡？」

「那個……有點兒失眠。」

尤其很體貼地給了楊猛一個臺階下，「進來聊聊吧。」

就這麼聊著聊著，聊上了尤其的床。

因為藥效要到第二天早上才消除，尤其即便知道楊猛的來意，也規規矩矩的什麼也不做。反倒是楊猛，一直有意無意地往尤其那邊蹭，而且蹭得很生硬，蹭得尤其直想笑。

啪！楊猛把腿搭到了尤其的腿上，心跳驟然加速。

不想，尤其什麼反應也沒有。

眼瞧著尤其快睡著了，楊猛又把手伸到尤其的胳膊上，輕輕地抬起，觀察一下他的反應，貌似真的睡著了。於是將尤其的手緩緩地朝自己的胯下運來，期間一直屏著呼吸，血壓都快飆到二百五了。

突然，尤其咳嗽一聲。

楊猛迅速鬆開手，滾到床的另一側，用被窩把自個裹得嚴嚴實實的。

嚇死我了，嚇死我了……楊猛順著胸口。

尤其的手砸回床單，餘光瞥了一下旁邊，某人裹得像個大圓球一樣，正笨拙地蠕動著，散發著囧囧的光芒。

真是個大活寶……尤其的眼角彎出一個有愛的弧度。

22. 哥來幫你克服！

楊猛翻來覆去折騰了一宿，最終還是沒能如願以償，心有不甘地沉沉睡去。

上午九點多鐘，尤其先醒了，扭頭一看，楊猛四仰八叉地躺在旁邊，那光滑的皮膚啊，就像豆花一樣，大剌剌地攤開在他的面前。尤其忍不住將自個的手伸了上去，在楊猛的腿上摩挲了一陣，動作很輕柔，生怕吵醒了楊猛。

又過了半個鐘頭，楊猛自個醒過來了。

尤其支著一條手臂看著楊猛，眼睛裡帶著異樣的神采。

楊猛先是一愣，而後慢慢地緩過神來，暗示性的目光在尤其臉上停滯了片刻，見他沒有什麼反應，心裡一煩，翻身運氣去了。

尤其湊過去，故意問道：「猛子，你怎麼了？」

楊猛慢悠悠地哀歎了一聲，「真傻……」

「你說誰傻啊？」尤其問。

「你說誰傻啊？你唄！」

尤其忍住笑，「我怎麼傻了？」

「沒救了……」楊猛冷言冷語。

尤其刻意沉默了好一陣不說話，果然，楊猛繃不住了，翻過身來看著尤其。

「你知道我為啥來你屋睡不？」問完這個問題，尤其還沒咋樣，楊猛反倒不自在了，恨不得把自個的那層皮剝下了藏進被窩裡。

尤其故作糊塗的搖搖頭。

楊猛氣結，「你忒傻了！」

尤其噗哧一聲樂了，兩排潔白的牙齒，明眸狹長，就像畫裡的男人一樣。

可惜楊猛無心觀賞，身上頑疾未去，哪容得旁人半分說笑？當即穿上衣服要走。尤其一看楊猛要走，趕忙伸出胳膊，把楊猛抄了回來。哪能就讓他這麼走了？萬一他不死心，跑到自個屋裡一陣搓，發現疾病不治而癒，就沒自個什麼事了。

「甭拽我，我要下床。」楊猛一邊喊著，一邊悶頭往被窩裡扎。

尤其啞然失笑，一把將楊猛揉進懷裡。

楊猛清晰的看到自個的內褲邊緣鼓起來一塊，緊接著那塊凸起慢慢下移，最終到達禁地，觸了電一樣，楊猛粗喘出聲。

為啥每次他一碰，感覺都這麼強烈？

「猛子……」尤其溫柔的聲音響在耳畔。

楊猛身上起了一層的雞皮疙瘩，身下卻一跳一跳的開始甦醒。

突然，感覺到頸間一陣濡濕，楊猛的身體一僵，瞬間要用手去推尤其，可惜尤其把他箍得太緊了，命根兒又握在他的手裡，楊猛沒有任何抗拒之力。

「你要幹啥？尤其，我和你說，治療歸治療，咱可不能……唔……」

尤其將楊猛的唇封住了，雖不是第一次，可前些次都是蜻蜓點水，帶著些玩笑的意思。這次不是，從尤其的呼吸中，楊猛嘗到了認真和蠻橫。他的唇在被一層層地塗濕，中間的那道縫隙越來越不牢靠，幾乎是一個失神的瞬間，一種莫名的味道闖了進來。

舌尖相抵，楊猛忽的一顫，尤其手裡的東西又膨脹了一套。

「猛子，自打你生氣從這走的那天，我就發現我離不開你了。心裡話沒處說，丟人現眼的事不知道該到誰面前去做，就連吃完臭豆腐，都不知道熏誰好了……前幾年我活得特壓抑，在誰面前都得裝，吃個飯還得按斤按兩稱，被人侮辱還得對著鏡頭笑，都不知道自個這麼活著圖個啥。要是沒有你整天在我身邊二著，我都不知道自個是誰了。」

楊猛唇角動了動，沒說出話來。

尤其繼續朝楊猛的臉上吻去，先吻雙眼，迫使楊猛把眼閉上，又吻下巴，接著滑到脖子上，長驅直下到胸口，在稚嫩的兩點上輕舔了一下。

楊猛一激靈，當即怒道：「給——我——滾。」

「滾著舔啊？」於是尤其的舌頭開始在凸起四周滾動。

楊猛揮拳想砸，無奈力氣不足，哼哼唧唧的，突然有種想哭的感覺，自個的一輩子就這麼交待了麼？我夢中的黃花大閨女啊！活這麼大了，連女孩的小手還沒拉過呢。

「你要相信自個的身體，它是最誠實的。」尤其用指尖蹭了蹭楊猛小腹處的那團白濁，帶毛邊的視線畫拉著楊猛的皮膚。

楊猛目光緩緩下移，瞧見尤其褲襠處的那團肉，當即哼道：「你啥病也沒有，就自個解決吧。」

「那好吧。」說著，拽過楊猛的手，放到自個褲子裡，攥著它一上一下。

其後的日子裡，尤其就用這個招數，騙得楊猛對尤其的手深信不疑。最初尤其隔三差五地給楊猛下藥，讓楊猛覺得自個不行，只能來找尤其。後來尤其不下藥了，楊猛也不樂意自食其力了，習慣性地就往尤其的房間跑。

一晃，入冬了。

尤其接了個新戲，第一天正式開拍，拍的就是雪景裡的吻戲。

楊猛穿著厚實的棉襖，站在旁邊，看著尤其在導演的口令下，重複說著一段對白，就是入不了戲，凍得旁邊的女主角嘴唇都紫了。

「你覺不覺得她挺眼熟的？」新來的工作人員和楊猛閒聊。

楊猛懶洋洋地抬起眼皮，朝女主角掃了一眼，看著是挺眼熟，可就是想不起來在哪見過。以往他陪著尤其東奔西跑，最熱中看美女，幾乎過目不忘。這程子不知道怎麼了，看誰都那麼回事。

「就是前陣子尤其的緋聞女友啊，曾芮，剛從北影畢業沒多久，也算是尤其的師妹了，據說兩人在讀書的時候就認識了，這你都不知道？」

「原來是她啊……」楊猛斜了一眼，「照片上倒是挺漂亮的，本人真尼瑪寒磣！怪不得沒認出來。」

「來來來……你倆過來。」導演招手示意，「這樣可不成啊！」

女演員不停地跺腳，用嘴往手上哈著氣，訴苦道，「導演，太冷了，臉都凍僵了。」

導演揚揚下巴，示意尤其給女演員暖暖手。尤其接過暖手寶，將女演員的手包了進去。

楊猛心裡突然就跟扎了刺一樣，這在一被窩睡久了，不是我的最後也成我的了。再加上小猛子就認準這麼一個，他就是不為自個考慮，也不能不顧命根的死活啊！

「實在不行就找替身吧！」楊猛突然竄到兩人中間。

尤其沉靜的眸子總算是泛起一絲波瀾，打從楊猛往這邊走，他這顆心就暖了，暖手寶直接給女演員了，騰出來的手塞進了某人肥大的棉襖衣袖裡，捏攥著手腕上那一層單薄的小肉皮兒。

「這也沒有現成的替身啊！」尤其故意東張西望了一下。

草！楊猛心裡回斥了一句：現成的不就擺在你面前麼？

女演員開口了，「甭麻煩了，還是我自己來吧，我剛畢業，機會太難得了。無論有什麼困難，我都會學著克服的。」

楊猛心頭一緊，當即回道：「妹子，妳聽哥說，尤其不心疼妳，哥心疼妳。這種髒活累活，還是讓哥幫妳幹吧，有困難不怕，哥幫妳克服！」說完，以一副英雄救美的姿態把尤其拽走了。

23. 誰是楊小三兒？

一轉眼又要過年了。各個機關單位都放假了，尤其的通告卻排得越來越滿，娛樂型行業就是如此。大衆休息的時候，正是你需要加班加點兒的時候，瞧著人家成幫結夥地回家，三五成群的購置年貨，楊猛心裡也挺癢癢的。

晚上洗完澡，楊猛屹立在窗前，小窄臀就這麼翹著。

「真快啊！這一年又過去了，說話我就要二十八了。」

尤其靠在床頭，手指在平板電腦上輕快地敲打著，有一搭沒一搭地應著楊猛的長吁短歎。

「前幾天我們單位的小白薯給我打電話，說他二十七結婚，讓我去參加他婚禮。你說，以我現在的身分，隨多少禮好呢？」

「嗯……你瞧著辦。」

楊猛回頭瞅了尤其一眼，發現他連頭都沒抬，眼睛盯著螢幕眉飛色舞。

「幸好片警58過年還得值守，不然我見天兒不著家，我爸媽該懷疑了。不過抽個空兒我也得回去看看，省得我爸媽惦記我，萬一到派出所找我，發現我被辭了可咋辦？」

58：社區派出所警員的簡稱。

「嗯。」

「你說，我啥時候回去好呢？小年？還是二十五啊？要不我就趁著哪天晚上回家一趟，就說剛下班，今兒不在單位睡了，你覺得咋樣？」

「嗯。」

「尤其你是傻逼吧？」

「嗯。」

「……！」楊猛終於惱了，齜著兩顆小虎牙轉過身，飛速竄到床上，一把搶過尤其手裡的電腦。

尤其反應迅速地關閉聊天介面，可還是被楊猛發現了。

「你這程子見天兒和誰聊天啊？」

「沒誰，就幾個哥們兒求我辦點兒事。」尤其想把電腦搶過來卻沒成功。

楊猛挺橫，「你丫矇誰呢？哥們兒求辦事怎麼不直接打電話？」

「事情忒繁瑣了，好多細節，我怕他們記不住。」

楊猛不信，硬是登入了尤其的聊天軟體，結果立刻有個圖示閃了出來，楊猛一看暱稱當時就怒了。

「小三兒？你竟然給她備註小三兒？」

尤其抓瞎了，「不是我備註的，他本來就叫小三兒。」

「我草，她倒是挺有自知之明，說，是不是跟你搭戲那個女主角啊？」

「怎麼會是她啊？你仔細瞧瞧，性別是男，而且人家這個小三兒前面還有一個字呢。」

「楊小三兒……」楊猛嘟囔著又火了，「敢情這賤貨還尼瑪從我這排的？誰允許他隨我姓了？

草……」

尤其聽著楊猛越說越不著邊了，趕緊一陣安撫加打岔，總算把這段隔過去了。

「你不是說想回家麼？這樣吧，明兒晚上咱倆一塊回去。」

「你甭去。」楊猛癟著嘴，「萬一我爸瞧出啥來咋辦？」

「瞧出來更好，省得我再開口了。」

楊猛一副心悸的表情，「千萬別冒這個險，我爸心理素質可差了，上回我媽掃地掃出來一隻蜘蛛，我爸就嚇昏過去了。」

尤其扶額。「放心，我有分寸。」

鑽進被窩，兩人都迫不及待騷動起來，這次尤其按住楊猛，蠱惑性地朝他說，「猛子，咱換一種玩法，老那樣弄太單調了。」

楊猛俊臉微紅，心跳加速，在尤其的反覆攛掇下終於鬆口了。

「玩可以，你得讓我當攻。」

尤其特痛快地答應了。

楊猛這叫一個賣力地擼啊，差點兒擼掉了一層皮，小鳥依舊帶死不拉活的。

「咋又不行了？」楊猛對這毛病都有點兒犯怵了。

尤其當即安慰道，「有可能是它不樂意當攻。」

「咋會不樂意？我心裡特樂意。」

「你樂意不成啊？」尤其攤開手，「你得聽它的啊！」

楊猛憋屈，「這回我可不能聽它的了，無論如何得由我來當這個攻。」

「成，你當攻。」尤其把楊猛翻了一個身，抬起他的小窄臀，「無論你在上在下，我都尊你一聲攻！」

過了一會兒，楊猛哀號，「我是攻，啊——！」

「是，攻爺你真緊。」

第二天晚上，楊猛因「故」沒能回家，第三天晚上，兩人提著大包小包的東西回了家。楊老爹美滋滋地來開門，看到尤其沒有半分驚訝，好像就是來這串門的。

「來來來，進屋坐。」

楊猛此地無銀三百兩地解釋了句，「我下班路上碰見他，他非說要來看看您和我媽，怎麼勸都不聽，我就讓他跟著一塊過來了。」

楊老爹像是沒聽見一樣，眼睛裡只有尤其。

「來，吃榛子，我聽你的那些鐵桿粉絲們說，你最愛吃榛子，昨兒我去超市，特意給你么59了幾斤。」

我不是今兒才打電話說要回來麼？何況我也沒和我爸說尤其要來啊……楊猛一個人在那納悶，楊老爹已經把尤其拽走了，兩人在旁邊聊得特歡，就跟關係多親密似的。

楊猛怕尤其說禿嚕嘴，也湊過去一塊聊。

「這程子特忙吧？我看你的微博都沒怎麼更新。」楊老爹說。

尤其笑笑，「還成，有時候熬夜挺累的，一天只能睡倆仨小時。」

楊猛假模假式地在旁邊驚呼一聲，「你們當明星的也這麼辛苦啊？我還以為你們見天兒就走走紅毯、簽個名呢！」

楊老爹壓根沒理會楊猛這套，直接攥著尤其的手說：「多讓猛子給你幹點兒活，這孩子皮實60，睡不睡覺都一樣。」

尤其倒是挺體貼，「有些活兒猛子幹不了，與其讓他在旁邊乾待著，還不如讓他多睡會兒。」

聽到這話，楊老爹立馬將臉轉向楊猛。「你聽聽，尤其多知道心疼人，你得多給人家賣力氣，知道不？」

「我怎麼沒給他賣力氣？我……」說著說著，楊猛臉上唰的變了色，再一瞧楊老爹和尤其這股熟絡勁兒，頓時啥都明白了。

「您知道我被辭了？」

楊老爹淡淡回道，「我早就知道了，打你辭職的第二天，尤其就告訴我了。」

楊猛瞳孔驟黑，兩排小白牙上下較勁，「尤其，你太陰了，既然都知道為啥不告訴我？害得我有家不能回？」

尤其湊到楊猛耳邊說，「你有家可歸了，還會去我那麼？」

59：秤重。

60：身體結實。

啊啊啊啊——又一次被耍的楊猛衝進了楊老爹的臥室，悶在裡面運氣，打算以後和尤其老死不相往來了。

眼前就是電腦螢幕，聊天軟體就掛在桌面上，楊猛瞧見了赤裸裸的「楊小三」三個字。

他突然想起，他爹在家排行老三。

「楊小三兒……敢情這賤貨還尼瑪從我這排的？誰允許他隨我姓了？草……」

楊猛起了一身雞皮疙瘩。

外面隱隱約約傳來尤其的調侃聲，「楊叔叔，和你說件好玩的事，昨晚上您和我網上聊天，您兒子……」

楊猛以百米衝刺的速度狂奔了出去。

24. 真的治不好了！

晚上，楊猛正坐在沙發上琢磨買點兒什麼年貨，門鈴就響了。打開門，看到白洛因和顧海站在外面，腳底下好幾個箱子。

「這麼晚，你們倆咋來了？」楊猛詫異。

白洛因一邊往裡面搬東西一邊說，「部隊那邊發了不少東西，我倆又收了不少禮，東西多得吃不完，我挑著好的就給你們送過來了。顧海，先把這個箱子裡的大蝦放到冰箱裡，別捂壞了。」

楊猛打開箱子一瞧，全是大虎蝦，個頂個的肥壯鮮靈。

「喔，這大蝦真好，都是特供的吧？」

白洛因頭也不抬地說，「我也分不清是誰拿來的，家裡都堆滿了，我們倆再能吃也吃不了這麼多啊！你們要是沒買年貨，就不用去了，我估摸這些東西夠你們吃了。」

楊猛草草看了看，白洛因拿來的都是好東西，心裡特別感動。

收拾好東西，顧海朝白洛因說，「去洗洗手吧。」

兩人走到浴室門口，尤其正好出來，瞧見他倆，心裡挺驚訝的。

「你們怎麼來了？」

顧海當即甩了一句：「瞧瞧你還活著沒。」說完，把白洛因的手按到了洗手池裡。

尤其倚在門框上，瞧見顧海特認真地搓著白洛因的手，忍不住輕咳兩聲，「嘿，我說，不至於吧？他連手都不會洗？」

顧海面不改色地回了句，「我給他搓手，就勢也把我的手搓了，這不是為了給你們家省水麼？」說完，抽下來一條毛巾扔給白洛因，讓他把手擦乾淨。

回到客廳，楊猛正在沙發上收拾東西，白洛因偶然間瞧見茶几底下的彈弓和一罐子彈珠，眼睛一亮，當即拿了出來。

「哎，我說，你這從哪買的？現在還有這種東西賣啊？」八十年代出生的男孩子，見到這些東西特親。

楊猛寶貝兒一樣地盯著，「這是我小時候玩的，一直留到現在。」

白洛因越瞅越稀罕，當即朝楊猛說：「把這個彈弓給我吧，我也想拿回去收藏一下，留個念想。」

楊猛心裡這個不捨得啊！可想想白洛因給他送了這麼多年貨過來，還是咬咬牙點頭了。

尤其站在旁邊看得真真的，楊猛送出去的時候是有多不情願。他們家楊猛是真喜歡這彈弓啊，沒事就拿出來擺弄擺弄。瞧他這副模樣，尤其特心疼，於是朝顧海走了過去。

「哎，和你們家因子說說，讓他把彈弓還給我們家猛子吧。我們家猛子沒有太高的品味，就喜歡鼓搗這些老舊的小玩意兒，你給他拿走了，他心裡不好受。」

難得的，這次顧海很好說話，很痛快就答應了。走到白洛因面前，把彈弓拿過來，揣進自個衣兜裡。

「我幫你收著。」說完，朝尤其這邊走過來，尤其以為顧海要還給他，哪想顧海不僅沒還，還把那個盛著彈珠的罐子拿起來，朝白洛因問：「這個你也喜歡？」

白洛因點頭。

顧海特自然地揣進了自個的衣兜，「那這個我也幫你收著。」

尤其站在旁邊瞅著，臉都綠了。我他媽腦子裡有泡吧？我竟然去顧海那說情？誰不知道顧海護崽子護到人神共憤的地步，白洛因這會兒要說喜歡楊猛的腦袋，顧海也敢上去擰下來。

楊猛就這麼眼巴巴地瞧著自個的東西全進了別人衣兜，模樣特可憐。

尤其實在看不下去了，打算和顧海要回來，哪想剛一開口，就讓顧海的話給堵了回去。

「你要再說一句話，我就把你們家楊猛也揣走，給我們家因子作伴去。」

尤其悲哀地轉過身，走到楊猛跟前，拍拍他的肩膀安慰道：「沒事，回頭我去他們家給你偷回來。」

「……」

四個人坐在一個沙發上聊天，白洛因挺納悶一件事，楊猛那會兒跑到他家住的時候，還口口聲聲不待見尤其，怎麼才不到一個月，就落入他的懷抱了？這次終於逮著機會問一問了。

聽到白洛因的問題，楊猛臉色一變，掃了尤其和顧海一眼，起身走到白洛因身邊，小聲附在他耳邊說：「咱倆去那邊說，我不想讓他們聽見。」

楊猛這麼一說，白洛因只好和楊猛坐到遠一點兒的地方。

那兩人一走，這邊就剩顧海和尤其了。

顧海點了一根菸，似笑非笑地朝尤其看了一眼，問道：「就他那副小身板，操著爽麼？我怎麼瞧著這麼不禁操呢？你要是稍微狠點兒，他不得哭天搶地的啊？」

「爽不爽也就那麼回事。」尤其謙虛了一下，「那肯定不如白洛因禁操。」

顧海立馬急了，劈頭蓋臉就是一句，「你他媽的操過啊？」

「操沒操過你心裡還沒有數麼？」尤其淡然一笑，「反正有一點我可以保證，我沒被人操過。」

顧海黑眸微斂，「你甭得瑟，早晚有那麼一天。」

白洛因聽楊猛說完，臉上的肌肉抽搐了幾下。「真的啊？」

楊猛點頭，「真的，我也覺得挺邪門的，這雞雞都認主兒呢！不過我也得感謝這玩意兒，沒它我到今兒也不知道自個喜歡尤其。」一臉幸運感。

白洛因憋到內傷，為了保全尤其的這份苦心，也為了讓楊猛的命根免受藥物的迫害，他決定忍住不笑，當作啥也沒聽見。

臨走前，尤其悄悄朝白洛因說：「謝謝你，因子。」

白洛因拍了尤其的胸口一下，「對猛子好點兒，聽見沒？」

「你也好好對大海，我瞧那貨都有點兒心理問題了。」

送走兩人之後，楊猛才敢露出糾結之色。

「我的彈弓和彈珠全讓他們拿走了。」

「沒事，我替你報復他們了。」尤其說，「你瞧見茶几上的那兩杯水沒？我往裡面下藥了，今晚上他倆誰也甭想……」

「他倆誰也沒喝。」楊猛打斷了尤其的話，「都讓我喝了。」

尤其的臉頓時綠了。「你都喝了？」

「是啊！剛才和我因子說了那麼多話，我渴著呢。咋了？你往裡面下什麼藥了？喝了會有什麼後果啊？」

「……」

尤其徹底栽進去了，考慮到白洛因和顧海那倆廝旺盛的精力，他按照五倍的劑量加的，整整兩大杯，也就是十倍，全讓楊猛喝了。以他這隻羸弱的小鳥，少則幾個禮拜，多則幾年，弄不好一輩子都起不來了。

我草，這回真治不好了！

顧海，你丫兕人怎麼就這麼準呢？……

感人肺腑推薦——

腦洞開到最大的極致妄想，浪漫得教人上癮！

占星專家／唐立淇

相信很多對BL有興趣的人都跟我一樣，因為追了網路劇的關係，開始回頭尋小說來看，畢竟，劇裡很多細節沒顧到，看得人一頭霧水。好比顧海對白洛因產生興趣的開始與原因，怎麼沒頭沒腦被罵幾句後就「眼裡只有他」了？讀了小說，才知原來白洛因字寫得好看，而顧海是個字控，這才恍然大悟。

讀《上癮》小說也讓我終於大大滿足，從等劇的焦慮中被拯救，雖然第二季遙遙無期，但反正已看過第一季了，知道後面的劇情，所有畫面都可以自動腦補，誰叫我們是有特異功能又擅長妄想的腐女呢？

唯一要敬告「圈外人」的是，請勿以文學的標準看待BL創作，若以此為準，《上癮》絕對有許多值得吐槽之處：好比父親把兒子關在地洞八天不吃不喝，這真的很不實際啊！照說到第三天，人就會死了吧，哪有父親還能無動於衷？或墜機在全世界都尋不到的地方，愛人卻能第一時間自帶GPS般搜尋而至，成就分離八年後，終能「綁在一起，哪都別想去」的夢幻療癒場景（當然是療癒腐女）……

通篇之中，諸如此類「不合理但腐女能接受且釋然」的安排比比皆是，因為那都是超受歡迎的老哏，而能成老哏，就因為管用、受歡迎啊！因此要問的並非劇情合不合理，而是老哏運用巧不巧妙，不用老哏，腐女才悶呢。

所謂老哏，就是用不可思議的阻礙來凸顯熱戀忠貞；面臨死亡才知道愛有多濃烈（只能瀕死不能真死）；集優點於一身，卻對愛虐待他的人死纏爛打，才顯得出專情至極……是的，我們終生都在期待這種不切實際能發生在自己身上吧，否則怎會被這些不合理吸引？（是的，我們自己知道）。那，既然都不切實際了就不切到底吧……畢竟我們知道老哏的作用是什麼，畢竟尋常強度已不能動搖心旌，腦洞只能一開再開，才能得到我們的笑容。

這也是許多腐女親自下海動手創作的原因，靠人不如靠己，乾脆當起自耕農，妄想自己來，腦洞沒有最大只有更大，能寫出妄想本身就很幸福、很過癮了，若能得到他人共鳴更棒。柴雞蛋絕對是箇中翹楚，《上癮》劇情蜿蜒曲折，內心鋪陳到位、細膩，毫不打折，主角個性夠鮮明，俊美的強攻VS強受又更增添風味，難怪讓人一吃上癮。

嗯，這是部能滿足腐女妄想的BL創作無誤，也能勾起「有為者亦若是」的雄心，是否該把高中時寫的BL小說再拿出來瞧瞧、繼續寫下去呢？

STORY 系列 013

上癮5

作　者—柴雞蛋
主　編—陳信宏
責任編輯—尹蘊雯
責任企畫—曾睦涵
美術設計—黃庭祥
校　對—陳信宏

董事長—趙政岷
總編輯—李采洪
出版者—時報文化出版企業股份有限公司
一〇八〇一九臺北市和平西路三段二四〇號三樓
發行專線—（〇二）二三〇六六八四二
讀者服務專線—〇八〇〇二三一七〇五
（〇二）二三〇四七一〇三
讀者服務傳真—（〇二）二三〇四六八五八
郵撥—一九三四四七二四　時報文化出版公司
信箱—一〇八九九臺北華江橋郵局第九九信箱

時報悅讀網—http://www.readingtimes.com.tw
電子郵件信箱—newlife@readingtimes.com.tw
時報出版愛讀者粉絲團—http://www.facebook.com/readingtimes.2
法律顧問—理律法律事務所　陳長文律師、李念祖律師
印　刷—紘億印刷有限公司
初版一刷—二〇一六年六月三日
初版三刷—二〇二一年五月十七日
定　價—新臺幣二九九元

時報文化出版公司成立於一九七五年，
並於一九九九年股票上櫃公開發行，於二〇〇八年脫離中時集團非屬旺中，
以「尊重智慧與創意的文化事業」為信念。

上癮5 / 柴雞蛋著. -- 初版. -- 臺北市：時報文化, 2016.06
冊；　公分. --（STORY系列；013）
ISBN 978-957-13-6642-5（平裝）

857.7　　105007545

ISBN 978-957-13-6642-5
Printed in Taiwan